Wolfgang Hohlbein
Die Kinder von Troja

Phantastischer Roman

BASTEI-LÜBBE-TASCHENBUCH
Band 21 204

Jubiläums-Auflage:
Februar 1994
Zweite Auflage:
August 1998

© Copyright 1986/1984 by
Bastei-Verlag
Gustav H. Lübbe GmbH & Co.,
Bergisch Gladbach
All rights reserved
Titelillustration: Arndt Drechsler
Umschlaggestaltung:
Agentur Karl Kochlowski
Satz: Fotosatz Schell, Bad Iburg
Druck und Verarbeitung:
Brodard & Taupin,
La Flèche, Frankreich
Printed in France

ISBN 3-404-21204-5

Der Preis dieses Bandes
versteht sich einschließlich der
gesetzlichen Mehrwertsteuer.

PROLOG

»Es tut mir leid, edler Danaer, aber das reicht nicht.« Thamis drehte die Münze in den Fingern, hielt sie ins Mondlicht, damit sich der silberne Lichtschein auf ihrer zerkratzten Oberfläche spiegelte, führte sie zum Mund und biß so kräftig hinein, daß seine Zähne einen deutlichen Abdruck darin hinterließen. Dann schüttelte er den Kopf, seufzte übertrieben, nahm das Geldstück zwischen Daumen und Zeigefinger, als wolle er es seinem Besitzer zurückschnippen, besann sich aber dann eines Besseren und schüttelte nur abermals den Kopf.

»So gerne ich Euch zu Diensten wäre, edler Antilochos«, sagte er — wobei seine Stimme klang, als hielte er nur noch mit Mühe die Tränen zurück, die ihm das Mitleid in die Augen treiben wollte — »aber das ist zu wenig.«

»Wieso zu wenig?« Antilochos ballte unwillig die Faust und deutete anklagend auf das blanke Geldstück in Thamis' Hand. »Der Preis war ausgemacht! Seit fast zwei Jahren ...«

»Alles wird teurer, edler Danaer«, unterbrach ihn Thamis bedauernd. »Und das Risiko ist gestiegen. Das müßt Ihr einsehen. Seit Eurem letzten Angriff sind die Wachen verdoppelt worden; es wird immer schwerer, unbemerkt aus der Stadt zu kommen. Was, glaubt Ihr, werden die troischen Wachen mit mir machen, wenn sie mich dabei erwischen, wie ich einen Danaer in die Stadt schmuggle?«

»Nichts anderes als mit mir, wenn sie mich erwischen. Und unser letzter Angriff?« Antilochos sog hörbar die Luft ein. »Du gierige kleine Ratte!« zischte er. »Unser letzter Angriff liegt drei Monde zurück, und ...«

»Priamos war schon immer etwas langsam, das solltet Ihr wissen«, unterbrach ihn Tamis trocken und steckte die Hand mit der Münze aus. »Das da reicht jedenfalls nicht mehr.«

Antilochos' Augen wurden schmal. »Warum schneide ich dir eigentlich nicht die Kehle durch?« sinnierte er. »Niemand würde dich vermissen — außer vielleicht der gierigen Hyäne, die deine Mutter gewesen sein muß.«

»Weil dir dann niemand mehr die Tore Trojas öffnen würde, damit du dich in das Haus der Cassyra schleichen kannst, während Agamemnon und Odysseus glauben, daß du auf Wache stehst und ihren Schlaf behütest«, erwiderte Thamis. »Also? Ich habe nicht die ganze Nacht Zeit, hier herumzustehen. Und Cassyras Töchter brennen sicher schon vor Ungeduld, Euch wiederzusehen, Antilochos. Ihr hättet das Funkeln in ihren Augen sehen sollen, als sie hörten, daß ich hinausgehe und Euch mitbringe.«

»Cassyras Töchter?« Antilochos atmete hörbar ein. »Du hast sie gesehen? Sie erinnern sich an mich?«

»Erinnern?« Thamis stieß das Wort so laut hervor, daß Antilochos zusammenfuhr und sich erschrocken umsah, ehe er warnend den Finger auf die Lippen legte und nach Westen deutete, den Hang hinab und zum Meer, wo die Feuer des Heerlagers wie kleine matte Augen in der Nacht blinzelten.

»Sie erinnern sich tatsächlich?« fragte er. »Auch die Kleine mit den langen blonden Haaren und dem Muttermal?«

»Die ganz besonders«, erklärte Thamis. »Aber ihre beiden Schwestern auch. Ihr müßt mächtigen Eindruck auf sie gemacht haben bei Eurem letzten Besuch, wenn sie sich nach so langer Zeit noch auf Euch besinnen.«

Antilochos' Atem ging ein bißchen schneller. »Erzähle, Bursche«, verlangte er. »Was haben sie gesagt?«

»Könnt Ihr Euch das nicht denken?« Thamis schüttelte den Kopf, blickte an Antilochos vorbei zum Meer hinab und seufzte abermals, diesmal aber in fast resignierendem Tonfall, und fuhr fort: »Es muß wohl wirklich etwas daran sein, daß ihr Hellenen alle von Zeus persönlich abstammt. Wenn man die Mädchen reden hört ... Aber was vertun wir unsere Zeit hier mit reden, Antilochos? Ihr könnt sie selbst fragen, und ihre beiden Schwestern auch, noch bevor Ihr bis hundert gezählt habt.«

Antilochos schwieg eine ganze Weile, und trotz des schwachen Lichtes konnte Thamis deutlich erkennen, wie es hinter seiner Stirn arbeitete. Es war für einen Mann wie ihn nicht ungefährlich, sich nachts in die Stadt zu schleichen, die er und seine Kameraden seit annähernd zehn Jahren belagerten; Thamis konnte verstehen, daß der Sohn des Nestor zögerte, sich zu entscheiden.

Aber er wußte auch, wie die Entscheidung am Ende ausfallen würde. Zehn Jahre, die sie fernab von zu Hause und ihren Frauen verbringen mußten, waren eine lange Zeit. Selbst für einen griechischen Helden.

Die Gestalt des für einen Danaer ungewöhnlich hochgewachsenen Mannes hob sich als flacher Schatten vor dem Blau des Nachthimmels ab, der wie eine schwarze Kuppel mit zahllosen kleinen hineingestochenen Löchern über dem Meer hing. Wie um diesem friedlichen Anblick hohnzusprechen, fauchte eine Windbö vom Hellespont herauf und brachte mit dem durchdringenden Geruch nach Salzwasser und Tang einen Schwall erstickender Wärme mit sich.

Thamis fuhr sich nervös mit der Zungenspitze über die Lippen. Die Sommer Trojas waren berüchtigt für ihre Trockenheit und die langen, oft Monate anhaltenden Perioden, in denen die Hitze unerträglich war und der Durst zu einem treuen Begleiter der Bewohner der Stadt wurde. Aber an ein Jahr wie dieses konnte sich Thamis nicht erinnern. Die Hitze war unerträglich geworden, und sie war es geblieben, seit annähernd drei Monaten.

Der Himmel schien wie ein Dach aus geschmolzenem Blei über dem Land zu lasten, und selbst nach Sonnenuntergang war es noch so schwül, daß jede heftige Bewegung zur Qual wurde. Die als unversiegbar geltenden Brunnen Trojas gaben nur noch tropfenweise Wasser her, und selbst die gewaltige Zisterne in der Nordbastion war bis auf einen kümmerlichen Rest geleert. Während der letzten Wochen behaupteten immer mehr Trojaner, daß die Hitze letztendlich schaffen würde, was zehn Jahre griechischer Belagerung nicht vollbracht hatten. Er verscheuchte den Gedanken.

»Nun?« fragte er. »Habt Ihr Euch entschieden? Was soll ich den Mädchen sagen, warum Ihr nicht gekommen seid?«

»Wieviel verlangst du?« fragte Antilochos finster.

Thamis hielt das Geldstück in die Höhe. »Noch einmal das

gleiche«, sagte er. »Dazu zwei Brote und ein ordentliches Stück Ziegenkäse. Und einen Schlauch Wein.«

Antilochos ächzte. »Das ist Wucher!«

»Nein«, berichtigte ihn Thamis. »Hunger. Ich habe eine Mutter und vier kleine Geschwister zu versorgen, und es ist Krieg.« Er zuckte mit den Achseln. »Man muß sehen, wo man bleibt.«

Antilochos musterte den schwarzhaarigen Jungen aus Troja finster, besaß aber offensichtlich genug Klugheit, nicht weiter um den Preis feilschen zu wollen. »Gut«, sagte er gepreßt. »Ich werde bezahlen. Aber erst hinterher. Ich habe nicht mehr Geld eingesteckt.«

»Das ist schade«, sagte Thamis bedauernd. »Aber Ihr wißt, daß ich prinzipiell nie etwas verleihe und nie etwas geliehen haben will. Wer weiß — am Ende erwischen Euch die Wachen, und ich gehe leer aus.« Er lächelte breit, deutete zum Lager hinunter und fuhr fort: »Warum geht Ihr nicht und holt Euer Geld? Ich werde auf Euch warten. Und die beiden Mädchen auch.«

Das Gesicht des Danaers verfinsterte sich weiter, aber er widersprach auch diesmal nicht, sondern starrte Thamis nur mit Blicken an, die vor Mordlust schier sprühten. »Kann ich noch einen Kameraden mitbringen?« fragte er.

Thamis zuckte mit den Achseln. »Wenn er bezahlt — warum nicht? Cassyras Haus ist groß genug. Und ihre Töchter lieben die Gesellschaft.«

»Gut«, knurrte Antilochos. »Dann warte hier auf mich — ich bin gleich zurück. Und laß dir nicht einfallen, etwa mit meinem Geld zu verschwinden, sonst ...« Er fuhr sich mit dem Zeigefinger an der Kehle entlang, nickte noch einmal grimmig und nahm Speer und Schild auf, die er gegen einen Baum gelehnt hatte, um zum Lager zurückzugehen.

»Ich werde warten, Herr. Und vergeßt nicht den Wein und das Brot. Und den Ziegenkäse«, rief Thamis dem Danaer zu. Reglos wartete er, bis die Gestalt des hochgewachsenen Griechen mit der Nacht verschmolzen war, dann wandte er sich ebenfalls um, ging ein Stück den Hang hinauf und stieß einen halblauten, nur wenige Schritte weit zu hörenden Pfiff aus.

Nach wenigen Augenblicken wurde links von ihm ein

gedämpftes Rascheln laut, dann teilten sich die Zweige eines Busches, und ein schmales, vor Schmutz starrendes Gesicht blickte zu ihm empor. Selbst im schwachen Schein des Mondes war zu erkennen, daß es bleich vor Angst war. Die dunklen Augen, die Thamis anstarrten, waren vor Furcht geweitet.

»Ist er weg?« piepste eine dünne Stimme.

Thamis nickte, unterdrückte ein Seufzen und ging vor dem Busch in die Hocke, um seiner Schwester dabei zu helfen, vollends aus dem Gewirr dorniger Zweige und verfilzter Wurzeln herauszukriechen. Ihr Kleid bekam dabei einen Riß ab, und auch auf ihren Händen waren dünne, blutige Kratzer, als sie endlich zitternd ins Freie gekrochen war, aber das schien sie vor lauter Angst nicht einmal zu bemerken.

»Er ist wirklich weg?« vergewisserte sie sich, während der Blick ihrer dunklen Augen unstet den Hang hinter Thamis und die dunkle, in der Nacht mehr zu erahnende als wirklich sichtbare Küstenlinie abtastete.

Thamis seufzte. »Ja, er ist weg, Iris«, sagte er. »Und es wird auch eine Weile dauern, bis er zurück ist. Du brauchst keine Angst zu haben. Wir sind hier in Sicherheit.«

Seine Schwester blickte ihn zweifelnd an und biß sich auf die Unterlippe. Ihre Hände und Knie zitterten, und es war für Thamis nicht schwer zu erkennen, daß sie ihren Entschluß, ihn auf diesem nächtlichen Ausflug zu begleiten, schon tausendfach bereute und vermutlich alles darum gegeben hätte, wieder in Troja und im Schutz seiner Mauern zu sein. Aber so war das immer mit Iris, dachte Thamis resignierend. Vierzehn seiner sechzehn Lebensjahre hatte er mit seiner Schwester geteilt, und seit sie angefangen hatte, das Reden und vor allen Dingen das Verlangen zu lernen, waren die meisten dieser Jahre zu einer einzigen Tortur geworden.

Er liebte seine Schwester und hätte sein Leben gegeben, um ihres zu retten – aber sie war auch die größte Nervensäge, die jemals in Trojas Mauern geboren war. Seit einem Jahr quälte sie ihn, daß er sie bei einem seiner nächtlichen Ausflüge mitnehmen sollte, und kaum sah sie den ersten Danaer auch nur als Schatten in der Nacht, begann sie vor Angst zu zittern. Aber dann hatte Thamis ihrem Drängen nachgegeben, weil er sich genau das erhofft hatte. Nach dieser Nacht würde Iris ihn nie wieder darum bitten, sie mitzunehmen. Wenigstens hoffte er das.

»Wann wird er wiederkommen?« fragte Iris nach einer Weile. Ihre Stimme zitterte noch immer, auch wenn sie sich Mühe gab, sich wenigstens äußerlich nichts mehr von ihrer Furcht anmerken zu lassen.

»Ich hoffe, bald«, antwortete Thamis. »Es ist schon spät, und Antilochos bleibt immer sehr lange in Cassyras Haus. Ich möchte gern vor Tagesanbruch wieder in der Stadt sein.«

»Cassyras Haus ... was tut er da überhaupt?« fragte Iris neugierig. »Ich meine, für einen Danaer ist es doch gefährlich, nach Troja zu gehen. Er kann erschlagen werden, wenn er den Wachen in die Hand fällt. Was gibt es in Cassyras Haus so Wichtiges, daß er sein Leben riskiert?«

Sekundenlang starrte Thamis seine Schwester verstört an, ehe er sich in ein verlegenes Lächeln zu retten versuchte. »Nun«, stotterte er, »das ist ... ist eine reine Männersache, weißt du?«

»Nein«, antwortete Iris. »Weiß ich nicht. Was tut er da? Was ist so wichtig, daß er soviel Geld bezahlt und sein Leben riskiert, um es zu bekommen?«

Thamis begann nervös mit den Händen zu ringen. Seit ihre Eltern vor sechs Jahren an dem Fieber gestorben waren, das jeden vierten Troer und die Hälfte von Agamemnons Heer dahingerafft hatte, ersetzte er seiner Schwester Vater und Mutter, so gut es ging; und das schloß nicht nur ein, daß er für ihr Essen und ein Dach sorgte, unter dem sie schlafen konnten. Und seit er selbst vor fünf Jahren entdeckt hatte, daß der Unterschied zwischen Mann und Frau beträchtlich größer war, als man Kinder im allgemeinen glauben machen wollte, hatte er den Augenblick gefürchtet, in dem Iris eine solche Frage stellen würde.

»Nun«, begann er stockend, »das ist ... schwer zu erklären. Du ... du kennst doch das Haus der Cassyra und die Mädchen, die dort ... äh ... leben, nicht wahr?« Seine Schwester nickte, und Thamis fuhr, etwas mutiger geworden, fort: »Vielleicht hast du auch schon einmal gehört, was man sich über das Haus und die Mädchen erzählt. Die Männer aus Troja gehen dorthin, um ...«

»Ich weiß, warum die Männer aus Troja dorthin gehen«, unterbrach ihn seine Schwester.

»Ach?« sagte Thamis. »Woher?«

Iris lächelte triumphierend. »Ich habe mit einem der Mädchen gesprochen, weißt du? Ich habe sie gefragt, was die Männer dort tun, wenn sie manchmal spätabends kommen und erst bei Sonnenaufgang wieder gehen.«

»Und sie hat es dir erzählt?« fragte Thamis und wurde ein bißchen blasser. Gottlob war die Nacht dunkel genug, daß Iris sein Erschrecken nicht allzu deutlich erkennen konnte.

»Sicher«, bestätigte Iris. »Was ist auch schon dabei? Sie hat mir erzählt, daß sie zusammen Wein trinken und reden und lachen und manchmal auch tanzen. Und manchmal«, ihre Stimme sank zu einem Flüstern ab und nahm einen fast verschwörerischen Ton an, »küssen sie sich auch. Die Dinge, die Männer und Frauen eben so tun, wenn sie allein sind.«

Für die Dauer von zwei, drei Herzschlägen starrte Thamis seine Schwester aus großen Augen an. Seine Mundwinkel begannen zu zucken, aber er beherrschte sich mit aller Kraft, nickte schließlich bloß und wandte sich mit einem Ruck um. »Ja«, sagte er. »Genau die Dinge, die Männer und Frauen eben so tun, wenn sie allein sind. Deshalb geht ... Antilochos ins Haus der Cassyra.«

Iris mußte das kaum hörbare Stocken in seiner Stimme aufgefallen sein, denn ihre Augen wurden schmal vor Mißtrauen. »Und das ist wirklich alles?« fragte sie. »Warum riskiert er sein Leben, nur um ein bißchen zu reden und zu tanzen?«

»Das Küssen nicht zu vergessen«, gluckste Thamis.

Iris machte eine wegwerfende Handbewegung. »Das kann es nicht sein«, behauptete sie. »Ich habe es selbst schon ausprobiert, und ...«

»Mit wem?« Thamis fuhr wie von der Tarantel gestochen

herum und hob die Hand, als wolle er seine Schwester an der Schulter packen, führte die Bewegung aber nicht zu Ende.

»Das spielt jetzt keine Rolle«, sagte Iris patzig. »Jedenfalls weiß ich, wie es ist. Ich würde mein Leben jedenfalls nicht dafür riskieren. Auch nicht für ein bißchen Tanz und Unterhaltung.«

»Vielleicht unterhalten sich die troischen Frauen besonders gut«, sagte Thamis. »Vielleicht ist den Achäern auch bloß langweilig. Immerhin belagern sie die Stadt seit zehn Jahren. Und letztlich interessiert es mich auch nicht. Sie bezahlen gut dafür, daß ich sie in die Stadt und sicher hinaus bringe.«

»Ich weiß«, sagte seine Schwester. »So viel Geld, nur um ...« Sie stockte, spielte mit der Zunge an ihren Schneidezähnen und sah ihren Bruder fragend an. »Wozu brauchst du den Wein?«

»Für die Wache«, antwortete Thamis. »Manchmal drücken sie ein Auge zu, wenn ihre Becher immer gut gefüllt sind, weißt du? Priamos ist knauserig, was die Verpflegung seiner Krieger angeht.«

»Und der Ziegenkäse?« fragte Iris.

Thamis lächelte. »Der ist für dich«, sagte er gutmütig. »Dafür, daß du den Mund hältst und keinem verrätst, was du heute nacht gesehen hast. Ich weiß doch, wie gerne du Käse hast.«

Seine Schwester jauchzte vor Vergnügen, so daß Thamis hastig die Hand auf die Lippen legte und sich erschrocken umsah. Er unternahm diese nächtlichen Ausflüge mehr oder weniger regelmäßig seit nunmehr fast vier Jahren und kannte die meisten hellenischen Krieger beim Namen; was nicht hieß, daß er auch nur ein einziges Mal in all der Zeit unvorsichtig oder gar leichtsinnig geworden wäre. Manchmal setzten die Danaer Patrouillen ein, die ihrerseits wiederum die Wachen kontrollieren sollten, und einmal − es war zwei Jahre her, aber Thamis schauderte jetzt noch, wenn er daran zurückdachte − war er gar Odysseus selbst über den Weg gelaufen und um ein Haar gefangen worden. Nein, wenn Thamis etwas in seinem Leben − das er fallweise als Tagelöhner, Bettler, Dieb oder Schwarzhändler bestritt − gelernt hatte, dann war es, vorsichtig zu sein.

»Nicht so laut«, sagte er. »Willst du das ganze Lager aufwekken?«

»Ich denke, wir sind in Sicherheit?« fragte Iris patzig.

Thamis sah sie böse an, verzichtete aber vorsichtshalber auf eine Antwort, denn er kannte seine Schwester und wußte, daß er ohnehin nicht recht bekommen würde.

»Wer ist er überhaupt?« fragte Iris, nachdem sie eine Zeitlang schweigend nebeneinander gehockt hatten.

»Wer? Antilochos?«

Iris nickte.

»Der Sohn Nestors«, antwortete Thamis.

Seine Schwester fuhr sichtlich zusammen. Ihre Augen wurden rund vor Staunen. »Der Sohn des ...«

»Ja, der Sohn des!« unterbrach Thamis sie verärgert. »Er ist ein Mann wie jeder andere, auch wenn sein Vater zufällig der berühmte Nestor ist. Ich mache schon lange Geschäfte mit ihm, übrigens auch zu deinem Vorteil, liebe Schwester. So manchen Laib Brot und mancher Krug frische Milch, die du bekommen hast, habe ich mit seinem Gold bezahlt. Er ist ein alter Geizhals, aber er hat auch Geld und kann alles gebrauchen. Zehn Jahre im Heerlager sind hart«, sagte er und fügte — mit einem Grinsen und einer Handbewegung zur Stadt, die wie ein schwarzer Schatten vor dem Hintergrund des Himmels auf der Hügelkuppe über ihnen throne — hinzu: »Vor allem, wenn man täglich die Reichtümer der mächtigsten Stadt der Welt vor Augen hat. Nicht einmal der Sohn des Nestor ist gegen Hunger und Langeweile gefeit.«

»Aber er ist ein Feind unseres Volkes!« protestierte Iris.

»Ach?« sagte Thamis spitz. »Tatsächlich? Darüber muß ich nachdenken. Wenn du recht hättest, müßte ich wohl damit aufhören, unter Lebensgefahr aus der Stadt zu schleichen und Geschäfte mit den Danaern zu machen. Allerdings«, fügte er gereizt hinzu, »könnte es dann sein, daß du in jeder zweiten Nacht mit knurrendem Magen einschläfst.«

»Ich finde es nicht richtig«, beharrte seine Schwester, als hätte sie seine Worte gar nicht gehört, »daß du Geschäfte mit den Achäern machst.«

»Das Gold der Griechen ist so gut wie das der Troer«, knurrte

Thamis. »Und sie sind weitaus freigiebiger damit als unsere eigenen Landsleute.«

Iris blickte ihn mit einer Mischung aus Entsetzen und heiligem Zorn an. »Aber die Götter ...«

»... machen uns nicht satt«, fiel ihr Thamis ins Wort.

Iris erbleichte noch mehr, obgleich Thamis das noch vor Augenblicken für schlechterdings unmöglich gehalten hatte. »Lästere die Götter nicht!« flüsterte sie. »Du weißt nicht, was ...«

»Götter! Papperlapapp!« Thamis fuchtelte wütend mit den Händen vor dem Gesicht seiner Schwester in der Luft. »Hast du jemals ein Stück Brot von den Göttern bekommen oder mehr als das, was Kassandra von den Opfergaben nicht selbst aufgebraucht und weggeworfen hat? Bisher hat mir kein Gott geholfen, weder ein troischer noch ein anderer. Hätte ich auf die Götter und ihre Milde vertraut, dann wären wir beide schon vor fünf Jahren verhungert.«

Er hätte noch mehr gesagt und sicher auch Dinge, die ihm hinterher leid getan hätten, aber in diesem Moment erscholl vom Meer her ein dumpfer, sonderbarer Laut, wie ihn weder Thamis noch seine Schwester jemals zuvor gehört hatten, und beide verstummten abrupt.

»Was ... was war das?« flüsterte Iris erschrocken. Ihre Stimme bebte.

Thamis schüttelte stumm den Kopf, fuhr sich mit der Hand über die Augen und blickte angestrengt zum Meer hinunter. Die See lag glatt und ruhig unter dem Himmel, wie eine gewaltige Ebene aus gehämmertem blauen Stahl, von einer tausendfach gewundenen Linie weißen Schaumes gesäumt, wo sie gegen den flachen Strand lief; nichts hatte sich verändert, es war das gleiche Bild, das er kannte, seit er zum ersten Mal über die Mauern seiner Heimatstadt geschaut hatte.

Und doch ... Thamis konnte das Gefühl nicht in Worte kleiden, kaum in Gedanken – aber der Laut war auf schwer faßbare Weise drohend gewesen, nicht einmal sonderlich laut. Sie hatten ihn eher gespürt als gehört, dachte er schaudernd. Es war, als hätte das Meer wie ein großes, verwundetes Tier gestöhnt.

»Was war das?« fragte seine Schwester noch einmal, und diesmal hörte Thamis deutlich einen Unterton von beginnender Hysterie in ihrer Stimme. Er mußte sich zusammenreißen, um sich nicht von ihrer Panik anstecken zu lassen.

»Ich weiß es nicht«, sagte er. Seine Stimme klang rauh. »Nichts. Vielleicht ein Gewitter draußen über dem Meer.«

»Das ist der Zorn der Götter!« behauptete Iris. »Sie haben deine Worte gehört, Thamis. Du hättest sie nicht lästern sollen.« Sie schluckte. In ihren Augen glitzerten Tränen.

»Unsinn!« widersprach Thamis. »Das ist ...«

Im gleichen Moment erscholl vom Meer her zum zweiten Mal dieser tiefe, stöhnende Laut, und einen winzigen Moment später zitterte die Erde. Nur ganz sacht, sicher nicht einmal heftig genug, einen Trinkbecher umzustoßen, der auf einem wackeligen Tisch stand; aber doch so, daß die beiden es deutlich spürten.

»Da hast du es!« keuchte Iris. »Das ist die Strafe, Thamis. Die Strafe der Götter dafür, daß du dich mit unseren Feinden verbündet hast!«

»Verdammt, sei ruhig!« zischte Thamis aufgebracht. »Das ist ein Erdstoß, nicht die Strafe irgendwelcher Götter. Und wenn doch, dann allerhöchstens dafür, daß ich so dumm war, dich mit hierher zu bringen, statt dich am Abend ins Bett zu schikken, wo Kinder hingehören.«

»Ich will zurück!« sagte Iris weinerlich. »Laß uns zurückgehen und im Tempel ein Opfer darbringen.«

»Und wovon, wenn ich fragen darf?« fauchte Thamis. Er bedachte seine Schwester mit einem wütenden Blick, sah noch einmal zum Meer und dem Heerlager der Griechen hinunter und baute sich breitbeinig vor Iris auf. »Ich denke nicht daran, Antilochos ungeschoren davonkommen zu lassen. Dieser Narr ist so heiß, daß er heute nacht jeden Preis bezahlen würde, um zu Cassyra zu kommen. Wir bleiben«, sagte er bestimmt – obgleich er in Wirklichkeit nicht halb so ruhig war, wie der Klang seiner Stimme seine Schwester glauben machen wollte.

»Ich will nach Hause«, quengelte Iris. »Bitte, Thamis. Ich ... ich habe Angst. Die Danaer werden uns fangen.«

»Wir bleiben!« sagte Thamis noch einmal und jetzt so scharf und laut, daß seine Schwester wie unter einem Hieb zusammenfuhr und ihn erschrocken anstarrte.

»Thamis«, begann sie, wurde aber sofort wieder von ihrem Bruder unterbrochen, der nun wirklich am Ende seiner Beherrschung angekommen war.

»Ich will kein Wort mehr hören, basta!« fauchte er wütend.

»Aber Thamis«, stammelte Iris. »Du ...«

Thamis sog drohend die Luft zwischen den Zähnen ein. »Wenn du nicht sofort still bist, Iris«, sagte er, »verpasse ich dir eine Tracht Prügel, an die du dich noch in zehn Jahren erinnerst!«

»Aber Thamis, die Danaer ...«

»Zum Hades mit deinen Danaern!« brüllte Thamis. »Du sollst still sein!«

Iris erbleichte noch weiter. Ihre Lippen begannen zu zittern, und ihre Augen füllten sich mit Tränen. Aber sie schien zumindest zu spüren, wie ernst es Thamis mit seinem Zorn war, denn sie hielt nicht einmal mehr seinem Blick stand, sondern blickte unverwandt auf einen imaginären Punkt hinter ihrem Bruder.

»Ich ... ich wollte ...«, stammelte sie.

»Ihr Götter, womit habe ich diese Schwester verdient?« jammerte Thamis.

»Ich wollte ...«, begann Iris von neuem.

»Bei Zeus, es interessiert mich nicht, was du wolltest!« kreischte Thamis.

»... wollte dir ja nur ...«

»Bist du still?« brüllte Thamis.

»... nur sagen, daß ...«

»Halt endlich den Mund!« schrie Thamis und hob die Hand.

»... sagen, daß Agamemnon ...«

»Du sollst still sein!« brüllte Thamis, trat drohend auf seine Schwester zu und holte aus, um ihr mit einer kräftigen Maulschelle die Lippen zu verschließen. »Du wirst ihn noch herlokken, mit deinem Gezeter!«

»... selbst hinter dir steht«, schloß seine Schwester.

Thamis erstarrte. Für die Dauer von drei, vier mühsamen Herzschlägen stand er vollkommen reglos da, wie eine Statue, den Mund halb geöffnet und die Hand noch zum Schlag erhoben, dann drehte er sich herum, ließ den Arm sinken und schluckte hörbar, bekam aber noch immer keinen Laut heraus, sondern starrte nur aus ungläubig geweiteten Augen auf die Gestalten der vier Männer, die sich wie urplötzlich aus der Nacht aufgetauchte Gespenster hinter ihm gegen das Blauschwarz des Himmels abhoben.

Drei von ihnen waren wirklich nur als Schatten zu erkennen, wenngleich die Nacht auch nicht dunkel genug war, die Umrisse der Speere und Schilde vollends zu verschlucken, mit denen sie sich bewaffnet hatten. Der vierte stand etwas näher, in lässiger Haltung, die rechte Hand auf dem Oberschenkel aufgestützt und die Schultern leicht nach vorne gebeugt, wie ein Mann, der es sich zum Reden — oder in seinem Falle wohl eher zum Zuhören — bequem gemacht hat. Das Mondlicht riß blitzende Reflexe aus seinem goldbeschlagenen Helm, unter dem schwarze Locken hervorquollen, und ließ das Schwert an seiner Seite glänzen. Seine gewaltigen, muskelbepackten Schultern schienen den mächtigen Harnisch aus schwarzem, ebenfalls mit Gold verziertem Leder fast zu sprengen, und sein Gesicht — nun, wenn Thamis jemals das Gesicht eines typischen Achäers gesehen hatte, dann war es dieses Gesicht.

Nicht, daß er es nicht gekannt hätte. Jeder Einwohner von Troja kannte dieses Gesicht. Schließlich hatte sein Besitzer während der letzten zehn Jahre immer wieder versucht, ihre Stadt dem Erdboden gleichzumachen; wenn auch bisher mit mäßigem Erfolg.

Nach einer Ewigkeit erwachte Thamis aus seiner Erstarrung. Er keuchte, riß schützend die Hände vor das Gesicht und taumelte zwei, drei Schritte zurück, bis er gegen seine Schwester stieß. »Ag...«, stammelte er. »Ag... Aga...«

Der schwarzhaarige Achäer lächelte, nahm die Hand vom Oberschenkel und richtete sich zu seiner vollen Größe von fast zwei Metern auf. »Ganz recht, mein Junge. Deine Schwester hat sich nicht geirrt. Ich bin Agamemnon. Und wer bist du, und was sucht ihr hier, noch dazu zu dieser Stunde?«

Thamis keuchte, fuhr herum, packte Iris beim Handgelenk und rannte los.

Das letzte, was er wahrnahm, war das angstvolle Kreischen seiner Schwester. Dann traf ihn der Schaft eines zielsicher geschleuderten Speeres am Hinterkopf, und um ihn herum erlosch die Nacht.

ERSTES KAPITEL

Er war allein, als er erwachte. Sein Kopf tat nicht einmal weh, obwohl er sich deutlich an den harten Schlag erinnerte, der ihm das Bewußtsein geraubt hatte, aber er war an Händen und Füßen gebunden, und als er versuchte, sich auf dem schmalen Lager aus Fellen und Decken aufzurichten, zerrte ihn ein Strick zurück, der seine Handfesseln mit einem eisernen Ring im Boden verband. Mit einem resignierenden Seufzer ließ sich Thamis in die weichen Kissen zurücksinken, schloß die Augen und zählte in Gedanken fünfmal hintereinander bis zehn, ehe er zum zweiten Mal die Lider hob und mit einer Mischung aus Neugierde und mühsam unterdrückter Furcht seine Umgebung musterte.

Er lag in einem Zelt, das nach seiner Größe einem Feldherrn des hellenischen Heeres gehören mußte, wenn nicht gar Agamemnon oder Odysseus persönlich. Durch die bemalten Stoffbahnen über seinem Kopf drang gelbes Sonnenlicht, und die Luft war, obgleich es erst früher Morgen sein konnte, bereits jetzt stickig und warm.

Der durchdringende Salzwassergeruch, der mit der Wärme durch die Zeltwand kroch und hier viel deutlicher war als oben in Troja, sagte ihm, daß sich das Zelt dicht am Meer und somit im Herzen des griechischen Heeres befand — wo sonst? —, und die wenigen, die ausgesucht kostbaren Möbelstücke, die in chaotischer Ordnung das Rund aus festgestampftem Sand füllten, bestärkten ihn in seiner Überzeugung, sich im Zelt eines sehr wichtigen Mannes zu befinden.

Thamis wußte nicht, ob er über diesen Umstand nun froh oder unglücklich sein sollte. Zwar war er nach allem, was er über Agamemnon gehört hatte, sicher, es mit einem durchaus aufrechten und edlen Mann zu tun zu haben, den nur ein unglückliches Schicksal auf die falsche Seite verschlagen hatte, und er war so zumindest der Gefahr enthoben, daß man ihm ohne viel Federlesens die Kehle durchschnitt oder ihn im Meer ersäufte.

Andererseits war Agamemnon nicht nur ein tapferer Krieger, sondern auch der Heerführer der Achäer, und als solcher mochte er durchaus zu dem Schluß gelangen, daß ein Junge aus Troja, der gegen Mitternacht in der Nähe seines Lagers aufgegriffen wurde, nichts anderes als ein Spion sein konnte – was wiederum zur Folge hätte ...

Als Thamis an diesem Punkt seiner Überlegungen angekommen war, näherten sich Schritte dem Zelt, und wenige Augenblicke später wurde die Plane vor seinem Eingang mit einem Ruck beiseitegeschlagen, und ein Mann im blitzenden Harnisch eines achäischen Kriegers trat geduckt durch die niedrige Öffnung.

Thamis fuhr überrascht hoch, als der Mann die Plane hinter sich schloß und sich wieder aufrichtete. Der kurze Moment hellen Sonnenlichts, in dem die Zeltplane offen gewesen war, hatte seine Augen geblendet, so daß er den Griechen nur undeutlich erkennen konnte, aber das wenige, was er sah, ließ ihn seine mißliche Situation für Augenblicke vergessen. Noch bis zum gestrigen Abend hatte er geglaubt, mit Agamemnon dem größten Mann begegnet zu sein, den die Götter jemals erschaffen hatten. Jetzt sah er, daß das nicht stimmte.

Der Achäer war ein Riese. Selbst ohne den wuchtigen, aus purem Gold gefertigten Helm, der sein rotblondes Haupt krönte, mußte er eine gute Spanne mehr als zwei Meter messen, und seine Schultern waren so breit, daß sich Thamis unwillkürlich fragte, wie er durch eine normal gebaute Tür passen wollte, ohne sich die Haut von den Armen zu streifen oder das Haus niederzureißen.

Sein Gesicht war gut doppelt so breit wie das Thamis', hatte eine zerschlagene Nase und breite Lippen, die den Nicht-Griechen in seiner Ahnentafel verrieten. Es wies jenen leicht dümmlichen Ausdruck auf, den man oftmals bei Menschen außergewöhnlicher Größe antrifft (über den man aber eben wegen dieser Größe niemals offen zu reden wagt). Und die Hände, deren Daumen er jetzt nachlässig unter den Gürtel seines eisenbeschlagenen Lederrocks gehakt hatte, sahen ganz so aus, als zerbreche er damit jeden Tag einen Schiffskiel, nur um sich in Form zu halten.

Schweigend musterte er Thamis eine Weile, dann schüttelte er den Kopf, ging vor seinem Lager in die Hocke und zerriß die Stricke, die seine Hände und Füße banden, ohne sichtliche Anstrengung.

»Steh auf«, befahl er. Thamis fuhr beim Klang seiner Stimme unwillkürlich zusammen, denn sie erinnerte ein wenig an das stöhnende Geräusch, das er gestern abend vom Meer her gehört hatte. Er beeilte sich aber trotzdem, dem Befehl nachzukommen. Der Riese grunzte zufrieden, trat einen Schritt zurück und musterte Thamis mit einem langen, prüfenden Blick.

»Dein Name, Bursche«, knurrte er.

»T... Thamis«, stammelte Thamis. »Mein Name ist Thamis, Herr.«

»Thamis, so.« Der Riese nickte, verschränkte die Arme vor der Brust und fuhr sich mit der Hand über die schwarzen Bartstoppeln, die sein Kinn bedeckten. »Du bist ein Dardaner.«

Im ersten Moment wollte Thamis den Kopf schütteln, aber dann fiel ihm ein, wie lächerlich diese Lüge in Anbetracht seiner Lage wäre, und er nickte. »Ich ... stamme aus Troja, Herr«, sagte er. »Ja. Aber ich bin nicht Euer Feind«, fügte er hastig hinzu. »Ich bin kein Spion. Meine Schwester und ich haben uns in der Dunkelheit verirrt, und da ...« Er brach ab, als ihn ein Blick aus den Augen des Riesen traf. »Ich bin ein Dardaner, ja«, flüsterte er.

Der Riese nickte abermals. »Gut, daß du wenigstens nicht versuchst zu leugnen«, brummte er. Dann drehte er sich um, ging zu einer der Truhen, die vor der jenseitigen Zeltwand standen, nahm ein großes Wolltuch hervor und warf es Thamis zu.

»Dein Gesicht ist schmutzig«, sagte er. »In der Schüssel dort ist Wasser. Wasch dich. Agamemnon mag keinen Schmutz.«

Thamis fing das Tuch geschickt auf, rührte sich aber nicht von der Stelle. »Agamemnon?« hauchte er. »Du ... ich meine ... Ihr meint, Agamemnon selbst wird hierher kommen?«

»Was glaubst du, in wessen Zelt du bist, Bursche?« brummte der Riese. Sein zerschlagenes Gesicht verfinsterte sich. »Wenn es nach mir ginge, hätten wir dich gleich gestern nacht aufgespießt, wie es sich für einen Spion gehört. Aber Agamemnon wollte dich erst verhören.« Er schüttelte den Kopf. »Er hat ein zu weiches Herz, für meinen Geschmack.«

»Verhören?« Thamis' Knie begannen zu zittern. Plötzlich hatte er Angst. Scheußliche Angst. »Aber ... aber warum?« stotterte er. »Ich habe nichts getan.«

»Erzähl ihm das selbst«, knurrte der Riese. »Vielleicht glaubt er dir ja. Was nicht heißt, daß er dich nicht aufspießen lassen wird. Und jetzt wasch dein Gesicht, Bursche. Er wird gleich kommen.« Er wandte sich zum Gehen, blieb aber am Ausgang noch einmal stehen und drehte sich zu Thamis um. »Und laß dir nicht einfallen, weglaufen zu wollen«, sagte er warnend. »Das Zelt ist umstellt.«

»Natürlich nicht, Herr«, sagte Thamis heftig. »Ich ... ich werde hier warten. Bestimmt.«

Der Riese grunzte noch einmal, bückte sich unter dem Eingang hindurch und verließ das Zelt. Thamis starrte ihm aus schreckgeweiteten Augen nach, selbst als die Plane schon längst wieder an ihrem Platz zurückgefallen und seine Schritte draußen im Lager verklungen waren. Agamemnon! dachte er, immer und immer wieder. Agamemnon selbst, der Heerführer der Achäer, würde kommen, um ihn zu verhören!

Plötzlich zitterten seine Knie so stark, daß er sich setzen mußte. Agamemnon! Der Mann, der Troja den Untergang geschworen hatte und seine Tore seit zehn Jahren berannte! Gestern abend war das etwas anderes gewesen – er war viel zu überrascht gewesen, um wirklich darüber nachzudenken, wem er gegenüberstand, und es spielte im Grunde ja auch keine Rolle, ob er nun einem gemeinen Danaer oder ihrem obersten Heerführer in die Hände fiel, der zufällig seinen Weg gekreuzt hatte. Aber jetzt ...

Sicher, er war gerade sechzehn geworden und in den Augen der meisten Troer noch ein halbes Kind. Aber die Achäer waren keine zivilisierten Leute, wie die Bewohner Trojas, sondern noch immer halbe Barbaren. In ihren Augen war ein sechzehnjähriger Knabe schon ein halber Krieger; vielleicht mehr. Nicht wenige Danaer, die er während der letzten Jahre gesehen hatte, waren kaum älter als er gewesen und hatten trotzdem schon Schild und Schwert getragen. Nein — seine Jugend würde ihn nicht vor Agamemnons Zorn schützen.

Iris hatte recht, dachte er matt. Sein Schicksal war die Strafe der Götter, eine Strafe, die er lange genug herausgefordert hatte. Wie hatte er sich auch ernsthaft einbilden können, ungestraft Jahr um Jahr Geschäfte mit eben den Männern machen zu können, die nichts anderes als die Vernichtung seines Volkes im Sinne hatten!

Wieder näherten sich Schritte dem Zelt. Die Plane wurde geöffnet, und ein bärtiges Gesicht starrte zu Thamis hinein. Eine Hand begann wild zu gestikulieren und deutete auf den Wassertrog und das Tuch in Thamis Hand, dann verschwand das Gesicht wieder, und die Plane schlug mit einem flappenden Laut zu.

Thamis schrak aus seinen düsteren Gedanken hoch, stand auf und beeilte sich, dem Befehl des Riesen nachzukommen und sich zu säubern. Es hatte keinen Sinn, Agamemnon zu allem Überfluß auch noch zu verärgern. Das würde ihn sicher nicht retten, seinen Tod aber vielleicht ein wenig weniger qualvoll machen.

Kaum hatte er seine Reinigung beendet und sein Gesicht wenigstens von den gröbsten Spuren des Schmutzes befreit, der sich seit dem letzten Regen vor drei Monaten darauf angesammelt hatte, da wurde die Zeltplane ein drittes Mal aufgerissen, und ein halbes Dutzend Männer betrat nacheinander das Zelt. Thamis richtete sich erschrocken auf und wich in den äußersten Winkel des Raumes zurück, während sein Blick unstet über die Gestalten der prachtvoll gekleideten Männer huschte.

Drei von ihnen waren ihm fremd: Der eine war ein greiser, sicherlich mehr als fünfzig Jahre alter Mann mit weißem Haar und einem bis auf die Brust reichenden, von grauen Strähnen durchzogenen Bart. Er war einfach gekleidet und barfüßig und musterte ihn aus kurzsichtigen, rot entzündeten Augen, während die beiden anderen nicht sehr viel älter als er selbst sein konnten und die Kleider und Waffen von Kriegern trugen.

Den dreien folgten Agamemnon, dicht hinter ihm der Riese, der wohl so etwas wie Agamemnons Leibwächter zu sein schien, und als letzter Antilochos.

Thamis sog erschrocken die Luft ein, als er Nestors Sohn erblickte. Antilochos' Gesicht war so bleich, als wäre er soeben einer leibhaftigen Harpyie begegnet, und sein Blick irrte unstet zwischen Agamemnons breitem Rücken und Thamis' Gesicht hin und her. Thamis fiel auf, daß er weder Schwert noch Dolch trug, als einziger aller Männer hier; mit Ausnahme des Alten.

Fast eine Minute verging, während Thamis schweigend die Griechen und diese schweigend Thamis musterten. Schließlich räusperte sich Agamemnon lautstark, trat einen Schritt vor und verschränkte die Arme vor der Brust.

»Dein Name ist also Thamis«, begann er. »Der Dardaner, der Troja verlassen hat und sich in unser Lager geschlichen hat, um nicht zu spionieren.«

Thamis schluckte. Er wollte antworten, aber sein Gaumen war plötzlich so trocken, daß er nur ein unverständliches Krächzen zustande brachte. Agamemnon lächelte, aber es war ein Lächeln, das Thamis nicht gefiel. Ganz und gar nicht. »Sprichst du unsere Sprache nicht, Bursche?« fragte er. »Oder hat dir die Angst die Stimme verschlagen?«

»Ich ... spreche Eure Sprache, edler Herr«, stammelte Thamis. »Sehr ... sehr gut sogar.«

»Das ist gut«, sagte Agamemnon. »Und du brauchst auch keine Angst vor mir zu haben. Wenigstens im Augenblick nicht. Alles, was ich will, sind ein paar Antworten von dir.«

Thamis starrte den schwarzhaarigen Achäer sekundenlang an, dann raffte er all seinen Mut zusammen und verschränkte die Arme vor der Brust. »Ich verrate nichts«, sagte er trotzig. »Ihr könnt mich foltern, wenn Ihr wollt, aber ich sage nichts. Ihr erfahrt weder etwas über die Stadt von mir, noch die Zahl unserer Krieger oder ihrer Waffen.«

»Wie kommst du auf die Idee, daß mich solcherlei Dinge interessieren könnten?« fragte Agamemnon.

Thamis ächzte. »Ihr ... Ihr wollt nicht ... ich meine, es interessiert Euch nicht, wie viele Krieger wir haben und wie lange unsere Vorräte noch reichen und ... und ...«

»Das wissen wir längst«, sagte Agamemnon gelassen, »nicht wahr, Kalchas? Wie viele sind es genau?«

Die Worte waren an den weißhaarigen Alten gerichtet, der jetzt eilfertig nickte, die Hände hob und sekundenlang an den Fingern abzählte, während seine Lippen unhörbare Worte formten. »Siebenhunderteinunddreißig«, sagte er dann. »Die vier mitgerechnet, die sich heute morgen krank gemeldet haben, weil sie einen schweren Kopf vom Wein haben.«

Agamemnon nickte zufrieden und wandte sich wieder an Thamis. »Siehst du?«

Thamis' Blick irrte ungläubig zwischen dem achäischen Heerführer und dem alten Mann hin und her. »Aber das ... das ist doch unmöglich«, keuchte er. »Wie ... wie kann das angehen? Das ... das ist Zauberei.«

»Kalchas ist unser Seher«, erklärte Agamemnon. »Und nun rede, Bursche. Ich will alles wissen.«

»Was ... was meint Ihr, Herr?« flüsterte Thamis, während er noch immer aus ungläubig aufgerissenen Augen den Alten anstarrte. »Wenn Ihr doch schon alles wißt ...«

»Wir wissen eben nicht alles«, antwortete Agamemnon mit einem Seitenblick auf Antilochos, der ein Stück in sich zusammenzuschrumpfen schien und noch blasser wurde. »Bis gestern wußte ich zum Beispiel nicht, daß es unter meinen Kriegern Sitte ist, nachts Handel mit den Männern zu treiben, die sie tagsüber bekämpfen.« Er wandte sich wieder an Thamis. Sein Gesichtsausdruck verdüsterte sich weiter. »Wie lange geht das schon so?«

Thamis zögerte einen Moment. Aber dann sagte ihm eine innere Stimme, daß dies nicht der richtige Augenblick war zu lügen. Wenn ihn überhaupt noch etwas retten konnte, dann höchstens die Wahrheit. »Vier ... vier Jahre, Herr«, sagte er.

»Vier Jahre. So.« Agamemnon atmete hörbar ein. »Und was hast du ihnen noch verkauft – außer dem Weg in Trojas Freudenhäuser?«

Thamis warf Antilochos einen flehenden Blick zu, aber der Danaer sah weg und begann mit der Sandale im Boden zu scharren. »Alles, alles ... was sie brauchten, Herr«, sagte er schüchtern. »Wein, Kleider, Früchte, ab und zu eine Ziege oder ein Schwein, Schmuck, Waffen ...«

»Waffen?« Agamemnon wurde blaß.

»Nicht oft«, sagte Thamis hastig. »Eigentlich nur ein oder zwei Mal. Einmal ein paar Dolche und Schwerter, und vor einem Jahr eine Wagenladung Pfeile, das war alles.«

»Das war nach dem schweren Herbststurm letztes Jahr«, sagte Kalchas, an Agamemnon gewandt. »Erinnerst du dich? Das Schiff, das den Nachschub bringen sollte, war gesunken, und wir hatten nicht mehr genügend Pfeile für die Bogenschützen. Du hattest befohlen, daß die Männer im Schutze der Nacht die Schlachtfelder nach verschossenen Pfeilen absuchen sollten.«

»Das hatte ich«, knurrte Agamemnon. »Aber mir scheint, statt dessen haben sie das Haus der ... wie hieß sie doch?«

»Cassyra«, sagte Thamis.

»... das Haus der Cassyra nach etwas ganz anderem abgesucht, und du und deine Schwester haben getan, was Aufgabe meiner Krieger gewesen wäre.«

»Meine Schwester nicht«, sagte Thamis hastig. »Sie ... sie war gestern das erste Mal dabei, das schwöre ich.«

»Und gleich seid ihr erwischt worden.« Agamemnon seufzte. »Du hättest eigentlich wissen sollen, daß Frauen nichts auf dem Schlachtfeld verloren haben, Bursche. Sie bringen Unglück.«

»Wo ... wo ist sie?« fragte Thamis schüchtern. »Sie lebt doch noch, oder?«

»Natürlich lebt sie noch.« In Agamemnons Augen erschien ein sanftes, nicht einmal unfreundliches Lächeln. »Ich habe sie auf eines der Schiffe bringen lassen, wo sie in Sicherheit ist. Du kannst sie später sehen.«

»Bitte, laßt sie gehen, Herr«, flehte Thamis. Er wunderte sich selbst ein bißchen, woher er den Mut nahm, eine solche Forderung an Agamemnon zu richten, aber der Achäer schien ihm seine Worte nicht einmal übelzunehmen; im Gegenteil. Das

stumme Lächeln in seinen Augen wurde eine Spur wärmer.
»Sie hat nichts mit mir und meinen Geschäften zu tun, Herr«, fuhr er fort. »Das ist die Wahrheit. Sie war zum erstenmal dabei, und auch nur, weil sie mich so gequält hat, sie einmal mitzunehmen. Sie wird niemandem etwas verraten. Tut mit mir, was Ihr wollt, aber verschont meine Schwester. Sie ist noch ein Kind.«

Agamemnon unterbrach seinen Redeschwall mit einer unwilligen Geste. »Was mit deiner Schwester geschieht, wird sich zeigen«, sagte er. »So, wie sich zeigen wird, was wir mit dir machen«, fügte er drohend hinzu. Das Lächeln verschwand aus seinen Augen, und statt dessen erschien wieder der strenge, fordernde Ausdruck auf seinen Zügen. »Vorerst verlange ich die Namen aller, mit denen du Handel getrieben hast, Bursche.«

»Das ... das sind sehr viele«, stotterte Thamis. »Ich weiß ihre Namen nicht alle, Herr.«

»Dann wirst du sie mir zeigen«, brummte Agamemnon. »Und ich rate dir, dein Gedächtnis anzustrengen, Bursche.« Er wies auf die beiden jüngeren Krieger, die in seiner Begleitung gekommen waren. »Epeos hier und Ajax werden mit dir durch das Lager gehen, und du wirst dir jeden einzelnen ansehen und mit dem Finger auf die deuten, die du kennst. Und versuche nicht, uns zu belügen.«

Thamis warf einen unsicheren Blick auf Kalchas, dann sah er wieder zu Agamemnon auf und nickte. »Nein, Herr.«

»Dann ist es ja gut. Und jetzt komm. Ich begleite dich ein Stück. Später bringt Ajax dich zu deiner Schwester.«

Hintereinander verließen sie das Zelt. Thamis blinzelte, als er aus dem Halbdunkel ins helle Licht des Morgens hinaustrat. Die Sonne stand eine halbe Handbreit über dem Horizont, aber es war bereits jetzt drückend heiß, und er bekam fast sofort Durst. Agamemnons Zelt lag im Halbschatten eines überhängenden Felsens, der ihm Deckung zur Stadt hin gewährte und tagsüber auch die schlimmste Glut der Sonne abhalten mußte; zur anderen Seite hin war es nur ein knappes Dutzend Schritte bis zum Strand. Aber selbst der salzige Hauch, der vom Meer aufstieg, war drückend und schwül und brachte keinerlei Linderung. Der Ozean lag da wie aus Blei gegossen. Die Wellen waren niedrig und bewegten sich so träge, als litten auch sie unter der Hitze.

Sie umgingen den Felsbuckel, hinter dem das Zelt stand, und schritten durch eine Lücke in der gemauerten Wand, die den Strand dahinter in zwei Hälften teilte. Thamis hatte das Lager der Griechen oft und ausführlich betrachtet, wenn er ihm auf seinen nächtlichen Streifzügen nahe gekommen war. Er wußte, daß sich das, was vor zehn Jahren einmal ein hastig aufgeschlagenes Heerlager gewesen war, mittlerweile selbst zu einer kleinen Stadt ausgewachsen hatte, die mehr als tausend Bewohnern Platz bot. Aber er hatte es niemals aus solcher Nähe gesehen wie jetzt, und vermutlich war er sogar der erste Trojaner überhaupt, der Gelegenheit bekam, sich das Hauptquartier der Feinde derart ausgiebig ansehen zu können. Er fand nur keinen besonderen Gefallen an dem, was er sah.

Zur Rechten erstreckte sich das Meer, so weit der Blick reichte. Im Süden, ein Stück den Strand hinunter und wie eine felsige Zunge gute zwanzig Manneslängen ins Wasser hineinragend, erhob sich eine gewaltige Mauer aus tonnenschweren Felsquadern. Die Achäer hatten sie schon im ersten Jahr ihrer Belagerung dort errichtet, um ihre Schiffe vor den Pfeilen und Brandgeschossen zu schützen, mit denen die trojanischen Truppen sie reichlich eingedeckt hatten. Nur die Mastspitzen des guten Dutzends Kriegsschiffe, die zur Zeit vor der Küste vor Anker lagen, lugten über die Mauerkrone.

Auf der anderen Seite erstreckte sich das Lager: ein gewaltiger, kühn geschwungener Halbkreis, umgeben von einer gut mannshohen Mauer und zahllosen hölzernen Türmen, von denen aus der Blick bis zur Stadt hinauf und noch weit in ihr Hinterland reichte. Obgleich Agamemnon an die tausend Krieger hier versammelt hatte, war das Lager groß genug, der dreifachen Anzahl Platz zu bieten, und nicht wenige Zelte, die in kleinen Gruppen am Strand oder weiter hinauf in die Düne geschmiegt waren, schienen seit langer Zeit leer zu stehen.

Hier und da saßen kleine Gruppen von Männern zusammen, redeten, spielten oder dösten einfach in der Sonnenhitze vor sich hin. Als sie ein weiteres Tor in der Mauer passierten, schreckte ihr Kommen einen Mann hoch, der schräg auf seinen Speer gestützt halbwegs eingenickt war. Agamemnon runzelte die Stirn, schwieg aber. Nach allem, was Thamis sah, schien das hellenische Heer mindestens so sehr unter der Hitzewelle zu leiden wie die Trojaner.

Sie durchquerten das Lager, gingen zum Strand hinunter und näherten sich der Hafenanlage. Agamemnon redete leise mit dem rotblonden Riesen, der seine Worte wechselweise mit einem Grunzen oder einem Nicken quittierte, und warf manchmal Blicke über die Schulter zu Thamis zurück, die diesem gar nicht gefielen. Aber als er ins Gesicht des neben ihm gehenden jungen Kriegers sah — er erinnerte sich, daß Agamemnon ihn Ajax genannt hatte —, war der einzige Ausdruck, den er darin las, Müdigkeit und ein schwaches Wohlwollen. Allmählich begann Thamis wieder Hoffnung zu schöpfen. Zumindest ging es noch nicht direkt um sein Leben.

Plötzlich erscholl hinter ihnen ein wütender Schrei. Thamis' Begleiter blieben abrupt stehen, und auch er verhielt mitten im Schritt und drehte sich neugierig herum — gerade rechtzeitig, um die Gestalt eines halbnackten Danaers zu erkennen, der mit gesenktem Schädel und geballten Fäusten auf ihn zugestürmt kam.

»Da ist der Kerl ja!« brüllte er. »Warte, Bursche! Auf diesen Tag habe ich lange gewartet. Jetzt zahle ich dir alles heim!« Mit diesen Worten schwang er die Fäuste, lief noch schneller und wollte sich auf Thamis stürzen, ungeachtet des halben Dutzend Männer, die ihn umstanden.

Kalchas stellte ihm ein Bein.

»Bei Zeus!« brüllte Agamemnon, dessen Geduld nun sichtlich erschöpft war. »Was fällt dir ein, Kerl? Was bedeutet das?«

Der Danaer stemmte sich hoch, spie einen Mundvoll Sand und Salzwasser aus und setzte zu einer wütenden Entgegnung an. Dann erkannte er, wem er gegenüberstand, und schluckte den Fluch und den Rest Sand, die ihm auf der Zunge lagen, herunter.

»Herr!« entfuhr es ihm. »Ihr! Ich ... verzeiht. Ich bitte Euch um Vergebung. Ich habe Euch nicht gleich erkannt.«

»So?« grollte Agamemnon. »Und was bedeutet dein Auftritt. Wem willst du was heimzahlen?«

Der Krieger schluckte. Seine Hände gruben im Sand, als versuche er sich ein Loch zu schaufeln, in dem er sich verkriechen konnte. Sekundenlang hielt er Agamemnons Blick stand, dann sah er Thamis an, und seine Augen flammten abermals vor Zorn auf. Er hob anklagend die Hand und deutete auf den jungen Trojaner.

»Dieser Bursche da hat mich betrogen!« sagte er. »Um fast einen Monatssold hat er mich geprellt. Und meinen Bruder auch!«

Agamemnon preßte die Lippen zu einem schmalen Strich zusammen und blickte abwechselnd Thamis und den Danaer an. »Stimmt das?« fragte er.

Thamis schüttelte heftig den Kopf. Im ersten Moment hatte er den Krieger nicht erkannt, aber jetzt, als er seine Worte hörte, fiel ihm auch wieder ein, woher er sein Gesicht kannte. »Nein, Herr«, sagte er. »Ich betrüge niemals. Das könnte ich mir gar nicht leisten. Ich lebe davon, daß meine Kunden mir vertrauen.«

Agamemnons Mundwinkel zuckten verdächtig, und in seinen Augen erschien ein sonderbares Glitzern. Aber seine Stimme war streng wie zuvor, als er sich an den vor ihm knienden Krieger wandte. »Du hörst, was der Junge sagt.«

»Er lügt!« behauptete der Krieger. »Ich gab ihm Geld für zwei Ziegen, und er brachte mir nur eine. Ich kann das beweisen.«

»So?« fragte Agamemnon lauernd. »Wie?«

»Ich war nicht allein«, erwiderte der Danaer trotzig. »Vier meiner Kameraden waren dabei und auch zwei Männer aus Neoptolemos' Heer, und ... und ...« Er stockte, biß sich auf die Unterlippe und schluckte hörbar. Sein Blick flackerte.

»Und?« fragte Agamemnon gepreßt.

»Und ... noch ein paar andere«, flüsterte der Mann.

Agamemnon seufzte, hob die rechte Hand vor die Augen und wandte sich mit einem Ruck um. Seine Schultermuskeln spannten sich, als hätte er einen Krampf. »Bei Zeus«, flüsterte er, »wie viele Männer gibt es in diesem verdammten Heer eigentlich, die keine Geschäfte mit diesme dardanischen Bengel gemacht haben?«

»Siebzehn«, sagte Kalchas nach kurzem Überlegen. »Dich mitgerechnet. Und mich natürlich.«

Agamemnons Hände begannen sichtbar zu zittern, und in seinen Augen stand ein Ausdruck, den sich Thamis beim besten Willen nicht mehr erklären konnte, als er auf ihn herabsah.

»Bringt ihn aufs Schiff«, sagte Agamemnon schließlich. »Zu seiner Schwester. Ich werde später mit ihm reden.«

Ajax und Epeos führten ihn zwischen sich über eine schmale, unter ihrem Gewicht gefährlich wippende Planke an Bord des Schiffes. Es war ein flach gebauter Schnellsegler mit nur einem Mast, dem typischen hochgezogenen Bug, der seit einem Jahrzehnt zum Symbol des Schreckens schlechthin über dem westlichen Horizont vor Trojas Küste geworden war, und einem mächtigen, quaderförmigen Achteraufbau mit winzigen schießschartenähnlichen Fenstern.

Ein Dutzend kräftige, jetzt wie ein übergroßes Spalier zu beiden Seiten des Rumpfes hochgestellte Ruder mußten es in die Lage versetzen, auch bei schwachem Wind oder gar einer Flaute noch eine erstaunliche Geschwindigkeit zu entwickeln. Die Reling war mit Schildern und beweglichen, metallverstärkten Wehren gegen Pfeile und andere Wurfgeschosse gesichert. Obwohl nicht sehr groß, war das Schiff eine schwimmende Festung, die gut fünfzig Kriegern Platz bieten mußte. Und es starrte vor Waffen.

Thamis sah all dies und noch mehr mit gemischten Gefühlen. Wie jeden Knaben seines Alters – im Grunde jeden Bewohner Trojas – interessierte ihn alles, was mit den Griechen und insbesondere ihren Waffen und Kriegsmaschinen zusammenhing. Vielleicht war er der erste Trojaner überhaupt, der Gelegenheit bekam, sich den Hafen und die Kriegsflotte der Danaer so gründlich und aus der Nähe anzusehen; und er war noch immer Kind genug, ausreichend Begeisterung zu empfinden, um für einen Moment selbst seine Furcht zu vergessen. Er war aber auch bereits Mann genug, um rasch zu erkennen, weshalb ihm diese Beobachtung möglich war: Agamemnon hatte nicht vor, ihn wieder gehen zu lassen.

Ajax eilte voraus und öffnete eine niedrige, von außen verriegelte Tür im Achterkastell. Ein Schwall feuchter, nach Tang und Salzwasser und auch ganz leicht nach Fäulnis riechender Luft schlug Thamis entgegen, als er sich hinter dem jungen Danaer unter der niedrigen Tür hindurchbückte und die wenigen Stufen, die dahinter in die Tiefe führten, hinunterging. Epeos blieb an der Tür stehen wie ein flacher, im grellen Gegenlicht der Sonne bedrohlich wirkender Schatten.

»Ist ... meine Schwester hier?« fragte Thamis, als Ajax stehenblieb. Seine Augen hatten sich noch nicht an das schwache Licht hier drinnen gewöhnt; er sah den Danaer beinahe nur als Umriß. Trotzdem glaubte er, ein fast freundliches Lächeln über seine Züge huschen zu sehen, als Ajax nickte. »Im Raum nebenan.«

»Ihr habt sie eingesperrt?« entfuhr es Thamis. Das war eine ziemlich dumme Frage, und er hätte sich am liebsten auf die Zunge gebissen, aber Ajax schüttelte den Kopf und antwortete:

»Sagen wir lieber — in Sicherheit gebracht. Die Männer hier auf den Schiffen genießen unser allergrößtes Vertrauen, was man leider nicht von jedem einzelnen Krieger drüben im Lager behaupten kann.« Er lächelte, aber es wirkte irgendwie schmerzlich. »Du hast es ja selbst erlebt. Und deine Schwester ist ein hübsches Mädchen, obwohl sie noch sehr jung ist.« Plötzlich wirkte er verlegen. »Du verstehst, was ich meine?«

Thamis nickte betrübt. Natürlich verstand er, was Ajax andeuten wollte. Viele der Männer, die drüben im Lager auf dem Strand den Tag verdösten, waren seit zehn Jahren fern ihrer Heimat und hatten seit der gleichen Zeit keine Frau mehr gesehen; und das einzige, was sie in den Armen gehalten hatten, waren ihre Schilde und Speere gewesen. Schließlich hatte er genau aus diesem Umstand in den letzten vier Jahren genug Kapital geschlagen, um recht gut davon leben zu können.

Ajax schien seinen bedrückten Gesichtsausdruck falsch zu deuten, denn er winkte hastig ab und fuhr fort: »Aber keine Sorge. Hier auf dem Schiff seid ihr beide in Sicherheit. Niemand würde es wagen, auch nur einen Fuß auf seine Planken zu setzen, ohne unseren ausdrücklichen Befehl. Es ist Odysseus' Schiff«, fügte er mit einem gewichtigen Kopfnicken hinzu.

Thamis fuhr erschrocken zusammen. Unwillkürlich sah er sich um, fast als befürchte er, den schon zu Lebzeiten zu einer Legende gewordenen Hellenen im nächsten Augenblick aus einem Schatten hervortreten zu sehen. Für einen Moment blitzte das Bild des Danaers vor seinem inneren Auge auf, wie er ihn vor zwei Jahren gesehen hatte: ein Riese in einer schimmernden, goldgeschlagenen Rüstung, jeder Zoll ein Gott, das Gesicht hinter einem wuchtigen goldenen Helm verborgen und ein Schwert in den Händen, das gewaltig genug schien, eine Eiche mit einem einzigen Schlag zu fällen. Dann verging die Vision, und er war wieder allein mit Ajax in der kleinen, leicht muffig riechenden Kabine.

»Du brauchst keine Angst vor Odysseus zu haben«, sagte Ajax, der seine Gedanken deutlich auf seinen Zügen gelesen haben mußte. »Er wirkt manchmal ein bißchen grob, aber er tut keiner Fliege etwas zuleide.«

»Und ... Trojanern?« fragte Thamis schüchtern.

Ajax stutzte, sah ihn eine halbe Sekunde lang verwirrt an – und begann schallend zu lachen. Dann gab er Thamis einen freundschaftlichen Schlag auf die Schultern, der ihn ächzend ein Stück in die Knie gehen ließ, schlug sich selbst noch drei- oder viermal auf die Oberschenkel und wischte sich mit dem Handrücken die Tränen aus den Augen.

»Du bist in Ordnung, Bursche«, sagte er. »Mir scheint, mit dir haben wir wirklich einen guten Fang gemacht. Aber keine Sorge – ihr steht unter Agamemnons persönlichem Schutz. Nicht einmal Odysseus würde es wagen, sich seinem Befehl zu widersetzen. Und nun komm mit. Deine Schwester wartet schon auf dich.«

Er lachte noch einmal, wandte sich um und öffnete eine weitere Tür an der Rückwand der Kabine. Dahinter lag ein überraschend großer, trotz der winzigen Fenster hell erleuchteter Raum, vollgestopft mit den kostbarsten Möbelstücken und zahllosen Truhen und Kisten, die zum Teil so prall gefüllt waren, daß sich ihre Deckel nicht mehr schlossen. Auf dem Boden stapelten sich Ballen der feinsten Stoffe, Rüstungen und Kleider, dazwischen Waffen und Schilde, roh aufgetürmte Stapel feinen Goldblechs, silberne Trinkgefäße und Amphoren. Zwei der vier Wände waren bis zum Bersten behängt mit trojanischen Waffen — Speeren, Schwertern, Schildern, Bögen, zerbrochenen Pfeilen und Teilen von zerschlagenen Rüstungen. Es war ein heilloses Chaos.

Der einzige halbwegs freie Platz in diesem Durcheinander war eine niedrige, aus kostbaren Hölzern und Stoffen gefertigte Liege vor der gegenüberliegenden Wand, über der das lebensgroße Standbild eines nackten Jünglings angebracht war. Darunter lag Iris.

Sie schlief, schlug aber beim Geräusch der Tür die Augen auf ud blinzelte sekundenlang. Dann klärte sich ihr Blick. Sie erkannte Thamis, fuhr mit einem Schrei hoch und warf sich in seine Arme; so heftig, daß er unter ihrem Anprall zu Boden gegangen wäre, hätte Ajax nicht gedankenschnell zugegriffen und ihn gestützt.

Der junge Danaer lachte, schob Thamis behutsam auf Armeslänge von sich und überzeugte sich davon, daß er aus eigener Kraft zu stehen vermochte, ehe er die Hände ganz herunter nahm.

»So«, sagte er. »Und nun feiert erst einmal gehörig Wiedersehen. Aber übertreibt es nicht. In einer Stunde wird Agamemnon herkommen und mit euch reden wollen.«

Er nickte zum Abschied und wandte sich zum Gehen, blieb aber an der Tür noch einmal stehen und machte eine weit ausholende Bewegung, die die ganze Kajüte einschloß. »Und werft hier nichts durcheinander«, sagte er. »Odysseus ist ziemlich eigen, was seinen Besitz angeht. Er haßt es, wenn jemand Unordnung macht.«

Thamis hörte seine Worte kaum. Iris hielt ihn noch immer so fest umklammert, daß er kaum Luft zum Atmen bekam. Ihr Gesicht war fest gegen seine Brust gepreßt, und er spürte die Wärme auf der Haut, als ihre Tränen sein Gewand durchnäßten. Beruhigend hob er die Hand und strich seiner Schwester über das Haar. Sie zitterte unter seiner Berührung.

»Keine Angst, kleine Schwester«, sagte er leise. »Niemand wird dir etwas zuleide tun.«

Iris schluchzte. Langsam löste sie ihre Arme von seinem Hals, zog geräuschvoll die Nase hoch und trat einen halben Schritt zurück.

ZWEITES KAPITEL

Sie mußten nicht eine, wie Ajax gesagt hatte, sondern mindestens drei Stunden warten, ehe sich endlich wieder Schritte der Tür näherten und der Riegel zurückgeschoben wurde. Die erste Stunde hatten sie mit Streiten verbracht, wie meist, wenn sie allein waren und Iris sonst nichts zu tun hatte.

Wie fast immer hatte es Thamis nach einer Weile aufgegeben, seiner Schwester widersprechen zu wollen. Mit dem Vorrecht, das wohl alle kleinen Schwestern für sich in Anspruch nahmen, hatte sie darauf beharrt, daß er allein schuld an ihrer mißlichen Lage sei und sie gegen ihren Willen und trotz ihrer Warnungen und ihres Flehens in diese Gefahr gebracht hatte und daß die Griechen sie foltern und umbringen oder noch Schlimmeres mit ihnen machen würden.

Die beiden anderen Stunden hatte Thamis damit zugebracht, Odysseus' Kabine genauer in Augenschein zu nehmen. Was er sah, verwirrte ihn zutiefst. Die Kabine bot auch bei näherer Betrachtung ein heilloses Durcheinander. Es gab alles, angefangen von kostbaren, fremdartigen Schmuckstücken − die wohl Beutestücke aus früheren Kriegszügen waren − bis hin zu Dingen, die Thamis trotz angestrengtesten Nachdenkens nicht einzuordnen vermochte: verbeultes Metall, Steine von absonderlicher Form und Farbe, fleckige Stoffstücke und eine Anzahl kleiner, buntbemalter Amphoren voller meist übelriechender Flüssigkeit. Dazu Unmengen von Waffen aller Art und jedes nur denkbaren Zustandes.

Das absonderlichste aber waren die Figuren − eine große Anzahl kleiner, kunstvoll aus Ton gefertigter Figuren, die Männer in den Waffen und Rüstungen Trojas darstellten. Manche waren mit großem Geschick bis ins letzte Detail nachgebildet und bemalt, andere nur halb fertig oder wie durch rohe Gewalt zusammengedrückt und getrocknet.

Thamis hatte gerade eine Figur − sie zeigte einen dardanischen Hauptmann, komplett mit Speer und Schild, dafür aber ohne Kopf − zur Hand genommen und betrachtete sie neugierig, als die Tür geöffnet wurde und der flackernde Schein einer Fackel in die Kammer fiel.

Erschrocken fuhr er herum, ließ dabei um ein Haar die Figur fallen und erkannte Kalchas und den muskulösen Danaer, den Agamemnon als Epeos vorgestellt hatte. Der Seher lächelte ihm freundlich zu, während Epeos sichtlich zusammenfuhr, hastig die Fackel in einen Wandhalter steckte und Thamis mit einem raschen Griff die Statuette aus den Händen nahm.

»Du solltest nicht damit spielen«, sagte er mit einem entschuldigenden Lächeln. »Odysseus mag es gar nicht, wenn man seine Figuren berührt. Er ist da sehr eigen, weißt du?« Behutsam stellte er die Figur auf ihren Platz zurück, lächelte noch einmal und warf einen raschen Blick in die Runde, wie um sich davon zu überzeugen, daß nichts verändert oder weggenommen worden war.

Thamis fragte sich, wie irgend jemand eine Veränderung in diesem Chaos bemerken wollte. Odysseus' Kabine glich mehr als alles andere einer Müllhalde. Aber das sprach er vorsichtshalber nicht aus.

»Es ... es tut mir leid, Herr«, sagte er stockend. »Das wußte ich nicht.«

Epeos winkte ab. »Schon gut. Er hat es ja nicht gesehen.« Er lächelte, wurde übergangslos wieder ernst und bedachte Iris mit einem langen, nachdenklichen Blick. Dann wandte er sich wieder an Thamis. »Wir haben mit dir zu reden«, sagte er. »Allein.«

Es dauerte einen Moment, bis Thamis begriff. Aber er kam nicht dazu zu antworten, denn seine Schwester fuhr wie von der Tarantel gestochen von ihrem Lager auf, auf dem sie sie letzten beiden Stunden gesessen und geschmollt hatte, trat dem Danaer entgegen und stemmte kampflustig die Fäuste in die Hüften.

»Ihr braucht mich nicht hinauszuschicken«, sagte sie. »Ich bin alt genug, um der Wahrheit ins Gesicht zu blicken. Sagt ruhig, wenn ihr uns töten oder foltern wollt. Wir haben keine Angst.«

»Töten?« Epeos schien verwirrt. »Wer sagt, daß wir so etwas tun?«

»Jeder weiß, daß die Danaer die Frauen vergewaltigen und Kinder schänden und töten«, erwiderte Iris aggressiv. »Ihr braucht gar nicht zu lügen. Wir wissen, welches Schicksal uns erwartet. Aber wir haben keine Angst. Wenn Ihr darauf wartet, daß ich vor Euch auf den Knien liege und um mein Leben bettele, dann täuscht Ihr Euch!«

Epeos starrte sie an.

»Nun macht schon!« fauchte Iris. »Nehmt Euer Schwert und erschlagt mich oder tut, was Danaer sonst mit den Kindern ihrer Feinde tun. Ich fürchte den Tod nicht.«

»Ich glaube, es ist besser, wenn du jetzt still bist, Iris«, sagte Thamis halblaut. Aber er goß damit eher Öl auf die Flammen, denn Iris fuhr herum und fauchte nun ihn an.

»Ich denke nicht daran, du Feigling!« zischte sie. »Wimmere ruhig um dein Leben, wenn du glaubst, das würde dich retten!«

»Kind ...«, begann Epeos, aber Iris sprach unbeeindruckt weiter.

»Das ist wieder typisch für dich!« sagte sie wütend. »Zuerst bringst du uns durch deinen Leichtsinn in diese Situation, und dann beginnst du zu wimmern. Mein tapferer Bruder! Ha! Krieche doch vor diesen helenischen Bastarden im Staub. Ich werde es jedenfalls nicht tun. Die Achäer sollen sehen, wie eine dardanische Kriegerin zu sterben versteht!«

Kalchas seufzte, drehte sich zur Tür und klatschte in die Hände, und ein hochgewachsener Krieger betrat den Raum und sah ihn fragend an. Der Seher deutete auf Iris. »Bring sie hinaus«, sagte er, »und bleibe mit ihr an Deck, bis wir dich rufen.«

Iris erbleichte, wich aber keinen Deut von der Stelle, als der Krieger auf sie zutrat, sondern verschränkte nur trotzig die Arme vor der Brust. Thamis fühlte einen schwachen Hauch widerwilliger Bewunderung für seine Schwester, denn einen solchen Mut hätte er ihr gar nicht zugetraut. Hätte sie dabei nicht vor Angst mit den Knien geschlottert, hätte es direkt beeindruckend ausgesehen.

Schließlich wurde es dem Achäer zu viel. Er bückte sich, ergriff Iris kurzerhand bei den Hüften und warf sie sich wie einen Sack über die Schulter. Iris begann zu kreischen und mit den Beinen zu strampeln.

»Achte darauf, daß sie sich nicht verletzt!« rief Epeos dem Mann nach, als er mit seiner zappelnden Last die Kabine verließ. »Gib ihr ein Stück Honigkuchen und Milch, damit sie sich beruhigt. Und zeig ihr das Schiff – vielleicht interessiert es sie.«

Kalchas schloß die Tür hinter den beiden, schlurfte zu dem Bett, auf dem Iris bisher gesessen hatte, und ließ sich ächzend darauf nieder. Seine alten Gelenke knackten hörbar. Müde fuhr er sich mit der Hand über das Gesicht, gähnte ungeniert und rieb sich mit Daumen und Zeigefinger der Rechten über die Augen. Dann blinzelte er ein paarmal, setzte sich etwas aufrechter hin und sah Epeos auffordernd an. »Fang an, Epeos. Du weißt, Agamemnon ist ungeduldig.«

Thamis versuchte krampfhaft, sich den Schrecken, den die Worte des Alten in ihm auslösten, nicht zu deutlich anmerken zu lassen. Er glaubte zwar nicht, daß die beiden Achäer gekommen waren, um ihm irgend etwas anzutun, aber die scheinbare Sicherheit der letzten Stunden hatte ihn keineswegs vergessen lassen, daß sie Gefangene waren. Kriegsgefangene, wenn man es genau nahm.

»Was ... was wollt Ihr wissen?« fragte er stockend. Sein Gaumen war plötzlich wieder so trocken wie am Morgen, als er Agamemnon gegenübergestanden und keinen Laut hervorgebracht hatte, und sein Magen schien sich in einen stacheligen Klumpen aus Eis zu verwandeln, der langsam seine Speiseröhre hinaufkroch.

»Agamemnon schickt uns«, begann Epeos, »wie Kalchas bereits gesagt hat. Er wollte selbst kommen, aber es gibt Dinge, die man besser nicht selber tut.«

Wie zum Beispiel Gefangene zu verhören, dachte Thamis. Oder zu foltern.

»Du wirst uns ein paar Fragen beantworten«, fuhr Epeos fort. »Das meiste wissen wir ohnehin schon, so daß es keinen Zweck hat, wenn du lügst. Überdies würde Kalchas es sofort merken.

Sei also ehrlich, und du ersparst uns eine Menge Zeit und dir eine Menge Ärger. Agamemnon ist kein sehr geduldiger Mensch, weißt du?«

Thamis dachte an glühende Messer und siedendes Öl und nickte. »Wenn du vernünftig bist, Junge«, sagte Epeos, »kann sich vielleicht noch alles zum Guten wenden. Auch für dich. Möglicherweise kannst du sogar zurück in deine Stadt gehen.«

Thamis betrachtete nervös seine Fingernägel und fragte sich, wie lange er es ertragen würde, wenn sie anfingen, ihm spitze Dornen darunter zu stechen.

»Es geht um Folgendes«, begann Epeos und stockte wieder. Thamis sah auf, aber aus irgendeinem Grunde wirkte der Danaer plötzlich verlegen und hielt seinem Blick nicht mehr stand. Ein flüchtiges Gefühl von Dankbarkeit stieg in Thamis auf und erlosch wieder. Zumindest gehört Epeos nicht zu den Männern, denen es Freude bereitet, Kinder zu foltern, dachte er. Was ihn mit Sicherheit nicht davon abhalten würde, es zu tun, wenn Agamemnon es befahl.

»Du schleichst dich also seit vier Jahren Nacht für Nacht aus der Stadt und treibst Handel mit unseren Kriegern«, sagte Epeos.

»Nicht Nacht für Nacht«, widersprach Thamis hastig. »Nur manchmal, Herr. Manchmal nur.«

»... jede zweite Nacht, ich weiß«, unterbrach ihn Kalchas kopfschüttelnd. »Das spielt keine Rolle.«

Thamis sah den alten Seher mit einer Mischung aus Bewunderung und Furcht an. Es war ein irritierendes Gefühl, neben jemandem zu stehen, den man nicht belügen konnte. Zumal für einen Jungen wie ihn.

»Kalchas hat recht«, sagte Epeos ungeduldig. »Ob nun jede zweite oder nur jede fünfte Nacht, spielt wirklich keine Rolle. Worauf es uns ankommt, ist, daß du es getan hast, und zwar seit Jahren. Und du bist niemals ertappt worden? Weder von unseren noch von deinen eigenen Leuten?«

Thamis dachte kurz an die Szene vor zwei Jahren, als er um ein Haar von Odysseus erwischt worden wäre, schüttelte aber trotzdem den Kopf. Seltsamerweise sagte Kalchas kein Wort. Nur in seinen Augen blitzte es amüsiert auf.

»Niemals«, sagte er.

»Das ist gut«, sagte Epeos. »Das heißt, daß der Weg, den du in die Stadt hinein kennst, wirklich sicher ist. Du könntest ihn noch öfter gehen.« Er nickte, schwieg einen Moment, als müsse er über das soeben Gehörte nachdenken, und wechselte einen langen, wissenden Blick mit Kalchas. »Und jetzt erzähle uns, wie alles abgelaufen ist«, fuhr er fort. »Du hast also Männer aus unserem Heer ins Haus dieser Cassyra geführt und sie auch unbeschadet wieder aus der Stadt gebracht.«

»Nur ein paar, Herr!« beteuerte Thamis.

Epeos seufzte, stieß die Luft zwischen den Zähnen aus, schüttelte den Kopf und griff in Gedanken nach der kleinen Tonfigur, die er Thamis bei seinem Eintreten abgenommen hatte, führte die Bewegung jedoch nicht zu Ende, sondern zuckte plötzlich zusammen und zog die Hand so hastig wieder zurück, als hätte er glühendes Eisen berührt.

»Es hat doch gar keinen Zweck, wenn du versuchst, uns zu belügen, Junge«, sagte er. »Antilochos hat uns alles erzählt. Und was er uns verschwiegen hat, konnten wir mit Kalchas' Hilfe recht schnell herausbekommen. Du hast also unsere Männer zu Cassyra geführt und auch wieder aus der Stadt geleitet.«

Thamis dachte an geschmolzenes Pech, rotglühende Zangen und lange rostige Nägel, die man ihm durch Hand- und Fußflächen trieb, und nickte. »Ja, Herr.«

»Und wie viele auf einmal?« wollte Epeos wissen.

»Wie viele?« Thamis blinzelte irritiert. »Ich ... ich verstehe nicht, Herr. Die meisten Eures Heeres.«

»Wie viele gleichzeitig?« sagte Epeos. »Immer nur einen oder auch einmal mehrere zugleich?«

»Auch mehrere«, sagte Thamis. »Zwei, manchmal auch drei. Nie mehr als vier in einer Nacht. Es ist nicht ungefährlich, sich an den Wachen vorbeizuschleichen.«

Epeos nickte. Er wirkte ein bißchen enttäuscht, obwohl sich Thamis den Grund dafür nicht vorstellen konnte. Wieder schwieg er eine Weile, tauschte lange Blicke mit Kalchas und fuhr sich unbewußt mit der Hand über das Kinn. »Das Haus der Cassyra ...«, fuhr er schließlich fort, »wie groß ist es? Wie viele Mädchen ... ähm ... arbeiten dort?«

»Viele«, antwortete Thamis verwirrt. »Zwanzig, manchmal auch mehr.«

»Dreißig?« schlug Epeos vor.

Thamis überlegte einen Moment, dann zuckte er mit den Schultern. »Das kann schon sein«, sagte er. »Genau weiß ich es nicht. Aber manchmal, wenn besonders viele ... ich meine, wenn der Andrang ...« Er kam ins Stottern, biß sich nervös auf die Lippen und versuchte entschuldigend zu lächeln, brachte aber nur eine Grimasse zustande.

Epeos seufzte wieder. Seine Finger begannen nervös am Saum seines Knierockes zu zupfen. »Ich verstehe«, sagte er. »Du warst wohl noch nie selbst dort. Jedenfalls nicht zu dem ... Zweck, aus dem unsere Männer sich von dir dorthin führen ließen.«

In diesem Punkt hätte ihn Thamis eines Besseren belehren können, aber er hütete sich davor. Die Vorstellung von glühendem Eisen und dem Gestank verschmorenden Fleisches wurde ein wenig undeutlicher in ihm, und die Angst, die bisher seine Eingeweide zusammengezogen hatte, wich allmählich aufkeimender Verwirrung. Er verstand nicht mehr, worauf Epeos hinauswollte.

»Aber du kennst das Haus der Cassyra«, fuhr der Danaer fort und riß — ohne es überhaupt zu bemerken — ein Stück des Ledersaumes von seinem Kleid. »Und ich vermute, du kennst auch jemanden in diesem Haus. Anders hättest du unsere Männer kaum hineinschmuggeln können.«

Thamis nickte. Warum war Epeos plötzlich so verlegen? Er war nicht sicher, denn das Licht in der Kabine war jetzt, wo die Sonne weitergewandert war und nicht mehr direkt in die Fenster schien, sehr schlecht — aber es kam ihm vor, als hätten sich Epeos' Wangen ein wenig gerötet.

»Du weißt auch, was ... wozu die Männer dorthin gehen«, fuhr der Danaer stockend fort. Sein Kleid bekam einen weiteren Riß.

Thamis nickte erneut. »Es sind Männer«, sagte er.

Epeos nickte. Er schien ein wenig erleichtert, daß Thamis ihm entgegenkam. »Richtig«, sagte er. »Es sind Männer. Und Männer haben gewisse ... Bedürfnisse, wenigstens von Zeit zu Zeit. Bedürfnisse, die sie in ihrer Heimat leicht befriedigen können, aber hier, so fern von zu Hause und in Feindesland, dazu nur unter Männern ...«

Auch in diesem Punkt hätte Thamis einiges beisteuern können, aber er hütete sich auch diesmal, den Mund aufzutun. Wieder nickte er nur.

Epeos wirkte noch erleichterter, blickte auf seine Knie herab, runzelte die Stirn und verschränkte hastig die Arme vor der Brust. »Gut«, sagte er. »Ich sehe, du bist ein kluger Bursche, selbst für dein Alter. Es ist nichts Schlechtes an dem, was die Männer getan haben, weißt du? Es ist ... ähm ... ganz natürlich. Deshalb hat Agamemnon auch beschlossen, sie nicht für das zu bestrafen, was geschehen ist. Und dich auch nicht«, fügte er hinzu.

Thamis atmete erleichtert auf. »Das heißt, Ihr laßt meine Schwester und mich gehen?«

»Nicht so hastig.« Epeos hob beschwichtigend die Hand. »Möglicherweise lassen wir euch laufen. Aber nur möglicherweise. Es kommt ganz darauf an, ob du bereit bist, uns einen ... sagen wir, Gefallen – zu erweisen. Ein Geschäft, wenn du so willst.«

Thamis Gesicht verdüsterte sich, und irgendwo, noch am Rande seines Bewußtseins, aber rasch deutlicher werdend, tauchte wieder das Bild einer glühenden Folterzange auf. »Ich verstehe«, murmelte er.

»Das glaube ich nicht«, warf Kalchas ein. Thamis sah ihn verstört an, aber der Alte sprach nicht weiter, sondern schüttelte nur den Kopf und blickte mit einem fast schadenfroh wirkenden Lächeln zu Epeos hinauf.

»Laß mich weiterreden, damit du verstehst«, sagte Epeos. »Wie gesagt – Agamemnon hat darauf verzichtet, die Männer zu bestrafen, und er ist sogar großzügig genug, deiner Schwester und dir Leben und Freiheit zu schenken. Falls du bereit bist, uns besagte kleine Gefälligkeit zu erweisen. Siehst du – es ist so, wie ich sagte: Die Männer sind seit zehn Jahren allein und fern ihrer Heimat und ohne ihre Weiber. Nicht nur die gemeinen Krieger, wenn du verstehst, sondern auch Agamemnon und Menelaos und Nestor und all die anderen Heerführer. Und auch sie sind Männer. Helden zwar und zum Teil die Söhne von Göttern, aber ...« Er stockte, schluckte hörbar und warf Kalchas einen hilfesuchenden Blick zu. Das Grinsen des greisen Sehers wurde deutlich breiter.

»Nicht einmal Zeus selbst ist den Frauen so ganz abgeneigt«, fuhr Epeos fort. »Und wenn schon der Göttervater die Freude des Weibes zu genießen weiß, wie kann man da von normalen Sterblichen verlangen, daß sie nicht dann und wann ... ich meine, wenn sie ...«

Er sprach nicht weiter, und auch Thamis starrte ihn für die Dauer von zehn endlosen Herzschlägen verblüfft an, ehe er wieder einen Ton hervorbekam. »Ihr ... Ihr meint, ich solle Agamemnon und Menelaos und all die anderen, von denen Ihr sprecht, ins Haus der Cassyra führen?« keuchte er.

Epeos nickte abgehackt, atmete erleichtert aus und riß ein weiteres Stück aus seinem Kleidersaum. »Ja. Das ist Agamemnons Bedingung für deine Freiheit. Und die deiner Schwester.«

»Und ... wann?« fragte Thamis unsicher.

»Möglichst bald«, erwiderte Epeos. »Wenn du einverstanden bist, wird Agamemnon selbst noch mit dir reden, um dir unsere Bedingungen zu erklären. Deine Aufgabe wäre es, sie in die Stadt und auch wieder sicher heraus zu führen. Und natürlich müßte alles gut vorbereitet werden.«

»Vorbereitet?« wiederholte Thamis mißtrauisch.

Epeos nickte. »Aber sicher. Cassyras Mädchen sollten sich ähm ... etwas Besonderes einfallen lassen. Schließlich sprechen wir nicht über gemeine Krieger wie die, die sie sonst besuchen, sondern über Männer von Ehre und Stand, die eine, sagen wir, besondere Aufmerksamkeit verlangen können. Wir würden sie sehr großzügig dafür entlohnen«, fügte er hastig hinzu.

»Und ... und das ist alles?« sagte Thamis verwirrt. »Mehr verlangt Ihr nicht für unsere Freiheit?«

»Stell es dir nicht zu leicht vor«, sagte Epeos. »Immerhin sind es nicht nur ein paar danaische Soldaten, die du in die Stadt bringen sollst. Du trägst die Verantwortung für das Leben des Agamemnon.«

Thamis überlegte wenig länger als eine Sekunde, bis ihm auffiel, was an Epeos' Vorschlag nicht in Ordnung war. »Und wenn ich Euch betrüge?« fragte er lauernd. »Wie wollt Ihr sichergehen, daß ich nicht zusage und Agamemnon und Menelaos von einer Abteilung troischer Soldaten empfangen werden, statt von Cassyras Mädchen?«

»Ich bin ziemlich sicher, daß du uns nicht betrügen wirst, Thamis«, erwiderte Epeos ernst. »Nicht, wenn du deine Schwester lebend wiedersehen willst. Sie wird natürlich hierbleiben, bis wir alle unbeschadet zurück sind.«

Die Schatten wurden länger, und in das gläserne Licht des Nachmittags mischten sich die ersten Rot- und Goldtöne, als Epeos wiederkam und Thamis abholte, um ihn zu Agamemnon und den anderen Heerführern zu bringen.

Die Zeit der größten Hitze war vorüber, und während sich die Sonne über dem Meer im Westen flammend dem Abend zuneigte, erwachte das Lager der Griechen allmählich aus dem Dämmerzustand, in dem es den Tag verdöst hatte; wie ein großes, summendes Tier, das erst mit der Nacht wirklich lebendig wurde.

Thamis erschrak, als er sah, wie viele Männer im Lager waren. Während der letzten Wochen waren unentwegt Schiffe vor den Küsten Trojas erschienen und wieder abgefahren; der Anblick der geblähten weißen Segel war bald so vertraut geworden wie der des Meeres selbst, und es verging kein Tag, an dem nicht mindestens ein Schiff der feindlichen Flotte angekommen war.

In Troja glaubten die meisten, daß die Griechen die Kampfpause, zu der die unerträgliche Hitze Angreifer wie Verteidiger zwang – denn es war schlechterdings unmöglich, zu kämpfen oder auch nur Schwert und Schild zu halten, wenn einem auch so schon beinahe das Blut in den Adern kochte –, dazu nutzten, ihre Vorräte aufzufrischen, und neue Waffen und Material heranschafften.

Aber Thamis sah jetzt, daß das nicht alles gewesen war. Die Griechen hatten Verstärkung bekommen; ihre Zahl, die die der Verteidigung Trojas normalerweise kaum überstieg, war auf gut das Doppelte angewachsen. Und viele Männer waren trotz der Hitze der vergangenen Wochen so doch noch frisch und im Vollbesitz ihrer Kräfte.

Nicht, daß sich Thamis darüber ernsthafte Sorgen machte. Troja hatte dem Ansturm der Achäer seit zehn Jahren standgehalten, ohne daß seine Mauern mehr als ein paar Schrammen abbekommen hatten. Selbst wenn Agamemnon die zehnfache Anzahl Männer gehabt hätte, hätten sie sich nur blutige Nasen geholt; bestenfalls.

Nein – was das unbehagliche Gefühl, das ihn ergriffen hatte, noch verstärkte, war vielmehr die Tatsache, daß Agamemnon ihm erlaubte, auch dieses neue militärische Geheimnis zu sehen. Epeos' Worten zum Trotz glaubte er immer weniger, daß man ihm erlauben würde, nach Hause zu gehen.

So manches Gesicht, das er erblickte, wurde bleich, als sein Besitzer ihn erkannte, und so mancher Krieger wandte sich abrupt ab und war plötzlich furchtbar beschäftigt, aber nach dem Zwischenfall vom Morgen hatte Agamemnon ein halbes Dutzend Männer abgestellt, die ihn eskortierten, so daß er das Zelt des Heerführers unbehelligt erreichte.

Agamemnon trug nicht mehr seine Rüstung, sondern war nur mit einer leichten, über einer Schulter offenen Toga bekleidet, die ihm ein weniger martialisches Aussehen als Helm und Harnisch verlieh. Als Thamis das Zelt betrat, war er gerade in eine heftige Diskussion mit dem rotblonden Riesen verstrickt, und obwohl Thamis die Worte nicht verstand, war er ziemlich sicher, Zeuge eines Streites zwischen dem Atriden und seinem Leibwächter zu sein. Ein Streit, der indes abrupt unterbrochen wurde, als Agamemnon das Geräusch der Zeltplane hörte und sich zu ihm umwandte.

Sekundenlang musterte ihn der schwarzhaarige Grieche schweigend und reglos; nur zwischen seinen Brauen erschien eine senkrechte, wie mit einem Lineal gezogene Falte, und in seinem Blick erschien ein undefinierbarer Ausdruck, der Thamis erschaudern ließ. Dann wandte er sich – ohne sich mit Förmlichkeiten wie einer Begrüßung aufzuhalten – an Epeos, der hinter Thamis das Zelt betreten hatte und ebenfalls stehengeblieben war.

»Er hat zugesagt?«

Epeos wollte antworten, aber Thamis war schneller. »Das habe ich, Herr«, sagte er. »Wenn das, was mir Epeos berichtete, wirklich alles ist, was Ihr verlangt, dann hättet Ihr mich nicht extra gefangennehmen müssen.«

Agamemnons Stirnrunzeln vertiefte sich, aber er tat wieder so, als wäre Thamis gar nicht da, und sprach an Epeos gewandt weiter: »Du hast ihm auch gesagt, was seiner Schwester geschieht, wenn er versucht, uns zu täuschen.«

Das hatte Epeos ganz und gar nicht, aber Thamis' Phantasie reichte durchaus, sich auszumalen, was Agamemnon meinte. Epeos und er nickten gleichzeitig.

Agamemnon seufzte. »Gut«, sagte er, nun direkt zu Thamis. »Dann laß uns die Einzelheiten besprechen.« Er drehte sich herum, wies auf einen niedrigen Tisch, um den sich unbequem aussehende Hocker gruppierten, und setzte sich selbst. Epeos, der Fleischberg, Kalchas und Ajax folgten seinem Beispiel, während Thamis noch zögerte, denn er konnte sich nicht vorstellen, daß man ihm, einem Betteljungen aus Troja, so einfach gestattete, am Tisch dieser hohen Herren Platz zu nehmen. Aber Agamemnon winkte ungeduldig, und nach einem weiteren drohenden Grollen seines Gorillas beeilte sich Thamis, sich auf dem letzten verbliebenen Hocker niederzulassen.

»Du wirst also einige von uns in die Stadt bringen«, begann Agamemnon. »Und auch wieder heraus. Der Weg, den du nehmen wirst – wie sicher ist er?«

Thamis blickte unsicher auf das breitflächige Gesicht des Rie-

sen, der gleich neben Agamemnon Platz genommen hatte, ehe er antwortete: »Sehr ... sehr sicher, Herr. Ich gehe ihn seit Jahren und bin noch nie von den Wachen überrascht worden.«
»Was ist es?« fragte der Riese. »Ein geheimer Gang?«
Thamis zögerte. Seine Zungenspitze fuhr nervös über seine Lippen. Warum war es ihm bisher nicht in den Sinn gekommen, daß er mehr tat, als Agamemnon und seinen Freunden eine Nacht der Freuden zu ermöglichen? Er zeigte ihnen den Weg in die Stadt. Einen Weg, auf dem gut und gerne einen Tag darauf seine Krieger die Wälle überwinden mochten, die sie seit zehn Jahren vergeblich berannten.

»Ich verstehe, daß du zögerst, Bursche«, sagte Agamemnon, als er auch nach einer Weile noch nicht antwortete. »Aber deine Besorgnis ist grundlos. Ich gebe dir mein Wort, daß wir das, was du uns zeigst, nicht ausnutzen werden. Wir werden das Wissen um den geheimen Weg aus unserem Gedächtnis streichen, sobald wir zurück sind.«

Genausogut hätte er ihm erzählen können, daß das Wasser von morgen an bergauf fließen würde, dachte Thamis. Aber natürlich sprach er das nicht aus. »Es ist ... ein geheimer Gang«, sagte er stockend. Seine Gedanken überschlugen sich schier, während er verzweifelt versuchte, einen Ausweg zu finden. Wenn doch wenigstens Kalchas nicht dabeigewesen wäre! Der greise Seher würde jeden Versuch, zu lügen oder auch nur teilweise die Unwahrheit zu sagen, sofort durchschauen. Bisher hatte sich Agamemnon zwar als sehr geduldiger Mann erwiesen, aber Thamis wollte lieber nicht ausprobieren, wie weit diese Geduld reichte. »Er ist sehr alt«, fuhr er fort, »und ... und kaum jemand kennt ihn noch. Aber es ist schwierig, mehr als zwei oder drei Männer zugleich in die Stadt zu bringen.«

»Warum?« fragte Agamemnon.

»Weil wir ... an den Wachen vorbei müssen«, antwortete Thamis stockend. Das war nicht einmal ganz die Unwahrheit. Ein kurzes Stück des Weges führte tatsächlich durch einen Tunnel, der zum Rundgang der Wachen gehörte. Aber Thamis kannte die Zeiten, in denen sie patrouillierten, beinahe besser als sie selbst.

Das Risiko, tatsächlich einer Abteilung troischer Soldaten in die Hände zu fallen, war äußerst gering. Trotzdem schwieg Kalchas dazu, auch dann noch, als Agamemnon ihn eindeutig fragend ansah. Vielleicht reichte seine Fähigkeit, Lüge von Wahrheit zu unterscheiden, nicht ganz so weit, wie Thamis bisher geglaubt hatte. Vielleicht hatte er auch andere Gründe.

Agamemnon schwieg, und nach einer Weile fragte Thamis: »Wie viele Männer wollt Ihr mitnehmen, Herr?«

»Nicht viele«, antwortete Epeos anstelle des Heerführers. »Fünfundzwanzig, vielleicht dreißig.«

»Dreißig!« Thamis keuchte. »Aber das ist vollkommen unmöglich!«

»Nichts ist unmöglich, wenn man wirklich will«, antwortete Agamemnon mit einer Geste, als wolle er seine Worte mit der Hand vom Tisch fegen. »Ich kann meinen Freunden nicht verwehren, was ich für mich in Anspruch nehme, Bursche.«

»Dann müssen wir mehrmals gehen«, sagte Thamis hastig. »Vielleicht in Gruppen zu fünft oder sechst. Mehr ... mehr ist unmöglich.«

»Das ist viel zu gefährlich«, grollte Agamemnons Wächter. Sein Gesichtsausdruck wurde noch finsterer, als er ohnehin war — obgleich Thamis das kaum für möglich gehalten hatte —, und in seinen Augen blitzte es zornig. »Es ist sowieso der helle Wahnsinn. Zwei- oder gar dreimal zu gehen wäre verrückt.«

Er beugte sich ein wenig vor und ballte ganz langsam die Faust, als wollte er etwas zerquetschen. »Du wirst dir etwas einfallen lassen müssen, wenn du deine Schwester jemals wiedersehen willst, Danaer«, grollte er.

Agamemnon wandte mit einem unwilligen Stirnrunzeln den Blick. »Bitte, Freund«, sagte er. »Ich verstehe deine Besorgnis, aber mit Drohungen kommen wir nicht weiter. Der Junge hat recht.«

»Unsinn«, behauptete der Riese. »Seit Jahren führt er unsere Männer nachts unter den Mauern Trojas hindurch, und plötzlich ...«

»Mit Verlaub, edler Odysseus«, mischte sich Kalchas ein. »Aber glaubt Ihr, er hätte sich mit wenigen zufrieden gegeben, wenn er jede Nacht ein Dutzend Männer in die Stadt hätte führen können? Interessenten hat er sicher genug gehabt.«

Odysseus? dachte Thamis entsetzt. Seine Augen weiteren sich, während er den strubbelköpfigen Riesen neben Agamemnon anstarrte. Dieser vierschrötige, tolpatschige Koloß sollte Odysseus sein, der König von Ithaka und Schrecken Trojas? Der Mann, der allein Dutzende der mächtigsten troischen Helden erschlagen hatte?

»Überdies«, fuhr Kalchas fort, »wäre es zu viel von ihm verlangt, ein Heer in die Stadt zu führen, die seine Heimat ist.« Ein dünnes, auf sonderbare Weise gutmütig wirkendes Lächeln huschte über seine Züge, als sein Blick Thamis traf und sich dann wieder Odysseus zuwandte. »Täuscht Euch nicht in ihm, Odysseus. Für Euch ist er vielleicht nichts als ein Straßenjunge, und er ist wohl auch ein kleiner Dieb und Betrüger ...«

»Das stimmt nicht!« protestierte Thamis, aber Kalchas fuhr ungerührt fort.

» ... aber er ist auch ein aufrechter Charakter. Er würde seine Heimat nie verraten. So wenig wie Ihr die Eure, Odysseus.«

Odysseus grunzte, aber Agamemnon hob rasch und befehlend die Hand, ehe es zwischen den beiden ungleichen Männern vollends zum Streit kommen konnte.

»Wenn es stimmt, was der Junge sagt«, sagte er, wieder mit einem fragenden Blick in Kalchas' Richtung, »so wäre das Risiko ohnehin zu groß. Wir können nicht die Edelsten unseres Heeres wie gemeine Krieger durch eine Kloake kriechen lassen und sie dazu der Gefahr aussetzen, den Trojanern in die Hände zu fallen.«

»Eben«, grollte Odysseus.

»Also werden wir uns etwas einfallen lassen müssen«, setzte Agamemnon hinzu, verschränkte die Hände vor sich auf dem Tisch und sah Thamis eine endlose quälende Sekunde lang durchdringend an. »Genauer gesagt wird sich unser junger Freund etwas einfallen lassen. Ich bin sicher, er findet eine etwas würdigere Möglichkeit für uns, in die Stadt zu gelangen.«

»In ihre Kerker, wolltest du sagen.« Odysseus zog eine Grimasse. »Sei vernünftig, Agamemnon. Du wirst diesem Tagedieb doch nicht trauen! Priamos wird unsere Köpfe auf Trojas höchsten Zinnen zur Schau stellen lassen, wenn ...«

»Ihr vergeßt, daß wir seine Schwester haben«, unterbrach ihn Kalchas sanft.

Odysseus schnaubte. »Ein Bettlermädchen«, sagte er abfällig. »Ein geringer Preis für euer aller Köpfe, findet Ihr nicht, Kalchas?«

»Er würde sie nicht opfern«, beharrte der Seher. »Auf seine Art ist er nicht weniger edel als Ihr, geschätzter Freund. Laßt Euch nicht von Äußerlichkeiten täuschen.«

»Ich betrüge Euch nicht«, versicherte Thamis. »Mein Wort darauf, edle Herren.«

»Heute morgen trafen wir einen, der war anderer Meinung«, sagte Odysseus böse.

Thamis hätte am liebsten vor Schrecken und Enttäuschung geweint. Keiner der anderen sagte ein Wort, aber er spürte, wie die Stimmung allmählich umschwang. So wortkarg ihm Odysseus bisher vorgekommen war, schien das wenige, das er sagte, doch großes Gewicht im Kreis dieser Männer zu haben. Er selbst hatte den Mann, den er vor Monaten einmal übers Ohr gehauen hatte, schon halbwegs vergessen gehabt. Odysseus nicht.

»Nun, Junge?« fragte Agamemnon lauernd, als Thamis keine Anstalten machte, auf Odysseus' Vorwürfe zu reagieren. »Was sagst du dazu? Du kannst schwerlich erwarten, daß wir unser Leben in die Hand eines Betrügers legen.«

»Ich ... ich habe ihn nicht betrogen«, beharrte Thamis. Aber seiner Stimme fehlte die notwendige Festigkeit, um den Worten Überzeugung zu verleihen.

»Ha«, sagte Odysseus böse. »Wie nennst du es dann, einem Mann nur eine Ziege zu bringen, wenn er dir Geld für zwei gab?«

»Er hat mich auch betrogen«, sagte Thamis. »Er versprach mir Gold und gab mir Münzen aus Ithaka, die in Troja keinen Wert haben. Wenn man es richtig betrachtet, hat er mehr erhalten, als ihm zustand ...«

»Ja«, sagte Odysseus gehässig. »Eine Ziege, für den Preis von zweien.«

»Sie war trächtig«, verteidigte sich Thamis. »Es waren zwei – nur daß die eine noch in der anderen gesteckt hat.«

Odysseus atmete hörbar ein, aber Agamemnon brachte ihn mit einem mahnenden Blick zum Schweigen. In Epeos' Augen blitzte es amüsiert, während Ajax sichtliche Mühe hatte, nicht lauthals loszulachen. Nur Kalchas wirkte mit einem Male sehr nachdenklich.

»Die eine steckte in der anderen«, wiederholte er Thamis' Worte, wenn auch mit einer Betonung und in einer Art, die ihnen eine völlig neue Bedeutung zu geben schien. »Das heißt, man sah nur die eine, aber es waren zwei.«

Agamemnon sah auf. »Worauf willst du hinaus, mein Freund?«

Kalchas blinzelte, fuhr sich mit den Handknöcheln über die rotumränderten Augen und unterdrückte ein Gähnen. »Vielleicht ist das schon die Lösung«, sagte er. »Seht Ihr es denn nicht, Agamemnon? Wenn die eine Ziege in der anderen steckte, sah man sie nicht, aber sie war da!«

»Dann brauchen wir ja nur noch eine Ziege zu finden, die groß genug ist, uns alle in ihren Bauch kriechen zu lassen, nicht wahr?« sagte Odysseus giftig. »Warum nicht gleich ein Pferd?« Wütend ballte er die Faust, schlug damit so kräftig auf den Tisch, daß das fingerdicke Eichenholz knirschte, stand auf und stapfte aus dem Zelt, wobei er unablässig vor sich hinmurmelte.

Agamemnon sah ihm kopfschüttelnd nach, enthielt sich aber jeden Kommentars, sondern wandte sich nach einer Weile wieder an Kalchas. »Erklärt Euch, Freund«, sagte er. »Was habt Ihr mit Euren Worten gemeint?«

»Vielleicht die Lösung«, antwortete der Seher ausweichend. »Vielleicht auch ...« Er brach ab, starrte eine Weile vor sich hin und stand dann langsam auf. »Gebt mir Zeit bis nach Sonnenuntergang«, sagte er. »Ich habe einen Plan, doch will ich erst das Orakel befragen und sehen, wie die Sterne stehen, bevor ich mich entscheide.« Kalchas erhob sich vollends, nickte noch einmal zum Abschied in die Runde und schlurfte aus dem Zelt.

Thamis blickte verstört zwischen Agamemnon, Epeos und Ajax hin und her. Er fühlte sich hilflos und verstand schon lange nicht mehr, warum er noch hier war. Am liebsten wäre er zurück aufs Schiff und zu seiner Schwester gegangen, auch wenn ihn dort nichts als Vorwürfe und Streit erwarteten. Aber er zog einen Streit mit seiner Schwester einer freundschaftlichen Unterhaltung mit dem Heerführer der Achäer vor. Agamemnon schien jedoch nicht daran zu denken, ihn zurückzuschicken. Leise — und in einer Sprache, die Thamis nicht verstand — wechselte er ein paar Worte mit Ajax, sah dann wieder Thamis an und wiegte den Kopf.

»Wir haben beraten«, sagte er. »Ajax ist der Meinung, daß du ein kluger Bursche bist, und zumindest Kalchas scheint von deiner Aufrichtigkeit überzeugt. Du weißt«, fügte er drohend hinzu, »was deiner Schwester geschähe, käme auch nur einer von uns nicht unbeschadet zurück.«

Thamis schluckte. »Ihr würdet sie ... töten.«

»Unsinn«, widersprach Agamemnon. »Wir töten keine Kinder, nicht einmal die unserer Feinde. Aber du würdest sie niemals wiedersehen. Das Schiff, auf dem sie sich befindet, wird diese Küste verlassen, sobald du uns in die Stadt bringst. Kommen wir zurück, siehst du sie am nächsten Morgen wieder. Wenn nicht, hat sein Kapitän Befehl, unverzüglich nach Athen zu segeln und deine Schwester auf dem Sklavenmarkt zu verkaufen. Für ein hübsches Mädchen wie sie«, fügte er anzüglich hinzu, »findet sich sicher ein Käufer. Das willst du doch nicht, oder?«

»Natürlich nicht«, sagte Thamis hastig. Agamemnon nickte zufrieden, und Thamis raffte all seinen Mut zusammen, um die Frage zu stellen, die ihm schon die ganze Zeit auf der Zunge brannte.

»Selbst wenn ... wenn wir eine Möglichkeit finden, edler Agamemnon«, begann er stockend, »in die Stadt und auch wieder heraus zu gelangen, was geschieht dann mit ... mit uns?«

Agamemnon schwieg einen Moment, und zwischen seinen Brauen entstand wieder diese steile, mißbilligende Falte, die ihn um Jahre älter und ernster aussehen ließ. Schließlich zuckte er mit den Schultern und seufzte hörbar.

»Ich will dich nicht belügen, Bursche«, sagte er. »Du erwartest nicht ernsthaft, daß wir dich gehen lassen, nach allem, was du von unserem Lager gesehen hast.«

»Nein«, sagte Thamis. Er war nicht einmal besonders überrascht; nicht einmal enttäuscht. Agamemnon hatte vollkommen recht — er müßte mehr als ein Narr sein, sich einzubilden, daß man ihn freiwillig nach Troja ließe.

»Jedenfalls nicht sofort«, fuhr Agamemnon fort. »Es gibt gewisse Dinge, die ... getan werden müssen, ehe wir darüber reden können, dich zu entlassen.«

Wie zum Beispiel einen Angriff auf Troja, dachte Thamis düster. Mit verstärkten Truppen und neuem Mut. Aber er schwieg.

»Aber keine Sorge«, sagte Ajax. »Für einen Burschen wie dich findet sich im Lager genügend Arbeit. Du wirst gut behandelt werden und bekommst den gleichen Sold wie unsere Männer. Und wenn etwas Zeit ins Land gegangen ist, sehen wir weiter.«

»So?« sagte Thamis niedergeschlagen.

Ajax nickte heftig. »Troja wird fallen«, sagte er überzeugt. »Noch in diesem Jahr. Du solltest dir überlegen, ob du nicht bei uns bleibst — zusammen mit deiner Schwester. Du wirst sehen«, fügte er mit einem Lächeln hinzu, »daß wir Griechen nicht halb so schlimm sind, wie du glaubst.«

»Troja ist meine Heimat«, widersprach Thamis.

»Deine Heimat? Was hat sie für dich getan, deine Heimat? fragte Ajax. »Deine Schwester und du, ihr müßt stehlen und betteln, um leben zu können. Was ist das für eine Stadt, die ihre Kinder zwingt, Nacht für Nacht ihr Leben zu riskieren, nur um Geld für ein Stück Brot und ein Lager aus Stroh zu verdienen, und in der sie halb tot geschlagen werden, wenn man sie dabei ertappt, wie sie ein Stück Käse stehlen, um ihren knurrenden Magen zu füllen?«

Thamis sah überrascht auf. Dann begriff er. »Ihr habt mit meiner Schwester gesprochen.«

Agamemnon nickte. »Ja. Und nur wenig von dem, was sie mir erzählt hat, hat mir gefallen.«

»Iris ist eine alte Heulsuse«, widersprach Thamis. »Ihr dürft ihr nicht alles glauben, was sie erzählt, Herr.«

»Habt ihr etwa nicht gehungert?« fragte Agamemnon. »Und habe ich euch nicht etwa erwischt, wie ihr versucht habt, in unser Lager zu schleichen? Du hättest das kaum getan, wenn du in der Stadt, die du dein Zuhause nennst, immer volle Fleischtöpfe und ein weiches Nachtlager hättest.«

»Es ist Krieg«, sagte Thamis leise und fügte — von etwas getrieben, das er im ersten Moment für Mut und im zweiten schlichtweg für Frechheit hielt, aber da war es zu spät und die Worte heraus — hinzu: »Ein Krieg, den Ihr begonnen habt, Herr.«

Agamemnons Lächeln gefror, und plötzlich spürte Thamis wieder diesen harten, stacheligen Kloß dort, wo eigentlich sein Magen sein sollte. »Ist es das, was sie euch Kindern in Troja beibringen?« fragte er. »Daß wir den Krieg begonnen haben?«

Thamis antwortete nicht, aber Agamemnon schien auch nicht ernsthaft damit gerechnet zu haben, denn er fuhr fast augenblicklich fort: »Nun, dann laß dir sagen, daß es nicht wahr ist. Es war Paris, der uns beleidigte, in dem er Menelaos' Weib entführte und die Hand, die wir ihm in Freundschaft hinhielten, bespie. Und es war euer närrischer König Priamos, der ihm Unterschlupf gewährte, zusammen mit dem verräterischen Weibe Helena.«

Agamemnon hatte sich mit diesen wenigen Worten sichtlich in Rage geredet, so daß Ajax ihm beruhigend die Hand auf die Schulter legte, während Thamis den Heerführer der Achäer mit immer größerem Staunen ansah.

Natürlich kannte er die Geschichte der Helena, wie jedermann in Troja, und natürlich wußte er auch, daß sie nicht wahr war. Nicht einmal ein Kleinhirn wie Odysseus hätte nur wegen einer Frau einen Krieg begonnen. Es war ein offenes Geheimnis, daß sich selbst Menelaos, der Gatte der entführten Helena, am allerwenigsten dafür begeisterte, sie so bald wie möglich wieder an seiner Seite zu sehen — was ihm wohl keiner, der Helenas

Gesellschaft auch nur für eine Stunde genossen hatte, verdenken konnte.

In Wahrheit war Troja mit seinem Reichtum und der Macht, die daraus erwuchs, schon lange ein Dorn im Auge der Griechen gewesen. Dies und seine strategisch einmalige Lage am Hellespont, die es praktisch zum unumschränkten Herrscher über diesen Teil der Welt gemacht hatte, war der wahre Grund für den Krieg, der das Land seit nunmehr einem Jahrzehnt verheerte.

Der Raub der Helena war nur ein Vorwand, und nicht einmal ein besonders guter. Und trotzdem, das begriff Thamis im gleichen Moment, in dem er Agamemnons Worte hörte, glaubte der Atride an das, was er sagte. Er war froh, als Ajax das Wort ergriff und fast gewaltsam das Thema wechselte.

»Was nun deine Aufgabe angeht, Thamis«, sagte er, »so hat Epeos ja schon mit dir geredet. Du wirst ins Haus der Cassyra gehen und dort alles vorbereiten. Gibt es jemanden dort, dem du vertrauen kannst?«

Thamis nickte. »Cassyra selbst.«

»Einer Hure?« fragte Ajax zweifelnd.

»Sie hat viel Geld durch mich verdient«, sagte Thamis. »Und sie denkt wie ich. Dieser Krieg nutzt keinem und schadet nur. Es ist ihr gleich, wer die Männer sind, die ich ihr bringe. Ginge es nach ihr, wäre der Krieg lieber heute zu Ende als morgen.«

»Und du?« fragte Ajax. »Wie denkst du darüber?«

»Nicht anders, Herr«, antwortete Thamis. »Er hätte niemals begonnen werden dürfen. Die Menschen sollten keinen Krieg miteinander führen.«

»Wir werden ihn beenden«, sagte Agamemnon entschlossen. »Noch bevor der Sommer zu Ende geht. Und nun genug davon.« Er machte eine entschiedene Geste. »Die Sonne sinkt. Du wirst jetzt nach Troja gehen und mit dieser Cassyra sprechen. Ajax wird dich begleiten.«

»Ajax?« Thamis fuhr zusammen. »Begleiten?« wiederholte er. »Aber warum?«

»Um auf dich achtzugeben, Bursche«, sagte Agamemnon ungeduldig. »Vielleicht, um sicherzugehen, daß du nicht doch noch die patriotische Seite deiner betrügerischen Seele entdeckst.«

»Aber das ... das geht nicht«, stammelte Thamis. »Es ist gefährlich, und ... und ...« Er brach ab, als er das Blitzen in Agamemnons Augen gewahrte. Der Heerführer der Griechen war kein sehr geduldiger Mann.

»Was ist gefährlicher daran, Ajax mitzunehmen als einen Krieger meines Heeres?« fragte er. »Schluß jetzt. Du wirst gehen und Ajax mitnehmen. Bei Sonnenaufgang erwarte ich euch zurück. Und wehe dir, wenn du etwa versuchst, uns doch noch zu betrügen.«

Thamis starrte ihn einen Moment aus brennenden Augen an, dann flüsterte er: »Ja, Herr«, und wollte sich entfernen, aber Agamemnon rief ihn noch einmal zurück.

»Warte, Junge«, sagte er. »Als Zeichen meiner Großmut werde ich dir den Verdienst, der dir sicher entgangen ist, ersetzen. Hier, nimm das.« Und damit drückte er dem vollends verblüfften Thamis ein blankpoliertes Goldstück in die Hand. Dann bückte er sich unter den Tisch, kramte eine Weile geräuschvoll in einer flachen Truhe neben einem Schemel und förderte einen schmalen Lederbeutel und ein zusammengerolltes Pergament zutage. Nacheinander schob er beides über den Tisch und nickte auffordernd, als Thamis zögerte, auch danach zu greifen.

»Was ... ist das, Herr?« fragte er stockend.

»Kannst du lesen?« fragte Agamemnon.

Thamis zögerte. »Nicht ... besonders gut«, gestand er – was übertrieben war, denn seine Kunde des Lesens und Schreibens beschränkte sich auf die Tatsache seines Wissens um diese Dinge.

Agamemnon seufzte. »Ein Grund mehr, daß Ajax dich begleitet«, sagte er. »Auf diesem Pergament sind Dinge aufgeschrieben, die ich brauche. Ajax wird sie dir vorlesen, und das Gold ist dazu, sie zu bezahlen.«

Es dauerte einen Moment, bis Thamis begriff. »Ihr ... ihr meint, ich soll ...«

»Ich meine, du sollst für mich das gleiche tun, was du für den geringsten meiner Krieger getan hast, ja«, unterbrach ihn Agamemnon ungeduldig. »Es wäre doch wohl unsinnig, mit leeren Händen aus der Stadt zurückzukommen, oder?«

DRITTES KAPITEL

Die Stadt lag wie eine Mauer aus Finsternis über ihnen. Vom Meer her drang das monotone Rauschen der Brandung herauf, und im Süden, auf der anderen Seite der Stadt, färbten die Feuer des hellenischen Lagers den Himmel rot.

Thamis hatte Agamemnon gebeten, seine Krieger sich kein bißchen anders verhalten zu lassen als gewohnt, und der Danaer hatte zugestimmt; wenn auch nach spürbarem Zögern. Dem erfahrenen Feldherrn wäre sicherlich wohler gewesen, hätte er ein Ablenkungsmanöver oder gar einen Scheinangriff auf die Mauern Trojas durchführen lassen, um für die Sicherheit von Ajax und Thamis zu garantieren.

Nun, Thamis war in diesem Punkt etwas anderer Meinung. Ein Ablenkungsmanöver auf der anderen Seite der Stadt mochte scheinbare Sicherheit bieten. Aber nicht halb so viel wie eine schlafende Wache, die in einer ereignislosen Nacht eingedöst war.

»Wie weit ist es noch?« flüsterte Ajax neben ihm. Er gab sich Mühe, leise zu sprechen, aber seine Stimme hatte jenen gehetzten Flüsterton, der fast ebenso weit zu vernehmen war wie ein normal gesprochenes Wort. Thamis hob rasch und warnend die Hand an die Lippen, schüttelte den Kopf und deutete stumm auf einen Busch, der sich vor der turmhohen Stadtmauer Trojas nur als dürrer farbloser Schatten abhob.

»Dort?« fragte Ajax, keinen Deut leiser als zuvor.

Thamis zog eine Grimasse, nickte übertrieben und huschte weiter. Lautlos ging er vor dem Gebüsch in die Knie, schob mit geschickten Bewegungen die nur scheinbar unentwirrbar ineinandergekrallten Dornenranken auseinander und deutete auf eine finstere Öffnung, die dahinter zum Vorschein kam.

Ein kaum spürbarer, unangenehmer Geruch wehte ihnen aus der Tiefe entgegen. Ajax ließ sich ebenfalls auf ein Knie sinken, legte den Kopf in den Nacken und blickte aus eng zusammengepreßten Augen an der gewaltigen Mauer der Nordbastion empor. Jetzt, bei Nacht, sah sie noch größer und wuchtiger aus, als sie ohnehin war: ein Berg, der über ihnen scheinbar direkt in den Himmel wuchs.

»Hier?« fragte er zweifelnd.

»Natürlich hier«, antwortete Thamis ungeduldig. »Warum nicht?«

Ajax schluckte hörbar. Thamis konnte sich lebhaft vorstellen, wie überrascht der Danaer sein mußte. Von allen Teilen Trojas war die Nordbastion der am stärksten gesicherte und uneinnehmbarste. In und unter ihren gewaltigen, aus tonnenschweren Quadern aufgetürmten Wänden befand sich nicht nur die Fluchtburg des Priamos und seiner engsten Vertrauten, sondern auch die riesige Zisterne, die es Troja zehn Jahre lang ermöglicht hatte, selbst den härtesten Sommern standzuhalten.

Ein Fall dieser Bastion wäre gleichbedeutend mit dem Untergang der Stadt; die Troer wußten das und hatten entsprechende Vorsorge getroffen, und die Danaer wußten es ebenso und hatten sich ein paar Dutzend Male die Köpfe an ihren Mauern blutig gerannt. Einen geheimen – und für jeden offenen! – Zugang in die Stadt ausgerechnet hier vorzufinden mußte Ajax wie der pure Hohn erscheinen.

Genaugenommen war es das auch. Es gab mehr als einen Zugang nach Troja, und die meisten waren leichter zu begehen. Aber Thamis hatte ganz bestimmte Gründe, danaische Krieger immer und nur auf diesem Weg in die Stadt zu bringen.

»Wenn Ihr fertig seid mit Staunen, können wir vielleicht weiter«, sagte Thamis ungeduldig. »Es ist fast Mitternacht, und wir müssen bis Sonnenaufgang wieder aus der Stadt sein.«

Ajax nickte schuldbewußt, ließ sich auf Hände und Knie sinken und kroch beinahe hastig in den engen Tunnel hinein. Thamis folgte ihm, nachdem er den Busch wieder zusammengezogen und seine Zweige so geordnet hatte, daß sein Geheimnis auch bei Tage sicher war.

Absolute Dunkelheit umfing sie, als sie tiefer in die Erde eindrangen. Der muffige Geruch, der am Eingang nur wie ein leiser, kaum wahrnehmbarer Hauch in der Luft gehangen hatte, wurde rasch stärker. Thamis hörte Ajax vor sich rumoren und kroch ein wenig schneller, um an seine Seite zu gelangen.

»Wohin jetzt?« wisperte Ajax.

»Immer geradeaus, Herr«, antwortete Thamis. »Dicht vor Euch ist eine Treppe, die in die Tiefe führt. Aber seid vorsichtig – die Decke ist sehr niedrig.«

Ajax knurrte etwas, das er nicht verstand, und richtete sich geräuschvoll auf. Wenige Augenblicke später ertönte ein dumpfer Laut, von dem Thamis nicht genau zu sagen wußte, ob es das Krachen von Ajax' Schädel an der Tunneldecke oder ein unterdrückter Schmerzensschrei war. Wahrscheinlich beides. Thamis unterdrückte ein schadenfrohes Grinsen, obgleich der Danaer es in der Dunkelheit wohl kaum hätte sehen können.

Rasch – aber sehr viel vorsichtiger als Ajax – richtete er sich ebenfalls auf, tastete mit dem Fuß nach der ersten Treppenstufe und begann ohne ein weiteres Wort in die Tiefe zu steigen. Ajax folgte ihm in geringem Abstand und blieb erst stehen, als Thamis ihn an der Schulter berührte.

»Vorsichtig jetzt, Herr«, flüsterte er. »Der Weg ist ab hier sehr einfach, aber auch sehr beschwerlich. Wir müssen durchs Wasser.« Er ergriff Ajax' Linke, führte sie zu dem groben Strick, der sein Gewand zusammenhielt, und schloß die Finger des Griechen darum. »Haltet Euch nur immer an mir fest, dann kann nichts passieren.«

Ajax knurrte eine Zustimmung, und sie gingen weiter. Die Dunkelheit schien noch zuzunehmen, obgleich das eigentlich unmöglich war, aber es war so, wie Thamis gesagt hatte – von hier ab führte der Weg immer nur in eine Richtung, es gab keine Abzweigungen oder Kreuzungen, an denen sie sich hätten verirren können. Aber er wurde auch wirklich immer beschwerlicher.

Der Stein unter ihren Füßen fühlte sich bald nicht mehr fest und trocken an, sondern feucht und irgendwie klebrig, als wäre er von einer dünnen Schicht saugenden Morastes bedeckt. Der üble Geruch wurde immer stärker, und nach einer Weile durchdrang das Rauschen von Wasser die Finsternis.

»Was ist das hier, Bursche?« beschwerte sich Ajax. »Das stinkt ja wie die Pest!«

»Ich weiß«, antwortete Thamis betrübt. »Aber es ist der einzige Weg, so leid es mir tut.«

Ajax grunzte, klammerte sich fester an seinen Gürtel und begann in seiner Muttersprache vor sich hinzuschimpfen, bis Thamis ihn ermahnte, leise zu sein.

Das Rauschen wurde immer lauter, und schließlich war unter Thamis schleifenden Füßen kein klebriger Stein mehr. Ein kühler, aber unbeschreiblich übelriechender Hauch stieg in ihre Nasen und verriet die Nähe des Wassers, von dem Thamis gesprochen hatte.

»Bei Zeus!« röchelte Ajax. »Willst du mich vergiften, Kerl? Du glaubst doch nicht, daß ich durch diese Brühe schwimmen werde?«

»Das ist nicht nötig«, antwortete Thamis. »Das Wasser reicht Euch allerhöchstens bis zur Brust. Und nun kommt!« Sprach's, machte einen Schritt nach vorne und zog den total überraschten Ajax mit sich, daß das Wasser bis über ihre Köpfe spritzte.

Der Danaer ließ seinen Gürtel los, platschte eine Zeitlang wie ein Ertrinkender in der stinkenden Brühe und stieß Flüche und Verwünschungen in allen Thamis bekannten – und einer ganzen Menge unbekannten – Sprachen aus. Thamis brachte sich mit einigen raschen Schritten in Sicherheit, um nicht aufs neue von oben bis unten vollgespritzt zu werden. Selbst ihm wurde allmählich flau im Magen, obwohl er diesen Weg schon so oft gegangen war, daß er es kaum mehr sagen konnte.

Das Wasser war warm und irgendwie zähflüssig und fühlte sich auf widerliche Weise seidig an. Mehr oder weniger große, übelriechende Klumpen schwammen darin. Schließlich beruhigte sich Ajax halbwegs, aber nur, um nach einer Sekunde des Atemholens erneut loszupoltern. »Kerl!« schnaubte er. »Das ... das ... das ist die Kloake, durch die du mich führst!«

»Natürlich«, antwortete Thamis fröhlich. »Was habt Ihr gedacht? Daß ich Euch durch ein goldenes Tor direkt in den Palast des Priamos bringen würde?«

»Aber das ist widerlich!« würgte Ajax. »Ich werde eine Woche lang stinken wie eine läufige Sau!«

»In Cassyras Haus findet Ihr ein Bad«, beruhigte ihn Thamis. »Und frische Kleider wohl auch.«

Ajax atmete würgend. »Das hättest du mir sagen können«, sagte er vorwurfsvoll. »Ich wäre niemals ...« Plötzlich stockte er, und Thamis konnte direkt hören, wie sich seine Brauen mißtrauisch zusammenzogen. »Sag mal — wieso hast du eigentlich nicht zum Himmel gestunken, als wir dich aufgegriffen haben?« erkundigte er sich.

»Wir ... haben immer frische Kleider dabei, wenn wir die Stadt verlassen«, antwortete Thamis hastig. »Jetzt wiß Ihr auch, warum ich so teuer sein muß. Jeden Tag ein neuer Rock, das kostet Geld, und manchmal ...«

»Ja, ja, ja«, unterbrach ihn Ajax unwillig. »Ist ja schon gut. Geh weiter, bevor ich hier ersticke!«

Thamis beeilte sich, ehe Ajax der Fehler in seiner Argumentation auffallen konnte, und schon nach wenigen Augenblicken begann sich die Dunkelheit vor ihnen aufzuhellen. Ein grauer Kreis fader Helligkeit erschien am Ende des Kanals, und nach wenigen Schritten standen sie neben den rostigen Sprossen einer Leiter, die zu einer vergitterten Öffnung unter der Decke führte.

»Dort hinauf?« erkundigte sich Ajax. »Wohin geht es da?«

»Auf den Wehrgang der Wachen«, antwortete Thamis. »Aber keine Sorge — ich kenne ihre Runden genau. Um diese Zeit schlafen sie sowieso.«

Ajax enthielt sich vorsichtshalber einer Antwort, aber zu Thamis' Erklärung machte er auch kaum ein Geräusch, als sie aus dem Wasser und die halbverrostete Leiter hinaufstiegen. Thamis erreichte das Gitter, bedeutete Ajax mit der Hand, zurückzubleiben, und schloß für einen Moment die Augen, um zu lauschen. Im ersten Moment hörte er nichts außer dem monotonen Gluckern des Wassers und seinem eigenen Herzschlag, dann drang ein neues Geräusch an sein Ohr: die schweren, regelmäßigen Schritte eines Mannes, der langsam näherkam.

Er unterdrückte einen Fluch, verlagerte vorsichtig sein

Gewicht und blickte über die Schulter zu Ajax zurück. Der Danaer hing in sonderbar verkrampfter Haltung und mit bleichem Gesicht dicht unter ihm an der Leiter. Seine Augen blickten ein wenig glasig. »Wir haben Pech«, sagte Thamis. »Jemand kommt. Keinen Laut.«

Ajax nickte verkrampft und preßte sich enger gegen die Wand, und auch Thamis erstarrte zur Reglosigkeit. Die Schritte kamen allmählich näher, brachen ab, näherten sich weiter und polterten schließlich ganz dicht an ihrem Versteck vorüber.

Für einen ganz kurzen Moment fiel der verzerrte Schatten eines Menschen in den Schacht, und Thamis' Herz schien einen schmerzhaften Sprung zu tun. Zum ersten Mal, seit er Agamemnons Angebot angenommen und sich auf den Rückweg nach Troja gemacht hatte, spürte er wieder Angst. Bisher hatte er eigentlich gar nichts verspürt — außer einer gewissen Anspannung und dem Gefühl, nach Hause zu kommen, verbunden mit einer stetig wachsenden Sicherheit.

Plötzlich wurde er sich der Tatsache bewußt, daß er schließlich nicht von einem Spaziergang heimkam, sondern die Stadt wie ein Dieb in der Nacht betrat und einen der gefährlichsten Krieger des Feindes mit sich brachte. Er kannte zwar die meisten Wachen, und so manche von ihnen hatten schon einmal ein Auge zugedrückt, wenn sie am nächsten Morgen einen Krug Wein oder eine kleine Münze neben ihrem Lager fanden. Aber wenn man ihn ergriff, mit Ajax im Geleit ...

Thamis dachte den Gedanken lieber nicht zu Ende, und wenige Augenblicke später entfernten sich die Schritte auch wieder, um dann ganz zu verklingen. Mit einem hörbaren Seufzer der Erleichterung entspannte er sich, warf Ajax ein aufmunterndes Lächeln zu und drückte das Gitter nach oben. Die scheinbar hoffnungslos verrosteten Eisenstäbe bewegten sich vollkommen lautlos, und kaum einen Herzschlag später zog sich Thamis vollends aus dem Gang und steckte dem Daner die Hand entgegen, um ihm emporzuhelfen. »Schnell«, sagte er. »Er wird gleich wiederkommen. Wir müssen uns beeilen.«

Ajax bedachte ihn mit einem finsteren Blick, ignorierte seine dargebotene Hand und stemmte sich aus eigener Kraft in die

Höhe. Keuchend richtete er sich auf, während Thamis das Gitter wieder an seinen Platz legte. Zwischen seinen Füßen bildete sich rasch eine dunkle, ölig glänzende Pfütze.

»Das ... das ist unglaublich«, murmelte Ajax. »Ich habe es nicht geglaubt, bis zu diesem Moment.« Er schüttelte ein paarmal den Kopf und sah Thamis fassungslos an. »Ein geheimer Gang, direkt unter den Füßen der troischen Wachen hindurch. Weißt du überhaupt, welches Geheimnis du da kennst, Junge?«

Thamis nickte, und Ajax schüttelte den Kopf. »Du weißt es nicht«, behauptete er. »Eine ganze Armee könnte sich hier einschleichen, ohne daß es Priamos' Krieger überhaupt bemerken würden!«

»Das könnten sie nicht«, behauptete Thamis.

»Und warum nicht?« fragte Ajax. »Die Wachen würden sie weder hören noch sehen!«

»Das vielleicht nicht«, räumte Thamis ein. »Aber sie würden sie riechen.«

Ajax sprach kein Wort mehr mit ihm, bis sie die Mauer verlassen hatten und in die Stadt eingedrungen waren. Sie erreichen das Zentrum, einen großen, annähernd runden Platz, der von dem riesigen, selbst jetzt taghell erleuchteten Tempel der Athene beherrscht wurde.

Thamis hob rasch die Hand, denn nicht weit von ihnen entfernt schlenderten zwei troische Kinder dahin, die Spieße lässig über die Schultern geworfen und augenscheinlich in ein angeregtes Gespräch vertieft. Eng in den Schatten eines Hauses gepreßt, warteten sie, bis die Wachen vorüber waren.

»Dafür, daß es vollkommen ungefährlich ist, in die Stadt zu kommen, herrscht hier ein reges Treiben, findest du nicht?« fragte Ajax leicht nervös.

Thamis zuckte mit den Schultern. »Ich habe nie behauptet, daß es ungefährlich ist«, sagte er. »Aber Ihr habt recht – irgend etwas ist anders als sonst. Die Wachen müssen verdoppelt worden sein.« Er schüttelte den Kopf, preßte die Augen zusammen und blickte aufmerksam über den weiten, leeren Platz.

Nirgends zeigte sich eine Spur von Leben, nur neben dem Säulenaufgang des Athene-Tempels lohten die roten Flammen der heiligen Feuer. Für einen kurzen Moment glaubte er, eine Bewegung im Inneren des Tempels wahrzunehmen, aber als er genauer hinsah, regte sich zwischen den gewaltigen Säulen nicht einmal ein Schatten. Er mußte sich getäuscht haben.

»Priamos ist ein vorsichtiger Mann«, bestätigte Ajax. »Ein würdiger Gegner. Aber wir sind nicht hier, um darüber zu reden. Wo ist dieses Haus der Cassyra?«

Thamis deutete mit einer Kopfbewegung auf ein wuchtiges, zweigeschossiges Gebäude auf der anderen Seite des Platzes, hinter dessen Fenstern noch Licht brannte, schüttelte aber rasch den Kopf, als Ajax unverzüglich losgehen wollte.

»Noch nicht«, sagte er. »Wir gehen zum Schluß dorthin. Jetzt ist noch zu viel ... äh – Betrieb.« Er grinste und wurde fast hastig wieder ernst, als Ajax seine Bemerkung mit einem unwilligen Stirnrunzeln quittierte. »Zuerst müssen wir ein paar Freunde aufsuchen.«

»Freunde?« Ajax spannte sich. Seine Hand glitt am Gürtel herab und blieb wenige Fingerbreit neben dem schlammverkrusteten Griff seines Schwertes liegen. »Von Freunden war nicht die Rede«, sagte er drohend.

Thamis seufzte, drehte sich vollends zu dem Danaer um und ließ die Hand auf den Beutel mit Goldmünzen klatschen, die Agamemnon ihm mitgegeben hatte. »Habt Ihr vergessen, daß ich ein paar Besorgungen für Euren Herrn machen soll?« fragte er. »Die Nacht ist schon fortgeschritten, und wenn wir mit Cassyra noch alles besprechen sollen, bleibt uns ohnehin kaum genug Zeit. Außerdem könnt Ihr ihnen vertrauen.«

Nach Ajax' Gesichtsausdruck war der Hellene alles andere als überzeugt. Aber nach einigen weiteren Augenblicken zog er die Hand wieder vom Schwertgriff zurück und nickte, wenn auch mit sichtlichem Widerwillen. »Also gut«, sagte er. »Aber wenn dir etwas einfallen sollte, mich zu betrügen, dann denke daran, daß deine Schwester auf uns wartet. Auf uns beide.«

Thamis antwortete nicht, sondern drehte sich schweigend um und ging los. Er konnte das Mißtrauen des Danaers verstehen, befand er sich doch im Herzen der Stadt, deren Bewohnern er und die Seinen den Tod geschworen hatten. Und trotzdem schmerzte es ihn. Er mochte den jungen Hellenen, fast mehr, als er sich selbst gegenüber zuzugeben bereit war. Hätten sie sich unter anderen Umständen kennengelernt, dessen war er sicher, dann hätten sie Freunde werden können.

Sie überquerten den Platz und drangen in eine Gasse ein, die so dunkel war, daß Ajax wieder dichter zu ihm aufschließen mußte, um nicht den Anschluß zu verlieren. Dumpfes Stimmengemurmel schlug ihnen entgegen, irgendwo hämmerte es monoton, und nach wenigen Schritten schon traten sie auf einen kleinen, von drei, vier zu glühender Kohle heruntergebrannten Feuern halbwegs erhellten Innenhof hinaus. Ein gutes Dutzend finsterer Schatten kauerte auf dem Boden.

Thamis bedeutete Ajax mit einer Handbewegung, ein wenig zurückzubleiben, trat mit einem Schritt vollends auf den Hof hinaus und sah sich um. Sein Erscheinen wurde bemerkt, vier, fünf Gesichter wandten sich Thamis und seinem Begleiter zu. Plötzlich erscholl ein Schrei, und eine der Gestalten sprang auf und kam auf Thamis zugelaufen. »Thamis! Du lebst! Und bist gesund!«

Der Junge — er war ein wenig kleiner als Thamis, ebenso zerlumpt gekleidet und hatte das schwarze, in der Dunkelheit bläulich schimmernde Haar eines reinrassigen Troers — stürmte heran, umarmte Thamis und preßte ihn so fest an sich, daß ihm die Luft wegblieb. »Du bist zurück!«

Thamis löste sich mit sanfter Gewalt aus seinem Griff und schob ihn auf Armeslänge von sich. »Warum auch nicht?« fragte er. »Bisher bin ich immer zurückgekommen, oder?«

»Aber du warst nie so lange fort wie diesmal. Ich habe gehört, die Hellenen hätten dich gefangen.«

Thamis schüttelte tadelnd den Kopf. »Dann wäre ich kaum hier«, sagte er und fügte, in einem Anflug plötzlicher Bosheit, hinzu: »Um mich zu fangen, müssen diese danaischen Weiber schon eher aufstehen, Oris.«

Allmählich begannen die Gespräche, die bei Oris' stürmischer Begrüßung fast vollends zum Erliegen gekommen waren, wieder laut zu werden, und auch das monotone Schlagen von Eisen auf Stein hob wieder an.

»Hör zu, Oris«, fuhr Thamis fort. »Ich bin in Eile. Könntest du ein paar Dinge für mich besorgen, bis ich zurück bin?« Wie selbstverständlich griff er in den Beutel an seinem Gürtel, nahm die Hälfte der darin enthaltenen Goldmünzen hervor und ließ sie in Oris ausgestreckte Hand fallen. Oris' Augen wurden rund vor Staunen, als er das Dutzend blinkender Münzen auf seiner Hand sah.

»Woher hast du das?« keuchte er. »Das ist ... ein Vermögen! Dafür besorge ich dir die Krone des Priamos, wenn es sein muß.«

Thamis lachte leise. »Das ist nicht nötig«, sagte er. »Aber ein paar Dinge brauchen wir schon.« Er wandte sich an Ajax, der vorsichtig aus der Gasse hervorgetreten war und sich mit einer Mischung aus Staunen und kaum verhohlenem Mißtrauen auf dem Hof umsah. Keiner der anderen schenkte ihm oder Thamis auch nur Beachtung, aber das schien sein Mißtrauen keineswegs zu dämpfen. Seine Hand lag verkrampft auf dem Schwertgriff, als Thamis ihn fragte: »Habt Ihr das Pergament noch, das Aga... Agantiolos Euch gab, Andras?« verbesserte er sich hastig.

Es schien einen Moment zu dauern, bis Ajax begriff, wen er mit diesem rasch erfundenen Namen meinte. Dann fuhr er zusammen, nickte drei-, viermal hintereinander, griff unter sein Hemd und förderte ein aufgeweichtes, übelriechendes Stück Papier zum Vorschein, das einen leicht grünlichen Schimmer angenommen hatte. Thamis nahm es ihm mit spitzen Fingern aus der Hand und reichte es Oris.

Der junge Troer überflog den Text hastig, runzelte die Stirn, rümpfte plötzlich die Nase und sah erst Thamis, dann Ajax an. Er schnüffelte. »Ihr seid ein Danaer«, sagte er.

Ajax fuhr zusammen wie unter einem Hieb. Der Blick, den er Thamis zuwarf, war beinahe flehend. »Ihr könnt es ruhig zugeben«, sagte Thamis aufmunternd. »Oris ist vertrauenswürdig. Er ist mein Freund.«

»Das ist nicht unbedingt ein Grund«, murrte Ajax. »Kann er lesen?«

»Ein wenig«, antwortete Oris an Thamis' Stelle. »Zumindest

genug, das hier entziffern zu können.« Wieder runzelte er die Stirn. »Was habt Ihr vor?« fragte er mit einer Kopfbewegung zu dem halb aufgeweichten Pergament in seinen Händen. »Habt ihr euch jetzt entschlossen, Troja zu kaufen, statt es zu erobern?«

Ajax' Gesicht verdüsterte sich. »Du sollst das da besorgen, nicht darüber reden«, sagte er ärgerlich. »Oder gib uns das Geld zurück, und wir suchen uns selbst, was wir brauchen.«

Oris lächelte, knüllte das Pergament achtlos zusammen und beeilte sich, die Goldmünzen unter seinem schmuddeligen Hemd verschwinden zu lassen. »Verzeih, edler Hellene«, sagte er in einem Ton, der seine Worte Lügen strafte. »Ich wollte dich nicht beleidigen. Aber ihr werdet wohl zehn Mann brauchen, um das alles aus der Stadt zu schleppen.«

Das Hämmern und Klingen eines Meißels, der Worte in harten Stein schlug, brach plötzlich ab, und eine helle Jungenstimme rief: »He, Thamis! Wie schreibt man Schliemann? Mit einem langen oder einem kurzen ›I‹?«

»Keine Ahnung«, antwortete Thamis. Aus der Dunkelheit erscholl ein enttäuschtes Grunzen, und das Hämmern hob von neuem an.

»Was meint er?« erkundigte sich Ajax im Flüsterton.

Thamis machte eine wegwerfende Handbewegung. »Das ist nur Nosadamus«, sagte er. »Beachte ihn nicht. Er ist verrückt. Er glaubt, die Götter hätten ihn beauftragt, eine Botschaft für die zu hinterlassen, die nach uns kommen.« Er lächelte noch einmal, tippte sich mit der Hand an die Stirn und wandte sich wieder an Oris. »Bring, was du besorgen kannst«, sagte er. »Über den Rest unterhalten wir uns später. Wir ... haben noch anderswo zu tun.«

Oris' Grinsen wurde noch breiter. Aber er deutete die unsichtbaren Gewitterwolken, die vor Ajax' Stirn hingen, richtig und war klug genug, die Bemerkung herunterzuschlucken, die ihm auf der Zunge lag. »Gut«, sagte er. »Eine halbe Stunde vor Sonnenaufgang. Aber seid pünktlich. Die Wachen sind heute nacht besonders auf der Hut.«

»Das haben wir gemerkt«, antwortete Thamis. »Was ist geschehen? Befürchtet Priamos einen neuen Angriff?«

Oris warf Ajax einen langen, mißmutigen Blick zu, ehe er antwortete. »Nein. Aber seine Priester haben ihm eingeredet, daß die Sterne schlecht stehen, und seitdem ist er vollkommen aus dem Häuschen. Er fürchtet wohl, die Gunst der Götter zu verlieren, oder sonst einen Blödsinn. Frag Cassyra, wenn du sie siehst.«

Er seufzte. »Gleichwie«, fuhr er fort, »seither hat Priamos jedenfalls die Wachen verdoppeln lassen. Es wird immer schwerer, sich sein tägliches Brot zu verdienen. Seid auf der Hut.«

»Das werden wir«, versprach Thamis.

Das Haus der Cassyra lag auf der entgegengesetzten Seite des Platzes, groß — mit Ausnahme des Tempels der Pallas Athene das größte Gebäude überhaupt — und trotz der fortgeschrittenen Stunde noch hell erleuchtet. Beiderseits des Eingangs, der von zwei in Marmor geschlagenen troischen Kriegern flankiert wurde, brannten düster-rote Kohlefeuer, und über der Tür quietschte ein Lampion mit rotem Licht im Wind.

Zu Ajax' Erleichterung betraten sie das Gebäude jedoch nicht durch das von allen Seiten gut einsehbare Hauptportal. Thamis deutete mit einer knappen Geste auf eine schmale, in der Nacht nur für den kundigen Blick überhaupt sichtbare Gasse, die um das Haus herum zu einer niedrigen Haustür führte, die sich verschämt in den Schatten des Gebäudes zu ducken schien.

Überhaupt war — soweit Ajax das im schwachen Schein des Mondes erkennen konnte — vom prachtvollen Glanz des Freudenhauses auf dieser Seite nicht mehr viel zu erkennen. Der Hinterhof stank erbärmlich nach Urin und faulendem Gemüse, und in den daumenbreiten Rillen des Pflasters sammelte sich ölig schimmerndes Schmutzwasser. Ihre Schritte erzeugten deutlich hörbare, platschende Laute.

»Was ist das hier?« flüsterte er. »Der Eingang für die weniger betuchten Einwohner Trojas?«

Thamis schüttelte den Kopf und bückte sich, um einen

Moment lang konzentriert im Schatten der Tür herumzusuchen. Als er sich aufrichtete, blitzte ein fast handlanger Schlüssel in seinen Fingern. »Nein«, antwortete er mit einiger Verspätung, aber großem Ernst, auf Ajax' Frage. »Der für Griechen.«

Ajax stellte keine weiteren Fragen mehr, sondern trat unruhig von einem Fuß auf den anderen, während Thamis, die Zunge zwischen die Zähne geklemmt und leise vor sich hinfluchend, den Schlüssel ins Schloß zu stecken und herumzudrehen versuchte. Es gelang ihm, wenn auch erst nach einigen Schwierigkeiten.

Die Tür schwang mit einem Knarren nach innen, das noch im Lager des Agamemnon zu hören sein mußte (wenigstens kam es Ajax so vor). Sie huschten ins Haus. Ein langer, nur schwach erhellter Gang nahm sie auf. Von Ferne wehte gedämpftes Lachen herbei, das Klingen von metallenen Trinkbechern, die zu Boden fielen oder aneinanderschlugen, dazwischen tiefe Männerstimmen, die sich rauhe Scherze zuriefen.

Nach einigen Schritten erreichten sie eine Treppe, an deren oberem Ende sich eine weitere, aus rohen Brettern zusammengefügte Treppe befand. Thamis huschte auf Zehenspitzen hinauf, schob den Riegel zurück und spähte vorsichtig durch den Spalt; dann hob er die Hand, bedeutete Ajax, ihm leise zu folgen, und huschte lautlos durch die Tür. Ajax kam ihm nach, drückte die Tür hinter sich zu und preßte sich eng mit dem Rücken gegen die Wand.

Sie standen in einem winzigen, an drei Seiten von unverkleideten steinernen Wänden umgebenen Raum. Die vierte Wand war durch einen dunkelblauen, in schweren Falten hängenden Vorhang ersetzt. Durch eine zerschlissene Stelle fiel gelber Kerzenschein herein, und das Lachen und Lärmen war viel lauter geworden. Ein süßer, berauschender Geruch lag in der Luft; ein Gemisch aus dem Duft von Gebratenem, dem Aroma von Wein, Aphrodisiaka und ordinärem Schweiß.

Thamis machte noch einmal ein warnendes Zeichen in Ajax' Richtung, näherte sich auf Zehenspitzen dem Vorhang und lugte durch das winzige Loch in dem kostbaren Stoff. Er wußte, daß es von der anderen Seite aus vollkommen unsichtbar (schließlich hatte er es selbst mit dem Finger hineingebohrt) und seine übertriebene Vorsicht absolut überflüssig war. Die Männer und Frauen auf der anderen Seite waren mit anderen Dingen beschäftigt, als darüber nachzudenken, was sich hinter dem unauffälligen dunkelblauen Vorhang verbergen mochte. Aber — wie bereits gesagt — Thamis war ein vorsichtiger Mensch. Außerdem mußte er Ajax schließlich etwas bieten, womit er sich später brüsten konnte.

»Alles in Ordnung«, flüsterte er. »Niemand hat uns bemerkt.«

»Und wie geht es weiter?« gab Ajax ebenso leise zurück. Thamis blickte ihn an und bemerkte ein Netz feiner glitzernder Schweißtröpfchen, das seine Stirn bedeckte. Einen Moment lang überlegte er, ob das an seiner Angst oder den keuchenden und stöhnenden Lauten liegen mochte, die durch den Vorhang drangen, schob die Frage dann aber als uninteressant beiseite und zuckte mit den Schultern.

»Wir müssen warten«, sagte er, »bis Cassyra oder eine ihrer Töchter vorbeikommt. Es wird nicht lange dauern.«

Tatsächlich näherten sich schon nach kurzer Zeit Schritte ihrem Versteck, und Thamis hörte Cassyras wohlvertraute, dunkle Stimme. Einen Augenblick später kam die schwarzhaarige Besitzerin des gleichnamigen Etablissements wenige Schritte an ihrem Versteck vorbeigeschlendert, einen Becher mit Wein in der Rechten und in ein intensives Gespräch mit einem hochgewachsenen, bis auf eine Schnürsandale am rechten Fuß vollkommen nackten Troer vertieft.

Thamis fuhr zusammen, als er das Gesicht des Mannes erkannte. »Ajax!« entfuhr es ihm.

Ajax trat mit einem Schritt neben ihn. »Was ist?« fragte er alarmiert. Seine Hand fiel mit einem Klatschen auf das Schwert.

»Du doch nicht«, flüsterte Thamis ungeduldig. »Das da drüben ist Ajax der Kleine.« Er runzelte die Stirn. »Das ist sonderbar. Er kommt sonst so gut wie niemals hierher.«

Ajax schob ihn mit einer ungeduldigen Handbewegung zur Seite, ließ sich ein wenig in die Knie sinken und kniff das linke

Auge zusammen, um mit dem anderen durch das Loch zu spähen. »Das ist Ajax?« fragte er nach einer Weile.
Thamis nickte.
»Er ist größer als ich«, murmelte Ajax.
»Ich weiß«, sagte Thamis.
»Warum nennt man ihn den ›Kleinen‹?«
»Wenn du noch ein wenig lauter sprichst, kannst du ihn selbst fragen«, antwortete Thamis düster. »Ich bin sicher, er wird dir gerne antworten.«

Ajax wich ein Stück vom Vorhang zurück. Sie warteten. Nach einer Weile entfernten sich die Schritte und Stimmen Cassyras und ihres Gesprächspartners wieder, aber Thamis hob nur warnend die Hand, als Ajax eine neue Frage stellen wollte, und bedeutete ihm mit Gesten, still zu sein und sich zu gedulden.

Tatsächlich dauerte es nur wenige Augenblicke, bis die schweren Schritte Cassyras abermals laut wurden und auf der anderen Seite des Vorhanges abbrachen. Kurze, mit schweren goldenen Ringen behangene Wurstfinger zogen den schweren Stoff ein Stück zur Seite, dann erschien ein feistes Mondgesicht in der Öffnung, und zwei kleine, in glänzende Fettwülste eingebettete Schweineäuglein blickten in ihr Versteck.

»Aha«, sagte Cassyra. »Hat mich meine Nase doch nicht getrogen. Mein Freund Thamis ist da. Du bist spät.« Sie beugte sich ein wenig weiter vor und blickte Ajax an. »Nur ein Kunde heute?«

»Kein Kunde«, sagte Ajax hastig. »Ich bin nicht ... ich meine, ich brauche nicht ...« Er brach ab, fuhr sich nervös mit der Zungenspitze über die Lippen und gab sich einen sichtbaren Ruck. »Ich will nicht zu einem deiner Mädchen.«

»Willst du nicht?« erkundigte sich Cassyra stirnrunzelnd. Dann nickte sie. »Wie du magst. Thamis läßt dich gerne allein, wenn es dir reicht, zuzusehen. Ich lasse dir ein Handtuch bringen. Kostet auch nur den halben Preis.«

»Nicht doch, nicht doch«, sagte Ajax hastig. »So war das nicht gemeint. Ich will nicht in diesem Verschlag bleiben, und ...«

»Oh«, unterbrach ihn Cassyra mit einem sanften, verstehenden Lächeln. »Du bist Besseres gewöhnt, wie? Das kann ich verstehen. Wir haben Kabinen, auf der anderen Seite des Zimmers. Die sind aber teuer.«

Ajax keuchte, und Thamis hob rasch die Hand und zog Cassyras Aufmerksamkeit auf sich, ehe sie auch noch auf den Gedanken kommen konnte, ihm eines ihrer Mädchen und ihren Schnellzeichner anzubieten – obwohl der Mann wirklich ein Künstler war und jede Szene in Windeseile lebensecht auf dem Papier festzuhalten vermochte.

»Ajax ist nicht deswegen hier, Cassyra«, sagte er rasch.

Cassyra nickte. »Ich weiß. Er ist ...«

»Nicht *der* Ajax«, unterbrach sie Thamis.

»Ich bin nicht dieser Ajax«, sagte Ajax.

»Natürlich seid Ihr nicht Ajax«, sagte Cassyra beleidigt. »Ajax ist unten bei Sujana und ...« Sie blinzelte, blickte einen Moment zwischen Thamis und Ajax hin und her und wandte sich schließlich mit einem fragenden Blick an den Danaer. »Wie war Euer Name, sagtet Ihr?«

»Ajax«, sagte Ajax.

»Das kann nicht sein«, sagte Cassyra heftig. »Ich habe noch vor Augenblicken mit ihm gesprochen, und er hat weder so ausgesehen noch so gerochen wir Ihr, Hellene.« Sie seufzte, schob einen fetten Unterarm durch den Vorhang und hob drohend den Figner in Thamis' Richtung. »Ich bin nicht für deine Scherze aufgelegt, mein kleiner Freund«, sagte sie. »Nicht heute nacht.«

»Aber das ist Ajax!« sagte Thamis, der Verzweiflung nahe.

»Aha«, sagte Cassyra. »Und wer seid Ihr?«

»Ajax«, antwortete Ajax.

Cassyra seufzte. »Gerade habt Ihr behauptet, daß Euer Name nicht Ajax ist.«

»Er ist nicht *der* Ajax, versteh doch«, sagte Thamis verzweifelt.

»Ist er nicht?« vergewisserte sich Cassyra. In ihren Augen stand ein Glanz, als hätte sie plötzlich Fieber bekommen. »Aber wer ist er dann?«

»Ajax«, sagte Thamis. Der fiebrige Glanz in Cassyras Augen nahm zu. »Ich meine, nicht ... nicht *der* Ajax, sondern ...« Er seufzte, rang einen Moment mit den Händen und versuchte, Ordnung in das Chaos hinter seiner Stirn zu bekommen. »Sondern *der* Ajax«, schloß er. »Versteht Ihr?«

»Ja«, sagte Cassyra und schüttelte den Kopf. »Aber gleichwie — wenn dein Kunde nicht hierbleiben und auch keins der Mädchen oder eine Kabine oder einen meiner Söhne oder den Schnellzeichner oder das Becken mit den Zitteraalen oder ...« Thamis schloß mit einem Seufzer die Augen und geduldete sich, bis Cassyra mit der Aufzählung sämtlicher Vergnügungen, die ihr Haus bot, zu Ende gekommen war » ... haben will, dann frage ich mich, warum du ihn herbringst.« In ihrer Stimme erschien ein neuer, ganz leicht drohender Klang. »Du kennst mich lange genug, um zu wissen, daß ich keine Spanner dulde. Nicht umsonst.«

»Ich bin kein Spanner!« protestierte Ajax. »Ich bin Hellene!«

»Das riecht man«, erwiderte Cassyra ruhig. »Aber was bei Zeus wollt Ihr hier?«

»Mit Euch reden«, antwortete Ajax. »Nur mit Euch reden.«

Cassyra schwieg einen Moment, dann erschien ein deutlicher Ach-so-einer-ist-das-Ausdruck auf ihrem fettglänzenden Gesicht. Sie zuckte mit den Achseln. »Wenn Ihr bezahlt ...«

»Wenn es sein muß, bezahle ich auch dafür«, stöhnte Ajax. »Aber laßt uns endlich irgendwohin gehen, wo wir in Ruhe reden können.«

Cassyra zuckte abermals mit den Schultern. »Meinetwegen«, sagte sie. »Und Ihr seid sicher, daß Ihr unbedingt mit mir reden wollt? Ich habe ein Mädchen, dessen flinke Zunge be ...«

»Ich will nur reden«, stöhnte Ajax. »Wirklich nicht mehr. Über ein Geschäft reden. Ich glaube nicht, daß ich das mit einem Eurer Mädchen könnte.«

»Oh, das ...«

»Nicht über dieses Geschäft«, unterbrach Ajax sie. Seine Lippen waren zu dünnen, blutleeren Strichen zusammengepreßt.

»Nun gut«, sagte Cassyra schließlich. »Es ist Euer Geld, und wenn Ihr eine bestimmte Umgebung braucht, um in Stimmung zu kommen ...« Sie seufzte, hörbar erleichtert, zog den Arm wieder hinter den Vorhang zurück und wandte sich im letzten Moment noch einmal um.

»Aber wenn wir schon über Geschäfte reden, verehrter Danaer«, sagte sie. »Seid so gut und sagt mir wenigstens Euren Namen. Ich weiß gerne, mit wem ich es zu tun habe.«

»Ajax!« brüllte Ajax.

Cassyra fuhr zusammen. Auf der anderen Seite des Vorhangs wurden schwere Schritte laut, dann fragte eine dunkle, leicht angeheitert klingende Stimme: »Hascht du misch ge… gerufen, Lieb… schen?«

Cassyra wandte sich hastig um und schüttelte den Kopf. »Nicht doch, Ajax«, sagte sie. »Ich meine dich nicht. Ich habe mit …« Sie streckte wieder den Kopf durch den Vorhang und sah Ajax an. »Wie ist Euer Name?« flüsterte sie.

»Ajax«, stöhnte Ajax.

Cassyra nickte und drehte sich wieder zu Ajax um. »Ich habe mit Ajax gesprochen«, sagte sie. »Nicht mit dir.«

»Dann isch scha… allesch in beschter Ord… nung«, lallte Ajax. Seine Schritte entfernten sich wieder.

»Ihr müßt vorsichtiger sein«, sagte Cassyra warnend. »Wenn Ihr schreien wollt, beherrscht Euch, bis ich Euch in eine der Kabinen gebracht habe. Die sind schalldicht!«

»Schiebt … Euch … Eure … Kabine … in … den …« begann Ajax krächzend, wurde aber sofort wieder von Cassyra unterbrochen, die mahnend den Finger hob.

»Überlegt Euch, was Ihr sagt, Danaer«, sagte sie drohend. »Wenn es Euch Freude bereitet, mich zu beleidigen, dann dürft Ihr es – aber es kostet extra, damit das gleich klar ist.«

Ajax begann zu wimmern, schlug die Hände gegen das Gesicht und sank ganz langsam an der Wand entlang zu Boden.

Eine halbe Stunde später saßen sie – gebadet und in mollig vorgewärmte, wollene Mäntel gehüllt – in Cassyras Privatgemach zusammen. Das Stöhnen und Lachen und Becherklingen drang nur noch gedämpft durch die dicken Vorhänge, die das großzügig angelegte Schlafzimmer in der oberen Etage des Hauses abschirmten, und in der Luft lag der schwere, betäubende Geruch von brennenden Räucherkerzen und heißem Wein. Zwei von Cassyras Mädchen hatten Fleisch und Brot auf goldenen Tabletts aufgetragen, und sowohl in Thamis' als auch Ajax' Hand lag ein Becher mit dem köstlichen Wein, den die gewiß nicht kleinen Keller ihres Hauses zu bieten hatten.

Während der letzten zehn Minuten hatte Ajax endlich Gelegenheit gefunden, sein Anliegen vorzutragen (nachdem er seinen Obolus für eine Stunde entrichtet hatte; Cassyra bestand prinzipiell auf Vorauszahlung), und anschließend war etwas geschehen, was selbst Thamis in Erstaunen versetzt hatte: Cassyra hatte deutlich länger geschwiegen, als sie brauchte, um Atem zu schöpfen oder einen Schluck Wein oder einen Bissen Fleisch hinunterzuschlucken.

»Und das ist die Wahrheit?« fragte sie schließlich. Die Frage galt Ajax, aber sie sah Thamis dabei an, und er war es auch, der nickte.

»Es ist die Wahrheit, Cassyra«, sagte er. »Ich schwöre es. Ich habe es selbst zuerst nicht geglaubt, aber es ist so.«

Cassyra nickte, trank einen Schluck Wein, fuhr sich mit dem Unterarm über die Lippen und steckte eine Hühnchenkeule in den Mund. »Das ist der erstaunlichste Vorschlag, der mir bisher unterbreitet wurde«, sagte sie kauend, spie einen Knochensplitter aus und spülte den Rest mit einem gewaltigen Schluck Wein hinunter.

Ajax runzelte die Stirn, aber war klug genug, sich weiter nichts anmerken zu lassen. Vielleicht hatte ihn der Anblick der dreieinhalb Zentner Fett, die Cassyra ihr eigen nannte, auch so schockiert, daß ihn ihr Benehmen schon gar nicht mehr störte.

»Trotzdem ein interessanter Vorschlag«, fuhr Cassyra nach einer Weile fort.

»Ein erträglicher«, fügte Ajax hinzu. »Wenn Ihr zustimmt, heißt das. Meine ... Auftraggeber wären bereit, das Dreifache des üblichen äh ... Tarifes zu zahlen, wenn Ihr auf ihr Angebot eingeht.«

Cassyra runzelte die Stirn, nahm einen gewaltigen Schluck

Wein und sah Thamis an. »Dein Freund ist zum ersten Mal hier«, stellte sie fest.

»Stimmt«, nickte Thamis.

»Wie kommt Ihr darauf?« fragte Ajax lauernd.

Cassyra lächelte zuckersüß. »Ihr hättet dieses Angebot nicht gemacht, würdet Ihr meine Tarife für Griechen kennen«, sagte sie. »Aber abgemacht. Euer Angebot interessiert mich. Wann werdet Ihr kommen?«

»Nicht so schnell!« sagte Ajax hastig. »So einfach geht das nicht, fürchte ich. Es gibt eine Menge Dinge zu klären. Zum Beispiel die Frage, ob Ihr überhaupt in der Lage seid, eine äh ... größere Anzahl von Männern gleichzeitig zu ... ich meine ...« Er lächelte nervös, begann mit seinem Becher zu spielen und trank einen gewaltigen Schluck.

»Wie viele?« fragte Cassyra ruhig.

»Nun ... dreißig«, antwortete Ajax. »Ungefähr.«

»Kein Problem«, sagte Cassyra. »Ich habe an die zwanzig Mädchen hier, und es gibt genügend Frauen in der Stadt, die sich gerne ein Zubrot verdienen. Wir werden eine Menge Seife brauchen«, fügte sie versonnen hinzu. »Und zusätzliche Mäntel.«

»Es ... handelt sich um ... besondere Gäste«, sagte Ajax zögernd, Cassyras Nachsatz bewußt ignorierend.

»Natürlich«, sagte Cassyra. »Hellenen sind immer etwas Besonderes.« Sie lächelte und hob den Becher an die Lippen, trank aber nicht, sondern runzelte plötzlich die Stirn und sah Ajax mit einem Blick an, als wäre ihr plötzlich etwas eingefallen. »Eine Frage noch, edler Ajax«, sagte sie. »Warum habt Ihr mir nicht gleich gesagt, daß Ihr Ajax der Große seid? Wir hätten eine Menge Zeit gespart.«

Ajax' Zähne schlugen mit einem hörbaren Laut auf dem Rand des Trinkbechers auf. Er verschluckte sich, hustete qualvoll und sprudelte roten Wein über den weißen Stoff seines Mantels. Cassyra beugte sich seufzend vor und nahm eine weitere Münze von dem Stapel goldglänzender Geldstücke, den Ajax vor ihr aufgebaut hatte.

»Also, wann wollt Ihr kommen?« fragte sie ruhig.

»In ... wenigen Tagen«, sagte Ajax hustend. »Aber so einfach ist das nicht. Ich muß sicher sein, mich auf Eure ... Diskretion verlassen zu können. Einige meiner Begleiter werden sehr ... nun, sagen wir, wichtige Persönlichkeiten sein.«

»Oh, Ihr mißtraut mir?« fragte Cassyra. »Das ist unnötig. Hat Euch Thamis nicht erzählt, daß ich von diesem ganzen Krieg nichts halte? Er ist schlecht für die Stimmung und erst recht fürs Geschäft. Einige meiner besten Kunden habe ich verloren, seit dieser unselige Streit begonnen hat. Glaubt mir, meinetwegen könnte er eher heute als morgen zu Ende gehen.«

Plötzlich war das Mißtrauen in Ajax' Blick wieder da. Vielleicht bemerkte es Cassyra nicht einmal, aber Thamis entging keineswegs, daß sein Lächeln mit einem Male nicht mehr ganz echt wirkte und seine Haltung deutlich angespannter war.

»Nun, dann wäre es doch eine prachtvolle Gelegenheit, einige führende Männer unseres Heeres zu töten, nicht?« fragte er lauernd.

Cassyra lachte. »Und mir meine besten Kunden verscheuchen?« Sie beugte sich vor, lachte laut und herzhaft, daß ihr gewaltiger Busen aus dem Ausschnitt ihres Kleides zu springen drohte, und schenkte sich Wein nach. »Für wie dumm haltet ihr mich, Ajax? Nein, nein, keine Sorge. Ich würde mir eher den rechten Arm abhacken, als es mir mit Euch zu verderben. Ihr bringt mehr als die Hälfte meines Umsatzes, müßt Ihr wissen.« Sie lächelte zufrieden und trank schmatzend einen Schluck Wein.

»Ihr seid eine Troerin.«

»Bin ich nicht«, antwortete Cassyra ruhig. »Ich war auf der Durchreise, als Ihr mit Euren Schiffen vor den Mauern dieser Stadt erschienen seid und die Belagerung begonnen habt, und ...«

Cassyra brach mitten im Satz ab, denn unten im Haus brach plötzlich ein Tumult los. Becher fielen klirrend zu Boden, eine Frauenstimme kreischte, eine andere antwortete, dann ertönte ein heller, klatschender Laut, und mit einem Male schrien und riefen zahllose Stimmen durcheinander; es hörte sich an, als bräche in Cassyras Haus der Freuden eine handfeste Prügelei aus. Nicht zum ersten Male, wie Thamis wußte.

»Was ist da los?« fragte Ajax alarmiert. In seinen Augen blitzte es. »Sind das die Wachen? Habt Ihr ...«

»Schweigt!« unterbrach ihn Cassyra streng. Ajax verstummte betroffen, während Cassyra ihre dreieinhalb Zentner ächzend aus dem geflochtenen Sessel hochstemmte und zum Ausgang lief. Vorsichtig schob sie den Vorhang zur Seite, drehte sich mit einer erschrockenen Bewegung um und begann wild zu gestikulieren.

»Ajax kommt«, sagte sie hastig. »Versteckt euch, schnell! Hinter dem Vorhang da!«

Thamis und Ajax sprangen gleichzeitig von ihren Plätzen auf. Sie hatten das Versteck kaum erreicht, da wurde der Vorhang vor dem Schlafgemach auch schon mit einem Ruck aufgerissen, und Ajax der Kleine schwankte an Cassyra vorbei, eine spärlich bekleidete, keifende Schönheit grob am Haar hinter sich her zerrend und von einem halben Dutzend schimpfender und aus Leibeskräften durcheinanderredender Frauen und Männer gefolgt. Für die Dauer von drei, vier Herzschlägen brach ein schier unbeschreiblicher Tumult aus, ehe Cassyra mit einem Schrei, der durchaus ihrer Leibesfülle entsprach, für Ruhe sorgte.

»Was ist hier los, Ajax?« fragte sie herrisch. »Wer ist diese Frau, und warum schleppst du sie hierher?« Sie deutete fragend auf die schlanke, schwarzhaarige Frau, die sich unter Ajax' Griff wand und vergeblich versuchte, ihm die Augen auszukratzen.

»Sie will nicht bezahlen«, sagte Ajax mit schwerer Zunge. »Wollte sich rausschleichen. Beinahe wäre es ihr auch gelungen, aber im letzten Augenblick hat Leya mir noch zugerufen, sie festzuhalten, und ich konnte sie schnappen.« Er lachte rauh, als die Fremde mit einem wütenden Zischen nach seinem Gesicht schlug. Ihre Arme waren nicht lang genug, ihn zu treffen. »Eine richtige kleine Wildkatze, scheint mir.«

»Sie will nicht bezahlen?« wiederholte Cassyra. Einen Moment lang blickte sie stirnrunzelnd auf die schwarzhaarige

Frau herab, dann wandte sie sich an eines der Mädchen, die hinter Ajax in den Raum gestürmt waren. »Ist das wahr, Leya?«

»Es ist wahr, Herrin«, antwortete Leya. Ihre Hand deutete anklagend auf die Fremde. »Sie war fast die ganze Nacht bei mir, und keinen Augenblick hat sie mir Ruhe gegönnt. Und dann wollte sie mich um meinen Lohn prellen!«

»So«, sagte Cassyra. Sie überlegte einen Moment, richtete sich zu ihrer vollen Größe von nicht ganz anderthalb Metern auf und rief mit erhobener Stimme. »Leya, Ajax und die Fremde bleiben hier. Die anderen können gehen.« Sie klatschte in die Hände, um ihre Worte zu unterstreichen. »Los, Mädels, an die Arbeit.«

Die Mädchen gehorchten, wenn auch widerwillig, und Cassyra wartete schweigend, bis sie mit Ajax, Leya und der Fremden allein war. Dann wandte sie sich wieder an Leya. »Wie kommt es, daß sie gehen konnte, ohne zu bezahlen?« fragte sie lauernd. »Hast du vergessen, vorher zu kassieren?«

Leya schrumpfte unter ihrem Blick deutlich zusammen. »Verzeiht, Herrin«, sagte sie. »Ich ... ich habe es wirklich vergessen. Aber die da hat mich verhext!« fügte sie hastig hinzu. »Als sie gehen wollte, hat sie irgend etwas getan, das mich müde werden ließ. Ich bin eingeschlafen, und hätte nicht eines der Mädchen Wein über mich gegossen, hätte ich es nicht einmal bemerkt.«

Cassyra seufzte, verzog die Lippen und wandte sich stirnrunzelnd an die Fremde.

Die Frau hatte aufgehört, sich in Ajax' Griff zu winden, und stand jetzt ruhig und voller Würde da — so weit das möglich war, wenn einem der Kopf in den Nacken und der rechte Arm auf den Rücken gedreht werden. Ihre Augen schienen Flammen zu sprühen. Trotz der mißlichen Lage, in der sie sich befand, hatte Thamis niemals einen Menschen gesehen, auf dessen Zügen ein Ausdruck größeren Stolzes lag.

Übrigens auch niemals eine Frau, die schöner gewesen wäre.

»Soso«, begann Cassyra lauernd. »Du warst also die halbe Nacht bei einem meiner besten Mädchen und willst nicht bezahlen. Kennst du die Strafe, die hier darauf steht? Ich könnte dich auspeitschen lassen.«

»Wage es nicht, mich anzurühren!« zischte die Fremde. »Du weißt nicht, mit wem du sprichst!«

Cassyra, die einen halben Schritt auf sie zugetreten war und die Hand erhoben hatte, blieb tatsächlich stehen, wenn auch wohl mehr aus Neugierde denn aus Furcht vor der Drohung, die in der Stimme der Fremden lag. »Mit wem spreche ich denn?« fragte sie.

»Sag diesem versoffenen Kerl hinter mir, daß er mich loslassen soll!« verlangte die Fremde. »Eher sage ich kein Wort!«

Cassyra seufzte, gab Ajax aber tatsächlich einen Wink, sie loszulassen, und nach sekundenlangem Zögern gehorchte der Troer. Die Fremde stolperte einen Schritt von ihm weg, preßte die schmerzenden Arme an den Leib und sah abwechselnd ihn und Cassyra aus zornesfunkelnden Augen an.

»Nun?« fragte Cassyra. »Ich warte.«

»Ich bin dir keine Auskunft schuldig«, sagte die Fremde trotzig. Ajax gab ein drohendes Knurren von sich und trat erneut auf sie zu, aber Cassyra hob rasch die Hand und hielt ihn zurück.

»Das ist richtig«, sagte sie. »Nur vier Goldstücke. Bezahle sie, und du kannst gehen!«

»Vier Goldstücke!« ächzte die Fremde. »Das ist Wucher!«

»Leya ist mein bestes Mädchen«, sagte Cassyra achselzuckend. »Und hinzu kommt der Ausfall, den ich durch die Aufregung erlitten habe, der deinetwegen entstanden ist. Zahlst du freiwillig?«

»Und wenn nicht?« fragte die Fremde.

Cassyra seufzte. »Nimm Vernunft an«, sagte sie. »Ein Körper wie deiner ist zu schade für die Peitsche.«

»Du würdest es nicht wagen, mich anzurühren!« sagte die Fremde zornig. »Hebe deine Hand gegen mich, du Hure ...«

»Fünf Goldstücke«, sagte Cassyra ungerührt.

»... und ich mache diese ganze Stadt dem Erdboden gleich!« schloß die Fremde drohend. »Ich bin Pallas Athene!«

Thamis fuhr hinter seinem Vorhang wie unter einem Peitschenhieb zusammen und starrte die schwarzhaarige Schönheit mit einer Mischung aus ungläubigem Schrecken und Entsetzen an, und neben ihm stieß Ajax ein ersticktes Keuchen aus.

Pallas Athene? Seine Gedanken überschlugen sich. Pallas Athene – die Göttin?

Cassyra und Ajax zeigten sich vom Klang dieses Namens weit weniger beeindruckt als Thamis und der Danaer. Ajax lachte schallend, während Cassyra nur den Kopf schüttelte und der angeblichen Göttin einen fast mitleidigen Blick schenkte. »Selbst wenn«, sagte sie schließlich. »Ich gebe keinen Rabatt, auch nicht an Götter.« Ihre Stimme wurde deutlich ungeduldiger. »Was ist nun? Zahlst du freiwillig, oder soll ich dir für jedes Goldstück zehn Peitschenhiebe verabreichen lassen?«

»Das ... das wagst du nicht!« keuchte Athene. »Ich bin Pallas Athene selbst, verstehst du nicht? Pallas Athene, deren Tempel draußen auf eurem Platz steht.«

»Du bezahlst also nicht«, stellte Cassyra fest. »Gut, wenn du nicht anders willst ...« Sie seufzte, drehte sich herum und gab Ajax einen Wink. »Bring sie hinaus, Ajax«, sagte sie.

Ajax grinste. »Mit Vergnügen.« Mit einem zufriedenen Grunzen trat er auf die schwarzhaarige Frau zu und hob die Arme, aber plötzlich rief ihn Cassyra noch einmal zurück, ergriff die Fremde an der Schulter und ließ den Blick ihrer kleinen Schweinsäuglein abschätzend über den perfekt geformten Körper gleiten. Das zerfetzte Kleid, das sie trug, enthüllte ohnedies mehr davon, als es verbarg.

»Nein«, sagte sie. »Es wäre zu schade, diese Haut mit der Peitsche zu zeichnen. Sie ist für ganz andere Berührungen gedacht.« Sie schüttelte den Kopf, trat zurück und bedachte Athene mit einem fast mütterlichen Lächeln. »Du hast Glück, Kind«, sagte sie. »Ich erlasse dir die Schläge. Du kannst die acht Goldstücke abarbei...«

»Aber ...« keuchte Athene.

» ...ten«, sagte Cassyra. »Ganz recht. Ist das nicht großzügig? Du wirst zwei Nächte für mich arbeiten, und dann kannst du gehen.«

»Das ... das ist ...« Athenes Stimme versagte. Ihre Lippen

bebten, und in ihren Augen glomm ein Ausdruck auf, den Thamis nur noch Panik nennen konnte.

»Das meinst du nicht ernst!« stöhnte sie. »Ich ... bei Zeus, ich schwöre, ich bin Pallas Athene!«

»Aber natürlich«, sagte Cassyra. »Und ich Odysseus.«

»Aber ich kann es beweisen!« kreischte Athene. Plötzlich stieß sie Ajax beiseite, machte einen Schritt auf den Vorhang zu, hinter dem Thamis und Ajax standen, und deutete mit ausgestrecktem Arm darauf. »Der Knabe hinter jenem Vorhang hat mich gesehen!« rief sie. »Vorhin, als ich aus dem Tempel kam. Er kann es bezeugen!«

»Welcher Knabe?« fragte Ajax der Kleine stirnrunzelnd. Thamis' Herz machte einen schmerzhaften Sprung bis in seinen Hals hinauf, und neben ihm griff Ajax zum Schwert.

»Der Junge da!« rief Athene. »Er war auf dem Weg hierher, zusammen mit einem hellenischen Spion. Er hat mich gesehen!«

Ajax — der neben Thamis — keuchte, duckte sich erschrocken und zog das Schwert halb aus der Scheide. Im letzten Moment fiel ihm Thamis in den Arm und hielt seine Hand fest.

»Hellenenischer Spion?« wiederholte Ajax stirnrunzelnd. Plötzlich wirkte er gar nicht mehr so betrunken wie noch vor Augenblicken.

Aber Cassyra nickte nur ungerührt. »Sicher. Wo die Götter aus den Tempeln kommen, laufen auch hellenische Spione herum, Ajax. Und was den Jungen angeht ...« Sie drehte sich halb herum und sah zu Thamis zurück. »Komm ruhig raus, Thamis«, sagte sie. »Kannst du bestätigen, was sie sagt?«

Thamis streckte schüchtern den Kopf zwischen den Falten des Vorhangs hervor und blickte erst Ajax, dann Cassyra und dann sehr lange die Fremde an. »Ich ... ich weiß nicht«, gestand er. »Ich habe jemanden gesehen, aber ... aber es war nur ein Schatten. Ich weiß nicht, ob sie es war.« Das war die Wahrheit. Er hatte etwas gesehen, aber es war ja wirklich nicht mehr als ein Schatten gewesen. Aber selbst wenn es anders gewesen wäre, hätte er es wohl kaum zugegeben. Eine Göttin! Bei Zeus, er stand einer leibhaftigen Göttin gegenüber!

»Wer ist es?« fauchte Ajax.

»Überlege doch selbst«, sagte Cassyra flehend. »Wer kommt schon ausschließlich zu mir, und wer könnte meine Dienste beanspruchen und zusätzlich einen Knaben mitbringen?«

Ajax blickte auf sie herab, runzelte die Stirn und starrte wieder den Vorhang an. Und plötzlich machte sich ein zuerst betroffener, dann überraschter Ausdruck auf seinem Gesicht breit. »Oh«, sagte er.

»Ja, oh«, bestätigte Cassyra. »Nun, hältst du es immer noch für klug, hinter diesen Vorhang sehen zu wollen?«

Ajax zog die Hand so hastig zurück, als hätte er sie sich verbrannt. »Natürlich nicht«, sagte er. »Verzeih. Ich werde vergessen, was ich gehört habe.«

»Dann geh jetzt zu Leya und hol dir deine Belohnung ab«, sagte Cassyra.

Ajax nickte und drehte sich halb herum, führte die Bewegung aber nicht zu Ende, sondern grinste plötzlich, schob Cassyra mit einer nachlässigen Bewegung zur Seite und sagte: »Und keine Sorge, ich verrate kein Sterbenswörtchen, Priamos. Und viel Spaß auch noch.« Und damit gab er Ajax durch den Vorhang hindurch einen freundschaftlichen Stoß mit der Faust, der ihn nach Atem ringen und mit hervorquellenden Augen in die Knie brechen ließ.

Das Klirren, mit dem Ajax' Schwert zu Boden fiel, hörte er nicht mehr, denn er war schon aus dem Zimmer gegangen; noch immer aus Leibeskräften lachend.

VIERTES KAPITEL

Ajax war auf dem Wege zurück ins Lager der Hellenen mehr als nur schweigsam, und die bleiche Farbe, die sein Gesicht nach Ajax' Hieb angenommen hatte, wich bis zum Morgen nicht von seiner Haut. Trotz der Kälte, mit der sie der Morgen empfing, als sie sich dem Heerlager am Strand näherten, war er in Schweiß gebadet.

Aber das lag nicht unbedingt an dem Schlag, den ihm sein Namensvetter aus Troja versetzt hatte, und auch nicht unbedingt an dem übelriechenden Abwasser, durch das sie zurückgekrochen waren. Es hatte einen anderen, einen ganz anderen Grund, einen noch dazu, über den der junge Danaer mit niemandem reden konnte.

Thamis allerdings kannte ihn genau.

Schließlich hatte er selbst ihm das Aphrodisiakum in den Wein geschüttet, als sie bei Cassyra waren.

Eine verdammt große Dosis.

Agamemnon war rücksichtsvoll genug, Thamis am nächsten Tag nicht zu wecken, sondern ausschlafen zu lassen, bis die Sonne im Zenit stand und die Hitze weit genug gestiegen war, daß er von selbst erwachte – was ungefähr seinem normalen Tagesrhythmus entsprach. Vor dem Eingang seines Zeltes stand ein hellenischer Krieger Wache, was ihn nachhaltig daran erinnerte, daß er noch immer ein Gefangener war, aber er fand ein reichhaltiges Frühstück, sauberes Wasser und frisch gewaschene Kleider neben seinem Lager.

Kaum hatte er sich angezogen und ein Stück Brot und eine Handvoll Trauben heruntergeschlungen, da wurde die Zeltplane auch schon zurückgezogen, und Epeos forderte ihn mit wenigen, nicht sehr freundlichen Worten auf, ihm zu folgen. Thamis war ein wenig enttäuscht. Er hatte gehofft, Ajax wiederzusehen. Irgendwie mochte er den jungen Griechen, und ganz insgeheim hatte er sich sogar schon Vorwürfe gemacht, ihm so übel mitgespielt zu haben.

Was nichts daran änderte, daß es ihm eine diebische Freude bereitet hatte.

»Ich möchte meine Schwester sehen«, verlangte Thamis, ehe sie das Zelt verließen.

»Das geht nicht«, antwortete Epeos.

»Es geht nicht?« wiederholte Thamis mißtrauisch. »Was soll das heißen? Habt ihr ...«

Epeos unterbrach ihn mit einer begütigenden Handbewegung. »Wir haben ihr nichts zuleide getan«, sagte er. »Aber sie ist nicht hier. Odysseus hat sie zur Insel Tenedos bringen lassen, wo wir ein Heerlager haben.«

Thamis preßte wütend die Lippen aufeinander. »Er traut mir noch immer nicht, wie?«

»Odysseus traut niemandem«, antwortete Epeos. »Ich glaube, nicht einmal sich selbst. Und nun komm. Agamemnon wartet nicht gerne.«

Der Tag empfing ihn mit drückender Hitze und einem Licht, so grell und klar, daß er im ersten Moment nur schwarze Schatten und blendend helle Flächen sah. Er blinzelte, hob die Hand vor die Augen und tastete sich wie ein Blinder hinter Epeos her.

Das Lager hatte sich verändert. Es war nichts Greif- oder Sichtbares, aber es schien, als wäre eine spürbare Erregung in die kleine Stadt aus Zelten und einfachen Basthütten eingezogen.

Thamis warf einen sehnsüchtigen Blick zum Hafen hinunter. Er hätte gerne seine Schwester wiedergesehen, wagte es aber nicht, danach zu fragen. Nicht daß er Angst gehabt hätte. Agamemnon war zwar ein Hellene, trotz allem aber ein Ehrenmann. Er würde seiner Schwester nichts zuleide tun, solange er, Thamis, ebenfalls Wort hielt. Trotzdem vermißte er Iris; mehr, als er jemals geglaubt hätte, diese Nervensäge vermissen zu können.

Der Weg zum Zelt des Agamemnon führte quer durch das Lager und ein Stück am Strand entlang. Das Wasser schimmerte wie ein gewaltiger, tausendfach zerbrochener Spiegel, und statt der kühlen Luft, die sich Thamis erhofft hatte, stieg ein sonderbarer, nicht genau zu bestimmender, aber äußerst unangenehmer Geruch von seiner Oberfläche hoch. Thamis fiel auf, wie ruhig und niedrig die Wellen waren. Das Meer schien in der Hitze des Tages geronnen zu sein. Ein Stück von der Küste entfernt stieg feiner grauer Dunst vom Wasser auf, ein seltsamer, fast unheimlicher Anblick.

Epeos, dem seine Blicke nicht entgangen waren, runzelte die Stirn. »Irgend etwas stimmt nicht«, sagte er. »Ein Meer wie dieses habe ich noch nie gesehen.«

Thamis antwortete nicht direkt, sondern nickte nur zustimmend. Irgendwie war er froh, das sonderbare Gefühl von Bedrohung, das wie eine unsichtbare Wolke über der Küste hing, nicht allein zu spüren.

Vielleicht war es auch das, was das Lager so anders aussehen ließ. Vielleicht spürten sie es alle. Sonderbar − der Gedanke, daß die Griechen Angst hatten, hätte ihn eigentlich erfreuen müssen. Aber er tat es nicht.

»Vielleicht liegt es nur an der Hitze«, murmelte er.

Epeos nickte. »Ja. Sicher.« Aber sehr überzeugt klang er nicht, und Thamis wußte auch, daß es ganz bestimmt nicht nur die Hitze war. Nein − irgend etwas würde geschehen. Bald.

Epeos wollte weitergehen, aber in diesem Moment erscholl hinter einem Felsen ein Stück den Strand hinunter ein urgewaltiges Brüllen, gefolgt von einer Reihe stampfender, dumpfer Schläge, deren Kraft den Boden unter Thamis' Füßen erzittern ließ. Verwundert blickte er auf und sah, daß auch Epeos abermals stehengeblieben war und stirnrunzelnd in die Richtung blickte, aus der die Schreie und der Kampflärm kamen.

»Was ist das?« fragte er.

Epeos runzelte heftiger die Stirn, schüttelte den Kopf und fuhr auf dem Absatz herum. »Warte hier«, sagte er. »Ich bin gleich zurück.«

Natürlich wartete Thamis nicht, sondern folgte ihm. Als sie den Felsen umrundeten, bot sich ihnen ein Bild, das Thamis für Augenblicke mit offenstehendem Mund stehenbleiben ließ.

Jenseits des Felsens, vom Lager aus nicht unmittelbar einsehbar, war ein Stück des flachen weißen Sandstrandes abgetrennt worden. Eine Reihe hellenischer Krieger bildete eine Art lebenden Zaun, durch den Thamis nur einen Teil dessen, was zwischen dem Fels und dem Meer geschah, sehen konnte.

Das reichte aber auch.

Hinter den Kriegern tobte ein breitschultriger Riese, den Thamis erst auf den zweiten Blick als Odysseus erkannte, denn anders als die Male zuvor, da er ihn gesehen hatte, trug er weder Rock und Panzer noch seine goldene Prachtrüstung, sondern nur eine aus eingefettetem schwarzen Leder gefertigte kurze Hose, Sandalen und einen wuchtigen, schwarzen Helm, der von seinem Gesicht nur Augen und Mund sehen ließ.

In seiner Rechten blitzte das gewaltigste Schwert, das Thamis jemals gesehen hatte, die andere hielt einen Schild, der fast so groß wie ein ausgewachsener Mann war. Sein nackter, muskelbepackter Oberkörper glänzte vor Schweiß, und unter dem schwarzen Leder seines Helmes drangen unablässig kehlige Schreie hervor. Wie ein Besessener sprang und hüpfte er auf dem abgesperrten Stück Strand herum, stieß mit dem Schwert hierhin und dorthin, duckte sich unter imaginären Konterschlägen hinweg oder riß seinen Schild hoch, um nicht vorhandene Pfeile abzuwehren.

Im ersten — aber wirklich nur im allerersten — Moment glaubte Thamis, Zeuge einer Übung zu sein, mit der sich Odysseus in Form hielt. Gewundert hätte es ihn nicht, ihn ohne Gegner kämpfen zu sehen: Welcher Mann, der auch nur drei seiner fünf Sinne beisammen hatte, würde wohl freiwillig mit diesem Fleischberg kämpfen und sich nur zum Spaß den Schädel einschlagen lassen?

Aber dann sah er, daß das nicht stimmte. Odysseus hatte Gegner.

Sie waren allerdings nicht viel größer als Thamis' Hand ...

Unmittelbar am Meer, so, daß die träge heranrollenden Wogen sie nicht ganz erreichten, war ein kunstvolles Modell Trojas aufgebaut. Es bestand aus Sand und hätte Thamis sicher nicht weiter als bis zur Hüfte gereicht. Seine Tore standen weit offen, und davor war eine getreue Nachahmung des troischen Heeres aufgebaut — bestehend aus den kleinen Terrakottafiguren, wie Thamis eine in Odysseus' Kabine auf dem Schiff gefunden hatte!

In diesem Moment stieß Odysseus schon wieder dieses ungeheure Brüllen aus, sprang mit einem Zehn-Schritte-Satz direkt unter die troischen Spielzeugkrieger und schwang seine mächtige Klinge. Das gewaltige Schwert blitzte wie ein gefangener Sonnenstrahl in seiner Hand, fuhr pfeifend unter die Terrakottakrieger und schnitt gut ein Dutzend von ihnen glatt entzwei.

Abgeschlagene Köpfe und Gliedmaßen spritzten davon, während Odysseus mit einem triumphierenden Kreischen vorsprang, eine Hundertschaft Troer mit einem einzigen gewaltigen Hieb seines Schildes niedermähte und seine Klinge abermals pfeifen ließ. Diesmal riß sie einen fußbreiten Graben in den feinen Sand, streifte das Troja-Modell und schnitt einen mächtigen Brocken aus seiner nördlichen Flanke. Einige der winzigen Krieger, die hinter seinen Zinnen Wache gehalten hatten, wurden von der Klinge getroffen und zu Staub zertrümmert.

»Priamos!« brüllte Odysseus mit überschnappender Stimme. »Wo bist du, du Feigling!«

Wieder pfiff seine Klinge durch die Luft, schnitt gut zehn Terrakotta-Dardanern die Köpfe und einem lebenden Hellenen, der das Pech hatte, nicht schnell genug beiseite zu springen, das halbe Ohr ab. Einige Krieger klatschten Beifall, als er auf der Stelle herumfuhr, seinen Schild davonschleuderte und — das Schwert in einem göttergleichen Hieb mit beiden Händen schwingend — mitten unter die zerschlagenen Reste des troischen Heeres sprang. Was von den Miniatur-Kriegern bislang noch übrig geblieben war, flog zerbrochen davon oder zersplitterte unter seinen Füßen. Odysseus brüllte wie ein angreifender Stier, schleuderte nun auch sein Schwert davon — mitten unter die Zuschauer, die sich mit entsetzten Sprüngen in Sicherheit zu bringen versuchten — und fiel vor einer der wenigen Figuren, die sein Toben bislang überlebt hatten, auf die Knie.

»Priamos!« brüllte er. »Hab' ich dich endlich! Da! Da! Da und da und da und da!« Und bei jedem da! krachte seine geballte Faust mit Urgewalt auf eine besonders prachtvolle, kunstvoll bemalte Figur herunter, die wohl niemand anderen als den König der Dardaner darstellen sollte.

Schon sein erster Hieb zermalmte sie in Scherben, der zweite ließ den Sand auseinanderspritzen und zermalmte auch die letzten verbliebenen Stücke, aber Odysseus war wie in einem Rausch, brüllte und schlug immer wieder mit beiden Fäusten zu, bis zu seinen Knien ein Loch entstanden war, in das sich Thamis bequem hätte hineinlegen können. Erst dann hörte er – ganz allmählich – auf, hob schließlich die Hände an den Kopf und fuhr sich mit der Linken durch das verstrubbelte Haar.

Die versammelten Krieger zollten rauschenden Beifall, den Odysseus mit einem zwar müden, aber durchaus gönnerhaften Lächeln hinnahm, liefen ausschließlich – dabei auch noch den Rest des ohnehin arg dezimierten troischen Heeres in den Boden stampfend – zu ihm hinüber und hoben ihn jubelnd auf die Schultern. Einen Moment lang tat Odysseus ernsthaft so, als wolle er sich wehren, dann resignierte er vor der erdrückenden Übermacht und stimmte kurzerhand in die »Hoch Odysseus!«-Rufe ein.

Eigentlich gab es auf dem ganzen Strandabschnitt nur zwei Personen, die weder jubelten noch Beifall klatschten: Thamis, der noch immer mit offenem Mund dastand und sich allen Ernstes fragte, ob er noch nicht wach war und das alles träumte oder schlichtweg den Verstand verloren hatte, und Epeos, dessen Stirnrunzeln sich noch weiter vertieft hatte. Thamis glaubte einen Ausdruck von Wut in seinem Blick zu erkennen, den er sich nicht so recht erklären konnte.

Die Krieger trugen Odysseus einmal im Triumphzug ein Stück den Strand hinab und wieder zurück, bis es dem König von Ithaka sichtlich zu viel wurde und er sich sanft, aber nachdrücklich frei machte. Während ein halbes Dutzend seiner Männer darangingen, die zerstörte Sandburg wieder aufzubauen und das Schlachtfeld nach un- oder nur wenig beschädigten troischen Kriegern abzusuchen, ging er zum Meer, schüttete sich zwei Handvoll des warmen Wassers ins Gesicht und richtete sich prustend wieder auf. Sein Blick streifte Epeos, und der

Ausdruck erschöpfter Zufriedenheit machte reinem Triumph Platz.

»Epeos!« rief er und kam gestikulierend näher. »Hast du gesehen, wie ich ihre linke Flanke aufgerissen habe?«

»Ja«, knurrte Epeos. »Das habe ich.«

»Und der Angriff am Schluß?« fuhr Odysseus aufgeregt fort. »Alle Kraft zusammen und mitten hinein in ihr Herz! Diese feigen Troer sol...« Er brach mitten im Wort ab, als er Thamis gewahrte, der seiner Aufmerksamkeit bisher wohl entgangen zu sein schien. Zorn flammte in seinen dunklen Augen auf.

»Was soll das?« fauchte er. »Was macht dieser dardanische Spion hier?«

»Ich bin kein Spion!« antwortete Thamis zornig. Es war das erste, was ihm einfiel, und es war wohl auch nicht besonders klug, denn die Zorneswolken vor Odysseus' Stirn verdunkelten sich weiter. Epeos einfach beiseite schiebend, trat er auf Thamis zu, packte ihn am Arm und hob ihn in die Höhe, als wöge er rein gar nichts.

»Kein Spion?« fauchte Odysseus. »Dann erklär mir, was du in diesem Teil des Lagers zu suchen hast, den nicht einmal alle unsere eigenen Männer betreten dürfen!«

»Es ist meine Schuld!« mischte sich Epeos ein. »Ich habe dich gesucht und gar nicht mehr daran gedacht, daß ich diesen Knaben bei mir habe.« Thamis verspürte ein kurzes, heftiges Gefühl der Dankbarkeit, weil Epeos nichts davon erwähnte, daß er ihn vorher zum Stehenbleiben aufgefordert hatte. Vielleicht, überlegte er, war es mit ihm ähnlich wie mit Ajax. Möglicherweise war er im Grunde ein ganz anständiger Kerl, obwohl er Hellene war.

Odysseus knurrte, ließ Thamis kurzerhand in den Sand fallen und wandte sich mit einem kurzen Ruck vollends zu Epeos um. Wie er so vor ihm stand, überragte er ihn wie ein Bär einen Knaben, und das, obwohl Epeos alles andere als kleinwüchsig war.

»Gesucht?« Er kniff mißtrauisch das linke Auge zusammen.

»Agamemnon schickt mich«, sagte Epeos hastig. »Sie wollen beraten, was zu tun ist. Er möchte, daß du dabei bist.«

»Wozu?« fragte Odysseus übellaunig. »Meine Meinung kennt er, und daran wird sich nichts ändern.«

»Du kennst Agamemnon«, sagte Epeos seufzend. »Er will, daß alle zusammen sind. Also beeile dich. Wir sind schon spät dran.«

Odysseus nickte und wollte sich herumdrehen, aber dann schien ihm noch etwas einzufallen. Sein gewaltiger Zeigefinger deutete wie ein Spieß aus Fleisch auf Thamis. »Soll der da etwa auch dabei sein?«

Die Art, in der er die Worte *der da* aussprach, gefiel Thamis ganz und gar nicht. Aber er war klug genug, diesmal nicht darauf zu antworten.

Nicht nur Agamemnon erwartete sie, als Thamis dicht hinter Epeos und Odysseus das mächtige Zelt am nördlichen Ende des Heerlagers betrat. Trotz seiner gewaltigen Größe kam das Zelt Thamis drückend eng vor, denn es platzte vor lauter Menschen schier aus den Nähten, und zu allem Überfluß war noch ein großer, aus sorgsam poliertem Holz gefertigter Tisch in seiner Mitte aufgebaut worden.

Thamis sah eine Menge bekannter Gesichter: Kalchas hockte an der Stirnseite des Tisches und schenkte ihm ein rasches Lächeln aus seinen kurzsichtigen Augen; neben ihm, mit allen Anzeichen brennender Ungeduld, saßen Agamemnon und Ajax und dahinter, mit einer Hand auf die Rückenlehne von Agamemnons Stuhl gestützt, Menalaos. Epeos hatte ihm auf dem kurzen Stück Weg hierher gesagt, wen er hier sehen würde, bis seine Ohren vor Namen nur so schwirrten: Sthenlos, Philoktenes, Agapenor und was für zungenbrecherische Namen diese Danaer noch haben mochten. Thamis hatte nicht einmal versucht, sie sich zu merken. Aber das Zelt blitzte und flirrte nur so vor Gold, prachtvoll polierten Waffen und edlem Schmuck: Er mußte wirklich der ganzen Elite des danaischen Heeres gegenüberstehen, und für einen Moment hatte er nur noch einen einzigen Wunsch, zur Größe einer Maus zusammenschrumpfen und sich in irgendeiner Ecke verkriechen zu können.

»Keine Angst, Junge«, flüsterte Epeos ihm ins Ohr, als hätte er seine Gedanken gelesen. »Dir wird nichts geschehen. Agamemnon hat nur noch ein paar Fragen an dich.«

Thamis nickte tapfer und ließ sich auf den Schemel sinken, den Epeos ihm anwies. Odysseus schenkte ihm noch einen finsteren Blick, walzte zu einem besonders stabil gefertigten Stuhl auf der anderen Seite des Tisches und ließ sich krachend hineinfallen.

Ihr Kommen wirkte wie ein Zeichen auf die versammelten Edelleute; denn kaum hatten sich Odysseus und kurz danach auch Epeos gesetzt, verstummten die Gespräche im Zelt, und Thamis fand sich zu seiner Bestürzung für einen Moment im Zentrum aller Aufmerksamkeit. Vor allem die Blicke, die ihm Ajax zuwarf, gefielen ihm ganz und gar nicht, während Kalchas – aus einem Grund, der ihm nicht ganz klar war – mit Mühe ein Lachen zu unterdrücken schien.

Schließlich räusperte sich Agamemnon hörbar, schlug mit der flachen Hand auf den Tisch und richtete sich ein wenig auf. »Schön, daß ihr da seid, Odysseus und Epeos«, sagte er und fügte nach einer winzigen Pause hinzu: »Und Thamis. Dann können wir beginnen.«

»Beginnen?« Odysseus stützte die Ellbogen auf dem Tisch auf, daß die ganze Platte ächzte, langte unter seinen Umhang und zog einen Klumpen Lehm hervor, den er mit etwas Spucke weichknetete. »Womit beginnen? Du kennst meine Meinung, Agamemnon.«

Agamemnon seufzte. »Warum hörst du nicht erst einmal, was Ajax uns zu berichten hat?« fragte er.

Odysseus schnaubte, ballte die Faust und zerschlug die Lehmkugel zu einem flachen Fladen. »Weil ich diesem dardanischen Spion nicht traue!« fauchte er.

»Immerhin ist Ajax unbeschadet aus Troja zurückgekehrt«, gab Epeos zu bedenken. »Wie er mir erzählte, hätte der Junge ihn mit Leichtigkeit verraten können.«

»Ja.« Odysseus begann den Lehmfladen zwischen den Händen zu einer Wurst zu rollen. »Er läßt den einen laufen, um uns alle in die Falle zu locken.«

»Bestimmt nicht«, mischte sich Kalchas ein. Obwohl seine Stimme so dünn und zittrig war, daß Thamis sie kaum verstand, blickte Odysseus jetzt zum ersten Mal von seinem Lehmklumpen auf und starrte den Seher an.

»Vergiß nicht, daß ich Lüge von Wahrheit zu unterscheiden weiß, Freund Odysseus«, sagte Kalchas. »Er versprach, uns nicht zu verraten, und er wird dieses Wort halten.«

Odysseus grunzte und konzentrierte sich wieder auf seine Arbeit. »Möglich«, knurrte er schließlich. »Aber selbst wenn er uns nicht verrät, was ist mit dieser Cassyra? Sie ist eine Hure.«

»Sie wird uns nicht verraten«, sagte Ajax bestimmt. »Ich bin sicher. Ich habe ihr ein äh ... überaus großzügiges Angebot gemacht. Sie wird es nicht ausschlagen.«

Odysseus knetete den oberen Teil der Lehmwurst zu einer Kugel, drückte sie ein wenig flach und begann mit dem Fingernagel menschliche Gesichtszüge hineinzuritzen. »Und was«, fragte er, ohne Ajax auch nur anzusehen, »sollte sie daran hindern, unser Geld zu nehmen und uns hinterher an die troischen Wachen zu verkaufen?«

»Ihre Gier«, sagte Kalchas ruhig. »Sie wird damit rechnen, daß wir wiederkommen.«

Odysseus seufzte, schüttelte den Kopf – und sah mit einem Ruck auf. »Wir?«

Kalchas nickte ernsthaft. »Du glaubst doch nicht im Ernst, daß ich die edelsten Männer unseres Heeres in die Stadt des Feindes ziehen lasse, ohne meine schützende Hand über sie zu halten?« fragte er würdevoll.

Odysseus schluckte, als hätte er unversehens in eine saure Zitrone gebissen. Dann verfinsterte sich sein Gesichtsausdruck wieder. »Ich bin trotzdem dagegen«, sagte er bestimmt. Der Nagel seines kleinen Fingers modellierte eine Nase in dem winzigen Tongesicht, fuhr tiefer und verharrte plötzlich. Der Blick seiner Augen bohrte sich in den Thamis'.

»Trägt Priamos seinen Bart noch, Spion?« fragte er. Thamis nickte verdattert, und unter Odysseus' geschickten Fingern nahm der Lehmklumpen mehr und mehr die Züge des troischen Königs an. »Außerdem«, fuhr Odysseus fort, »wie wollt ihr in die Stadt hineinkommen? Etwa wie Ajax und dieser Spion auf Händen und Knien durch die Kloake kriechen?«

»Mitnichten, edler Odysseus, mitnichten«, antwortete Kalchas. In seinen Augen blitzte es triumphierend, und als er weitersprach, war in seiner Stimme ein Klang, der Thamis deutlich sagte, daß er auf ebendieses Stichwort schon von Anfang an gewartet hatte. Auch Odysseus sah auf und musterte den greisen Seher mit neu erwachtem Mißtrauen.

Kalchas erhob sich von seinem Stuhl und beugte sich ächzend über den Tisch. »Gebt mir den Plan, Epeos, rasch.«

»Plan? Welchen Plan?«

Odysseus blinzelte. Aber Kalchas hörte die Worte in seiner Aufregung gar nicht, sondern gestikulierte ungeduldig, bis Epeos ein zusammengerolltes Pergament unter seinem Mantel hervorgezogen und ihm gereicht hatte. Kalchas riß es ihm aus den Fingern, löste die Kordel und legte sie vor sich auf den Tisch, rollte das Blatt aber noch nicht auseinander.

»Hört mir zu, Odysseus, und auch ihr anderen Edlen«, begann er mit erhobener, zitternder Greisenstimme. »Vernehmt, welches Zeichen ich gestern im Traume geschaut habe! Ich sah einen Habicht, der jagte einer Taube nach, konnte ihrer aber nicht habhaft werden, und am Schluß schlüpfte sie in eine Felsspalte, um ihrem Verfolger zu entkommen. Lange verweilte der stolze Vogel grimmig vor dem Spalt im Felsen, schlug sich den Schnabel blutig und kratzte seine Krallen wund, doch das Tierchen kam nicht heraus, alle Mühe schien vergebens. Da verfiel der Raubvogel auf eine List: Er verbarg sich im nahen Gebüsch, und siehe da, kaum war er fort, da kam das Täubchen aus seinem Versteck, denn ihm war die Zeit in der Enge des Felsens lang geworden. Der Habicht aber schoß aus seinem Versteck, schlug die Taube und verschlang sie auf der Stelle. Laßt uns dieses Tier zum Vorbild nehmen und es mit einer List versuchen.«

Er schwieg einen Moment, erschöpft von der langen, anstrengenden Rede, rollte nun doch sein Pergament auseinander, legte aber die Hände so darauf, daß von dem, was auf das Blatt gezeichnet war, nicht viel zu erkennen war.

»Ihr werdet euch fragen, warum ich euch diese Geschichte erzähle«, fuhr er fort. »Nun, die Antwort ist einfach: Ich glaube, daß es eine Botschaft der Götter selbst ist, die mir sagen wollen, daß mit List zu erreichen ist, was mit Gewalt nicht geht.«

»Ach?« machte Odysseus.

Kalchas sah ihn finster an und fuhr fort: »Epeos und ich sind daher auf folgenden Plan gekommen: Laßt uns dafür sorgen, daß die Troer uns selbst in ihre Stadt holen, statt uns wie Diebe unter Trojas Mauern hindurchzuschleichen.«

»Und wie?« verlangte Odysseus zu wissen, ohne von seiner Arbeit aufzusehen.

»Nichts leichter als das«, antwortete Kalchas triumphierend. »Bedenkt nur, daß wir seit zehn Jahren vergeblich gegen Trojas Mauern rennen. Viele tapfere Männer fanden den Tod unter den Pfeilen und Schwertern der Feinde, und selbst Ihr werdet zugeben müssen, daß Priamos' Mannen Gegner sind, die unsere Hochachtung verdienen.«

Odysseus' linke Augenbraue rutschte eine Stück nach oben, aber er schwieg, und so fuhr Kalchas fort: »Wir werden ihnen daher ein Geschenk machen. Und sie sollen glauben, daß wir den Kampf aufgeben, denn am Morgen des Tages werden alle unsere Krieger die Schiffe besteigen und zu der Insel Tenedos übersetzen, wo sie außer Sichtweite der Troer sind. Sie werden das Lager verlassen vorfinden, die Zelte abgebaut, die Schiffe verschwunden. Nur unser Geschenk wird zurückbleiben, als Würdigung ihrer Tapferkeit und Opfer für ihre Götter.«

»Welches Geschenk?« knurrte Odysseus.

Kalchas richtete sich mit einem triumphierenden Lächeln auf und deutete auf sein Pergament. »Dies!« sagte er stolz.

Für einen Moment entstand in dem Zelt Tumult, denn mit Ausnahme von Epeos und Agamemnon erhoben sich alle von ihren Plätzen, um neugierig auf Kalchas' Plan zu blicken. Auch Thamis stellte sich auf die Zehenspitzen und versuchte, über die Schultern der anderen hinweg einen Blick auf das Pergament zu erhaschen, aber alles, was er sah, waren ein paar scheinbar sinnlose Krakel und Linien.

Nun, sehr viel mehr schienen die anderen auch nicht zu erkennen, denn die Aufregung legte sich rasch wieder, und die Männer sanken einer nach dem anderen auf ihre Stühle zurück.

»Was soll das sein, Kalchas?« fragte Odysseus stirnrunzelnd. »Das sieht aus wie ein Schwein.«

»Es ist eine Ziege«, erklärte Kalchas beleidigt. »Eine riesige Ziege aus den edelsten Hölzern und ganz bedeckt mit Schildern aus Gold und Silber. Innen hohl und groß genug, um dreißig von uns Platz zu bieten.«

»Es sieht trotzdem aus wie ein Schwein«, beharrte Odysseus, zog plötzlich die Augenbrauen zusammen, kratzte sich am Schädel und blickte erst Thamis, dann Kalchas' Zeichnung und dann wieder Thamis an, ehe er sich erneut an den weißhaarigen Seher wandte. »Wieso ausgerechnet eine Ziege?«

Die Frage schien Kalchas für einen Moment aus dem Konzept zu bringen, denn er antwortete nicht gleich, sondern blickte einen Moment fast hilfesuchend in die Runde und räusperte sich abschließend ausgiebig, um Zeit zu gewinnen.

»Nur ... nur so«, sagte er schließlich. »Verstehst du den Plan nicht, Odysseus? Sie werden nur die Ziege sehen, aber nicht uns, weil wir in ihr stecken. Wenn dann die Nacht gekommen ist, schleichen wir uns aus dem Inneren der Figur ins Haus dieses Cassyra. Und eine Ziege? Warum nicht? Ich hätte ein anderes Tier nehmen können, doch die Ziege ist ein edles Geschöpf und nützlich dazu. Wie, Odysseus«, fügte er mit dramatisch gesenkter Stimme hinzu, »glaubst du, würden die Dardaner wohl reagieren, ließen wir ihnen als Geschenk wirklich ein Schwein zurück? Sicher nicht geschmeichelt.«

»Helena wird sich über eine Ziege auch nicht gerade freuen«, knurrte Odysseus, schüttelte den Kopf und begann den Rumpf der Priamos-Figur in seinen Händen zurechtzudrücken. »Aber egal, ob nun Ziege oder Schwein, ich bin dagegen. Es ist für Männer wie uns einfach unwürdig, sich bei Nacht und Nebel in die Stadt zu schleichen, um die Töchter dieser Cassyra zu besuchen!«

»Sie hat auch einen Sohn«, sagte Ajax halblaut.

Odysseus fuhr wie unter einem Hieb zusammen und zerquetschte die Priamos-Figur in seiner Hand, ohne es auch nur zu bemerken. Einzig der Kopf mit dem lebensecht nachempfundenen Gesicht blieb übrig, wenn aus seinem königlichen Lächeln auch ein anzügliches Grinsen zu werden schien.

»Einen Sohn?« fragte Odysseus.

Ajax nickte. »Ein gutaussehender Bursche«, sagte er. »Wenn auch für meinen Geschmack etwas zu weibisch.«

Odysseus wollte antworten, aber in diesem Moment mischte sich ein junger, braunhaariger Krieger ein, der nur wenig älter als Thamis sein konnte und der Unterhaltung bisher schweigend und ohne auch nur eine Miene zu verziehen gefolgt war. »Odysseus hat vollkommen recht«, sagte er. »Ich bin so sehr dagegen wie er. Es ist unser einfach nicht würdig!«

»Nun ...«, begann Odysseus, aber der Hellene, einmal in Fahrt gekommen, schenkte ihm nur ein rasches, zustimmendes Nicken, stand so heftig auf, daß sein Schemel scharrend nach hinten flog, und hob die Arme, um mit dramatischer Gestik weiterzureden.

»Ihr Herren!« rief er. »Ich kann nicht glauben, was ich höre! Ihr seid die Edelsten und Tapfersten unter Hellas' Söhnen, und ihr plant, euch wie gemeines Diebespack in die Stadt des Feindes zu schleichen?«

»Ganz so kraß würde ich das nicht ausdrücken«, begann Odysseus erneut, aber wieder ignorierte ihn der junge Krieger schlichtweg und sprach mit noch größerer Erregung weiter. »Odysseus hat recht, tausendmal recht! Tapfere Männer pflegen ihre Feinde in offener Feldschlacht zu besiegen.«

»Wer spricht hier von Kampf, Neoptolemos?« murmelte Kalchas, aber der Danaer wischte seine Worte mit einer unwilligen Geste zur Seite. »Du bist ein alter Mann, Kalchas«, sagte er. »Dir nehme ich es nicht übel, auf solcherlei Listen zu verfallen. Aber auch die anderen? Etwas mehr Würde und Mut stünde den Besten von Hellas' Helden wohl zu Gesicht! Laßt uns Troja erobern, und nicht nur das Haus der Cassyra wird unser sein, sondern die ganze Stadt!«

Odysseus seufzte. »Gut gesprochen, Neoptolemos«, sagte er. »Man glaubt, deinen Vater reden zu hören. Du bist ein Krieger nach meinem Herzen.«

Neoptolemos wölbte stolz die Brust und starrte Agamemnon und den Seher herausfordernd an, und Odysseus fuhr fort: »Nur, mein Freund, bedenke, daß nicht einmal dein Vater Achilleus die Mauern Trojas erstürmen konnte, und er war ein Halbgott an Stärke und Mut. Du mußt einsehen, daß Kraft und ein furchtloser Geist nicht alles bewirken können.«

Neoptolemos' Lächeln gefror. Langsam, ganz langsam wandte er den Kopf und blickte auf Odysseus herab, und in seinen Augen erschien ein Ausdruck von Unglauben, wie ihn Thamis noch nie zuvor bei einem Menschen erblickt hatte. Sein Unterkiefer sank herunter, aber der junge Krieger bekam keinen Laut hervor.

Odysseus lächelte gönnerhaft, stand auf und trat mit einem Schritt neben den Sohn des Achilleus. Seine gewaltige Pranke legte sich in einer freundschaftlichen Geste um Neoptolemos' Schultern und drückte zu. Der junge Krieger wurde deutlich blaß.

»Kalchas' Plan«, sagte Odysseus, »mag auf den ersten Blick befremdlich erscheinen, und ich stimme Neoptolemos zu, daß er vielleicht eines Kriegers nicht würdig ist. Doch bedenkt, welch einmalige Gelegenheit sich uns hier böte, die Stadt des Feindes aus allernächster Nähe zu erkunden.«

Neoptolemos ächzte, aber Thamis sah, wie Odysseus den Druck seiner Hand um eine Winzigkeit verstärkte; aus dem Protest des hellenischen Helden wurde ein gurgelndes Stöhnen, das Odysseus mit einem wohlwollenden Lachen übertönte. »Vergeben wir unserem jungen Freund und halten seiner Jugend zugute, daß sein Temperament mit ihm durchgegangen ist«, sagte er gönnerhaft. Neoptolemos begann sich unter seinem Griff zu winden, aber das bemerkte Odysseus scheinbar gar nicht.

»Dann bist du nicht mehr dagegen?« vergewisserte sich Agamemnon.

Odysseus wiegte den Kopf, während Neoptolemos neben

ihm langsam in die Knie zu sinken begann. Sein Gesicht hatte alle Farbe verloren, und sein Mund schnappte wie das Maul eines Fisches, der aufs Trockene geraten ist.

»Nun ja. Es spricht vieles dagegen, doch auch manches dafür. Eine Gelegenheit wie diese bekommen wir vielleicht niemals wieder.« Er setzte sich, zog Neoptolemos kurzerhand mit sich herab und ließ endlich seine Schulter los. Der junge Krieger keuchte erleichtert, griff sich mit der linken Hand an den Hals und starrte Odysseus aus hervorquellenden Augen an.

»Aber ...« würgte er. »Gerade ... selbst ... gegen ... Zieg...«

Odysseus nickte zustimmend, schlug ihm die flache Hand auf den Rücken, daß er endgültig nach vorne sank und mit dem Gesicht auf der Tischplatte aufschlug, und lächelte jovial.

»Da hast du freilich recht, Neoptolemos«, sagte er. »Es ist für Männer wie uns einfach nicht würdig, im Bauch einer Ziege nach Troja zu gelangen. Wir müssen uns ein anderes Tier ausdenken, das weder die Troer noch uns beleidigt.«

»Warum eigentlich nicht ein Schwein?« murmelte Epeos. Ajax schenkte ihm ein strafendes Stirnrunzeln, aber Epeos schien Gefallen an seiner Idee zu finden und sprach, sichtlich erregt, weiter. »Ich meine, Schweine sind nützliche Tiere. Sie geben Fleisch und Haut. Die Troer wären froh, auch nur eines zu haben, um es aufessen zu können.«

»Unmöglich«, mischte sich Thamis ein.

Epeos drehte den Kopf und sah ihn strafend an. »Wieso?« fragte er, in einem Ton, der deutlich machte, was er davon hielt, daß sich Thamis unaufgefordert in ihr Gespräch einmischte.

»Weil ... weil Priamos es als Beleidigung auffassen würde«, sagte Thamis hastig. »Er würde es verbrennen oder ins Meer werfen lassen, glaubt mir.«

»Ein Hund?« schlug Kalchas vor.

»Oder eine Taube?« meinte Ajax. »Wie in deinem Traum.«

»Eine weiße Taube mit einem Ölzweig im Schnabel«, fügte Epeos hinzu. »Und einem Podest, auf dem steht: Macht Liebe, nicht Krieg.«

»Also ich weiß nicht«, meinte Odysseus.

»Warum ... warum nehmt ihr kein Pferd?« schlug Thamis schüchtern vor.

Irgendwie hatte er das Gefühl, schon wieder etwas Falsches gesagt zu haben, denn plötzlich herrschte eine fast unheimliche Stille im Zelt, und wieder richteten sich aller Augen auf ihn.

»War das ... war das nicht richtig?« fragte er stockend. »Ich ... ich meine, das Pferd ist ein edles Tier, und ... und ...« Er erinnerte sich plötzlich an ihr früheres Gespräch. »Außerdem hat Odysseus es selbst einmal vorgeschlagen.«

»Das ist genial!« murmelte Epeos. »Ein edles Roß, aufgezogen mit dem besten Sattelzeug und beschlagen mit Gold und Silber, wird nicht einmal Priamos ausschlagen!«

»Bestimmt nicht«, versicherte Thamis hastig. »Ihr werdet sehen, er wird es unverzüglich in die Stadt holen und auf dem Platz aufstellen lassen.«

»Der Plan ist genial!« sagte Epeos noch einmal. »Genau so werden wir es machen.«

Thamis lächelte erleichtert. Aber nur für eine Sekunde, denn plötzlich fiel ihm ein, daß es außer Neoptolemos noch einen zweiten Mann am Tische gab, der nicht zustimmend nickte.

Es war Odysseus. Auf dem Gesicht des Riesen aus Ithaka war ein sonderbar verschlagener Ausdruck erschienen. Der Blick, mit dem er Thamis maß, war wie der Stahl seines Schwertes.

»Ja«, sagte er schließlich. »Genau so werden wir es machen. Und ich kann nur hoffen, daß Priamos unser Geschenk wirklich so willkommen heißt, wie dieser dardanische Bengel annimmt. Denn«, fügte er nach einer genau bemessenen Pause hinzu, »er wird uns begleiten.«

Trotz allem wäre das in Thamis' Leben vielleicht wirklich nicht mehr als eine Episode geblieben, wäre nicht die darauffolgende Nacht gewesen, in der er Zeuge eines Geschehens wurde, das nicht nur sein eigenes Leben gründlich verändern sollte.

Die Beratung hatte noch lange gedauert; bis in den späten Nachmittag und schließlich gar bis nach Sonnenuntergang, und nicht nur Thamis war heilfroh und zum Umfallen erschöpft, als Agamemnon endlich verkündete, daß es genug sei und sie sich nun alle in ihre Zelte zurückziehen sollten, um das große Werk am nächsten Tage frisch ausgeruht in Angriff nehmen zu können.

Thamis war noch geblieben und hatte versucht, mit Agamemnon zu reden, denn er hoffte, von ihm die Erlaubnis zu bekommen, zu seiner Schwester nach Tenedos zu fahren. Er war dem Atriden nicht einmal nahe gekommen, denn obgleich die meisten wirklich gegangen waren, blieb Odysseus doch im Zelt, und allein seine finsteren Blicke hinderten Thamis nachhaltig daran, Agamemnon anzusprechen. Schließlich, lange nach Dunkelwerden, hatte ihn Epeos in sein Zelt zurückgebracht.

Aber Thamis fand keinen Schlaf. Zu viele Dinge schossen ihm durch den Kopf. Vorhin, während der Beratung, hatte Kalchas selbst ihn für einen Moment mit seiner Begeisterung angesteckt, aber jetzt, als er Zeit und Muße hatte, über alles nachzudenken, fielen ihm tausend Wenns und Abers ein.

Der Plan des greisen Sehers konnte überhaupt nicht aufgehen! Eingeschlossen in ein hölzernes Pferd! Irrsinn! Priamos' Krieger würden sie gefangen nehmen, ehe sie auch nur auf der anderen Seite der Stadtmauer waren, und bei lebendigem Leibe rösten!

Länger als eine Stunde wälzte sich Thamis ruhelos auf seinem Lager umher und versuchte den Schlaf herbeizuzwingen, aber es ging nicht. Immer wieder mußte er an Iris denken, die jetzt auf Tenedos saß, hilflos, gefangen, und sicher vor Furcht und Einsamkeit Tag und Nacht weinte.

Nein — er mußte sie sehen, wenigstens noch einmal, ehe sie sich in dieses Pferd einnageln ließen und dabei vermutlich umgebracht wurden!

An diesem Punkt seiner Überlegungen angekommen, stand Thamis auf, schlich vorsichtig zum Ausgang und hob die Plane ein wenig an, um hinauszuspähen. Vor seinem Zelt stand ein Wächter, wie am Morgen, aber die Sonne war untergegangen, es war dunkel und seit Stunden zum ersten Mal etwas kühler, und der Mann war schräg auf seinen Speer gestützt eingedöst, wie jeder gute Soldat darin geübt, im Stehen zu schlafen.

Behutsam ließ sich Thamis auf Hände und Knie herabsinken, kroch unter der Zeltplane hindurch und an dem schnarchenden Wächter vorbei und richtete sich auf. Alles war still. Das Lager lag dunkel und schweigend da, nur hier und da brannte ein Feuer, und aus manchen Zelten drangen murmelnde Stimmen, aber der Großteil des Heeres schien zu schlafen.

Thamis entfernte sich ein paar Schritte vom Zelt, blieb abermals stehen und drehte sich einmal um seine Achse. Jetzt, bei Nacht, sah das Lager seltsam verändert aus; für einen Moment hatte er Mühe, sich darauf zu besinnen, in welche Richtung er gehen mußte, um zum Zelt des Agamemnon zu gelangen. Vom nahen Meer her stieg kühle, nach Salzwasser und faulendem Tang riechende Luft hoch, und zur Linken erhob sich die Stadt, selbst in der Dunkelheit deutlich zu erkennen, wie ein Berg, der das Lager und die Küste überragte.

Als er weitergehen wollte, hörte er Schritte. Thamis fuhr hastig herum, duckte sich in den Schatten eines Zeltes und lauschte mit angehaltenem Atem, jeden Augenblick darauf gefaßt, einen riesigen Schatten über sich aufwachsen zu sehen und den festen Griff einer schwieligen Kriegerhand im Nacken zu fühlen. Aber die Schritte kamen nicht näher, sondern entfernten sich wieder, und nachdem Thamis den ersten Schrecken überwunden hatte, fiel ihm auch auf, daß es nicht die Schritte eines Soldaten waren, sondern leise, trippelnde Schritte, die eines Menschen, der sich Mühe gab, möglichst lautlos zu sein. Behutsam richtete sich Thamis ein wenig auf, spähte in die Runde und sah einen geduckten Schatten, nur einen Steinwurf entfernt.

Den Schatten einer Frau.

Für einen Moment trat die Gestalt ins helle Licht des Mondes hinaus, und Thamis sah deutlich ihr langes, bis weit über die Schulter fallendes Haar, die Silhouette eines göttergleichen Mädchenkörpers unter einem halb durchsichtigen Gewand, und dann ihr Gesicht.

Sein Herz machte einen schmerzhaften Hüpfer bis in seinen Hals hinauf und schlug dann unregelmäßig und hart weiter.

Er kannte dieses Gesicht! Er hatte es schon einmal gesehen,

nur einen Tag zuvor, aber selbst wenn es zehn Jahre her gewesen wäre, hätte er es kaum vergessen.

Es war das der Frau, die er in Cassyras Haus getroffen und die von sich behauptet hatte, Pallas Athene zu sein!

Aber wie kam sie hierher, ins Lager der Griechen, und — diese Frage erschien ihm weitaus wichtiger — was tat sie hier?

Binnen wenigen Augenblicken erwog Thamis sämtliche Gründe, die es für die Anwesenheit der geheimnisvollen Frau geben mochte — angefangen bei dem, daß sie in Wahrheit nichts als eine hellenische Spionin war, die wie er einen geheimen Weg in die Stadt hinein und wieder hinaus gefunden hatte, bis hin zu dem, daß sie wirklich Pallas Athene wäre. Keine einzige dieser Erklärungen schien ihm in irgendeiner Weise überzeugend.

Hin und her gerissen zwischen Beunruhigung und Neugier, erhob sich Thamis aus seinem Versteck und schlich hinter der fremden Frau her, als sie sich umwandte und das Lager zu durchqueren begann. Obgleich sie sich sehr leise bewegte und fast immer im Schatten blieb, gab sie sich doch kaum Mühe, vorsichtig zu sein: Mehr als einmal ging sie so dicht an einem Posten vorüber, daß der Mann nur die Hand hätte auszustrecken brauchen, um sie zu packen; und einmal — Thamis' Unterkiefer klappte vor Unglauben herunter, als er es beobachtete — ging sie gar zwischen zwei in Decken gehüllt dahockenden Kriegern hindurch, ohne daß diese sie auch nur zu sehen schienen!

Schließlich hatten sie das Lager fast ganz durchquert, und die Fremde blieb vor einem runden, buntbemalten Zelt stehen, das nur wenig kleiner als das des Agamemnon war. Thamis duckte sich hastig, als sie einen letzten, sichernden Blick in die Runde warf, die Plane vor dem Eingang anhob und geduckt im Zelt verschwand. Einen Moment lang lauschte er gespannt, aber noch immer hörte er nichts außer dem monotonen Rauschen der Brandung und dem rasenden Hämmern seines eigenen Herzens.

Für Augenblicke fochten Neugier und Furcht hinter Thamis' Stirn einen lautlosen Kampf aus, bis die Neugier gewann. Vorsichtig erhob er sich, huschte zum Zelt hinüber und spähte durch einen Spalt in der Plane in sein Inneres.

Die schwarzhaarige Fremde stand mit dem Rücken zu ihm da, die Hände leicht erhoben und die Finger gespreizt, aber ohne sich zu rühren. Auf einem schmalen Feldbett direkt vor ihr lag ein schlafender Krieger. Plötzlich glomm ein mildes, hellblaues Licht zwischen den gespreizten Fingern der Fremden auf, ein Glanz, der stärker und stärker wurde, bis er das Zelt wie das Strahlen einer neuen Sonne ausfüllte und alle Schatten vertrieben hatte.

Seltsamerweise drang das Licht nicht durch die dünnen Stoffbahnen, so daß niemand im Lager die Erscheinung bemerken konnte, und ebenso seltsamerweise — obwohl es das hellste Licht war, das Thamis jemals geschaut hatte — blendete es kein bißchen, sondern war unglaublich mild.

Der Mann auf dem Bett bewegte sich unruhig im Schlaf. Die Fremde senkte jetzt die Arme, aber das Licht blieb, und irgend etwas veränderte sich an ihrer Gestalt. Obwohl sie nur wenig mehr als drei Schritte vor Thamis stand, konnte er sie nicht wirklich erkennen; ihr Körper schien unablässig zu flackern, zu verschwimmen und zu wogen wie ein Spiegelbild auf unruhigem Wasser.

Langsam trat sie an das Bett, beugte sich zu dem schlafenden Krieger hinab und senkte die Hand auf sein Haupt. Kaum hatten ihre Finger seine Stirn berührt, da fuhr der Mann mit einem Ruck hoch und riß die Augen auf. Thamis erkannte, daß es Epeos war.

»Was...«, murmelte der Hellene, blinzelte zu der lichtumwogten Gestalt über sich empor und fuhr sich mit dem Handrücken über die Augen. »Wer... wer bist du?« fragte er. »Wie kommst du hierher? Die Wachen...«

»Haben mich nicht bemerkt, Epeos«, unterbrach ihn die Fremde. »Rufe nicht nach ihnen. Ich bin hier, um mit dir zu reden.«

»Reden?« Epeos blinzelte verschlafen, schwang die Beine von seiner Liege und fuhr sich mit Daumen und Zeigefinger der

Rechten über die Augen. Nur mit Mühe unterdrückte er ein Gähnen. »Wer bist du, Weib?« fragte er.

»Mein Name ist Pallas Athene«, antwortete die Fremde. »Ich glaube, du hast schon von mir gehört.«

Epeos nickte, gähnte hinter vorgehaltener Hand und angelte mit der Linken nach seiner Toga, um seine Blöße zu bedecken. »Natürlich«, sagte er. »Wer hätte nicht Pallas At...«

Er erstarrte. Seine Hand, schon halb nach der Toga ausgestreckt, sank kraftlos auf das Bett herab, und für einen Moment geriet sein Gesicht außer Kontrolle. »Pal... las ...?« stammelte er.

»Athene«, fügte die Göttin nickend hinzu. »Ich sehe, mein Name ist dir nicht ganz unbekannt.«

Epeos schluckte, als hätte er einen faustgroßen Stein im Hals. »Pallas Athene?« murmelte er. »Du bist ... du behauptest ...« Plötzlich schien ihm das Licht aufzufallen, das sonderbare Flirren und Wogen, das die Gestalt der Göttin umgab, und die Aura von Macht und Würde, die sie ausstrahlte. Mit einem keuchenden Laut fiel er auf die Knie, beugte sich nach vorne und versuchte die bloßen Füße der Göttin zu küssen.

»Herrin!« hauchte er. »Ihr seid es wirklich. Befehlt, und mein Leben ist Euer!«

Athene zog ihren Fuß mit einem unwilligen Stirnrunzeln zurück, kam dabei aus dem Gleichgewicht und fand im letzten Moment ihre Balance wieder. »Wen interessiert dein Leben?« fragte sie ärgerlich. »Hör mit dem Quatsch auf. Höre mir lieber zu.«

Epeos richtete sich zitternd auf. Seine Augen waren weit, und seine Haut sah im schattenlosen blauen Licht, das die Göttin verstrahlte, wie die eines Toten aus. Sein Adamsapfel hüpfte wild auf und ab. »Wie Ihr befehlt, Herrin«, flüsterte er.

»Es geht um Troja«, begann Athene.

Epeos wurde noch eine Spur blasser. »Troja«, wiederholte er. »Ich ... ich verstehe.«

»Das glaube ich kaum«, antwortete Athene ungeduldig.

Epeos senkte den Blick, bemerkte plötzlich, daß er nackt war, und bückte sich hastig nach seinem Mantel. Auf Athenes Lippen erschien ein abfälliges Lächeln.

Epeos versuchte, in seinen Mantel zu schlüpfen, war aber so aufgeregt, daß er die Ärmel nicht fand, und band sich den Umhang schließlich kurzerhand um den Bauch. Athene seufzte.

»Ihr wollt also wirklich dieses Pferd bauen?« begann sie.

Epeos wurde noch ein bißchen blasser. »Nicht ... nicht um Troja anzugreifen, Herrin!« sagte er hastig. »Ich ... ich schwöre Euch, daß wir die Gelegenheit nicht ausnutzen werden. Es geht nur um ...«

»Ich weiß, worum es geht«, unterbrach ihn Athene grob.

»So?« fragte Epeos verlegen. »Dann ... dann glaubt Ihr uns, daß es keine Kriegslist ist? Wir ... wir wollen nur ... ich meine, Ihr müßt das verstehen, Herrin. Wir sind Menschen, Sterbliche, und wir haben ... ich meine, ein Mann kann nicht zehn Jahre lang ...«

»Warum wirst du so verlegen, Epeos?« fragte Athene. »Dazu besteht kein Anlaß. Ich kenne eure Beweggründe und kann sie gut verstehen. Auch ich habe viel für schöne Frauen übrig.«

»Dann werdet Ihr uns nicht ... nicht daran hindern?« fragte Epeos stockend.

»Hindern?« Athene schüttelte heftig den Kopf. »Was bringt dich auf eine so närrische Idee?«

Epeos wand sich wie ein getretener Hund und schien mit einem Male nicht mehr zu wissen, wohin mit seinen Händen. »Nun, Ihr ... Ihr seid die Schutzgöttin Trojas«, sagte er stockend.

»Ha!« Athenes Gesicht verfinsterte sich. »Das war ich vielleicht. Jetzt bin ich hier, um dir zu helfen, Epeos.«

»Helfen?« wiederholte Epeos dümmlich. »Mir?«

»Hör mir zu«, sagte Athene streng. »Dieses troische Pack hat mich beleidigt, schlimmer, als ich es an dieser Stelle zu wiederholen wage. Zehn Jahre lang habe ich meine schützende Hand über die Stadt des Priamos gehalten, aber nun haben ich und die anderen Götter ihren Untergang beschlossen.«

»Untergang?« Epeos schien nicht recht glauben zu können, was er hörte. »Ihr meint, wir ... wir werden Troja endlich besiegen?«

»Ihr?« Athene maß ihn mit einem beinahe mitleidigen Blick und schüttelte den Kopf. »Das wohl kaum«, sagte sie. »Doch Troja wird untergehen. Und wer weiß, wenn ihr es geschickt anfangt, dann mag die Nachwelt wohl glauben, daß es die Tapferkeit seiner Feinde war, die Troja schließlich zu Fall brachte. Jetzt hör mir zu, Epeos, denn meine Zeit ist knapp bemessen. In zehn Tagen, von morgen an gerechnet, wird Troja zerstört werden. Bis dahin müßt ihr euer Pferd fertig haben.«

»In zehn Tagen!« rief Epeos erschrocken. »Aber das ist unmöglich. Wir brauchen allein die dreifache Zeit, das Holz herbeizuschaffen.«

»Nicht, wenn ich euch helfe«, sagte Athene. »Gleich morgen früh wirst du die Hälfte deiner Männer in die Täler des Idagebirges senden, wo sie Holz fällen werden. Mit meiner Hilfe wird es euer Lager erreichen, ehe auch nur fünf Tage vergangen sind.«

»Aber ich brauche allein fünf Tage, die Pläne zu zeichnen, und meine Berechnungen anzustellen!« sagte Epeos.

»Berechnungen, Pläne, papperlapp!« unterbrach ihn Athene zornig. »Lege mir nur Pergament und Griffel bereit, und du wirst deine Pläne bekommen.«

Epeos senkte gedemütigt das Haupt. »Jawohl, Herrin. Ich werde alles bereitlegen.«

»Gut.« Athene atmete hörbar aus. »In fünf Tagen, wenn deine Männer mit dem Holz zurückkommen, wirst du den ersten Teil der Baupläne auf deinem Tisch vorfinden, wenn du erwachst. Danach jeden Tag einen weiteren Teil, bis das Roß fertig ist. Und sporne deine Männer an, Epeos, das rate ich dir. Zehn Tage, keine Stunde länger.«

Epeos nickte, starrte einen Moment zu Boden und zwang sich dann mit sichtlicher Mühe, den Blick zu heben und die Göttin anzuschauen. »Ich ... ich danke Euch, Herrin«, flüsterte er mit heiserer Stimme. »Wir werden zu Euren Ehren einen Tempel bauen, wie ihn die Welt noch nicht gesehen hat, das schwöre ich.«

»Das will ich hoffen«, antwortete Athene. »Die Pläne dafür liefere ich dir gleich mit, zusammen mit denen für das Pferd. Und sorge dafür, daß immer genug Priesterinnen darin zu finden sind.«

FÜNFTES KAPITEL

Thamis fand für den Rest der Nacht keinen Schlaf mehr. Er wußte kaum, wie er den Weg zu seinem Zelt zurück gefunden hatte. Und daß er unterwegs keiner Wache in die Arme gelaufen war, hielt er für ein reines Wunder.

Irgendwann wurde es Tag, und mit dem ersten Licht kam die Hitze zurück; die durchhängenden Stoffbahnen über seinem Kopf begannen in sanftem Rot zu leuchten, und rings um ihn herum erwachte das Lager zu seinem normalen Lärmen und Treiben. Aber auch das registrierte er nur mit einem Teil seines Bewußtseins, der irgendwie losgelöst vom Rest seines Geistes war und ihm vergeblich mit Argumenten der Logik und des gesunden Menschenverstandes zu kommen trachtete.

Ein Teil von ihm, der Thamis, der beispielsweise vor vier Jahren auf die Idee gekommen war, mit den Hellenen Handel zu treiben, um dem Hunger zu entgehen, sagte ihm, daß er geträumt haben mußte: Es gab keine Götter, hatte nie welche gegeben und würde nie welche geben; und wenn, dann hatten sie Besseres zu tun, als sich um das Schicksal einer bedeutungslosen Stadt voller bedeutungsloser Menschen zu kümmern, denn sie hatten eine Welt zu verwalten. Er mußte geträumt haben; phantastisch – was nach den Aufregungen der letzten Tage nicht besonders verwunderlich war.

Das war der eine Thamis. Aber es gab noch einen anderen, und der pfiff auf Worte wie Logik und Verstand und sagte ihm mit unerschütterlicher Gewißheit, daß alles Realität war.

Troja würde untergehen, in zehn Tagen, das war alles, woran er denken konnte. Die Götter hatten ihre beschützende Hand von der Stadt genommen und sie zur Faust geballt, und wenn sie auf Troja herunterfuhr, würde kein Stein mehr auf dem anderen bleiben.

Thamis versuchte mit aller Macht, sich dagegen zu wehren, aber er sah immer wieder ein Bild: die Stadt, die jetzt noch wuchtig und uneinnehmbar über dem griechischen Heerlager thronte, geschleift, die gewaltigen Mauern eingedrückt und zu schwarzen Trümmern zerborsten, ihre Häuser und Türme zu brennenden Ruinen zusammengesunken, aus denen nicht einmal mehr das Schreien der Sterbenden drang, sondern nur das leise Prasseln der Flammen. Und er wußte, daß es mehr als nur ein Bild war, das seine Furcht ihm vorgaukelte, sondern eine Vision, perfekt bis ins kleinste Detail. So und nicht anders würde es kommen. Denn selbst wenn Pallas Athene in ihrem Zorn ein Einsehen haben sollte — die Hellenen würden jeden töten, der ihrem Wüten entging.

Bis lange nach Sonnenaufgang blieb er liegen und starrte die Zeltplane über sich an, und selbst als schließlich draußen harte Schritte aufklangen und wenige Augenblicke später die Zeltbahn vor dem Eingang zurückgeschlagen wurde, bemerkte er es kaum. Erst als ihn eine Hand an der Schulter berührte und sanft daran zu rütteln begann, fuhr er aus seinen Gedanken hoch und setzte sich auf.

Es war Ajax. Wie beim ersten Mal, als sie sich begegnet waren, trug er die Kleidung eines einfachen Kriegers, und auf seinem Haupt hatte er den Helm eines hellenischen Hauptmanns. Auf seinen Wangen lag der blaue Schimmer eines einen Tag alten Bartes, und der Blick, mit dem er Thamis musterte, war eindeutig besorgt.

»Du bist noch nicht auf?« fragte er. »Weißt du, wie spät es ist?«

»Entschuldige«, murmelte Thamis. »Ich habe ...«

»Bist du krank?« unterbrach ihn Ajax.

Einen Moment lang war Thamis fast versucht, ja zu sagen. Es hätte vieles vereinfacht. Aber dann schüttelte er den Kopf, schob Ajax' Hand sanft, aber nachdrücklich zur Seite und setzte sich vollends auf.

»Ich bin nicht krank«, sagte er. »Ich hatte einen schlechten Traum, das ist alles. Mir fehlt nichts.«

Für die Dauer von zwei, drei Herzschlägen blickte ihn Ajax noch scharf an, aber dann schien er mit dem, was er sah, zufrieden zu sein, denn er nickte und fuhr mit veränderter Stimme fort: »Das ist gut, denn sonst hättest du hierbleiben müssen.«

»Hierbleiben?« Thamis sah auf. Es fiel ihm schwer, sich auf

Ajax' Worte zu konzentrieren. Er sah noch immer das Bild einer brennenden Stadt. Die Vision war so heftig, daß er für einen Moment sogar glaubte, den Geruch von verkohltem Fleisch und heißem Stein zu spüren.

»Agamemnon möchte, daß du noch einmal in die Stadt gehst«, erklärte Ajax.

»Jetzt?«

»Natürlich nicht jetzt.« Ajax schüttelte heftig den Kopf. »Heute abend, sobald die Sonne untergegangen ist. Du mußt zu Cassyra und ihr eine Botschaft von uns überbringen.«

»Erst will ich meine Schwester sehen«, sagte Thamis.

Ajax seufzte. »Das geht jetzt nicht«, antwortete er. Das Bedauern in seiner Stimme klang echt. »Du weißt, daß sie nicht hier ist.«

»Bis zur Insel dauert es nur eine Stunde mit dem Schiff«, beharrte Thamis. »Ich kann zurück sein, ehe die Sonne untergeht.« Ajax wollte antworten, aber Thamis ließ ihn gar nicht zu Worte kommen. »Ich rühre mich nicht von der Stelle, bevor ich nicht mit Iris gesprochen habe!« beharrte er. »Und wenn ihr mich in Stücke schneidet!«

Ajax seufzte. »Ich kann dich ja verstehen, Thamis«, sagte er. »Ich an deiner Stelle würde vielleicht nicht anders handeln. Ich bin sogar sicher, daß Agamemnon deinem Wunsch nachkommen würde. Aber es geht nicht. Die Schiffe sind nicht mehr da. Epeos hat sie vor Sonnenaufgang fortgeschickt.«

»Oh«, murmelte Thamis enttäuscht. »So schnell?«

»Du bist nicht der einzige, der einen Traum hatte, heute nacht«, sagte Ajax. »Pallas Athene selbst ist Epeos erschienen und hat ihm geweissagt, daß unser Unternehmen Erfolg haben wird.«

Thamis sah auf. Ajax entging der dumpfe Schmerz in seinem Blick keineswegs, aber er deutete ihn falsch, denn er lächelte gutmütig und fuhr fort: »Ich weiß, das hört sich verrückt an, aber warum nicht? Erinnere dich an die Frau, die wir in Cassyras Haus gesehen haben und die von sich behauptete, Pallas Athene zu sein. Epeos hat sie beschrieben, ganz genau so, wie ich sie in Erinnerung hatte. Und ich habe niemandem ein Sterbenswörtchen davon erzählt. Du etwa?«

Thamis schüttelte den Kopf, schwieg aber noch immer. Vielleicht wäre jetzt der Moment gewesen, von seiner Beobachtung zu berichten; Ajax würde ihn sicher nicht verraten, und wenn er sich im Moment irgend etwas wünschte, dann jemanden, mit dem er reden und seinen Kummer teilen konnte. Aber irgend etwas hielt ihn davon ab.

»Sie muß es wohl wirklich gewesen sein«, fuhr Ajax fort. »Denn wie Epeos berichtete, war sie sehr zornig und hat gesagt, daß deine Landsleute sie beleidigt haben. Wahrscheinlich wird sie uns deshalb helfen.«

»Helfen?« wiederholte Thamis. »Wobei?«

Ajax zögerte einen unmerklichen Moment, ehe er antwortete, und als er es tat, schien das Lächeln auf seinen Lippen eine Spur unechter und verkrampfter als Thamis es in Erinnerung hatte. »Bei unserem Plan«, sagte er. »Sie mag eine Göttin sein, aber das Wort Rache ist auch den Göttern nicht fremd. Cassyra hat sie erniedrigt. Vielleicht erscheint es ihr die richtige Strafe, daß die Frauen und Mädchen Trojas nun griechischen Männern in die Hände fallen. Wer weiß — vielleicht ist das die Art der Götter, sich Kurzweil zu verschaffen.«

»Und das ... ist alles?« fragte Thamis stockend. »Sie will euch nur helfen, in die Stadt zu gelangen?«

Ajax runzelte die Stirn, rutschte ein Stück von ihm weg und sah ihn scharf an. »Das ist alles«, bestätigte er. »Warum fragst du?«

»Nur so«, sagte Thamis hastig. »Ohne Grund. Ich ... war nur überrascht, daß sie es wirklich gewesen sein soll. Man ... trifft nicht jeden Tag eine Göttin, weißt du? Epeos hat die Schiffe also weggeschickt, Holz zu holen.«

Ajax nickte, obwohl Thamis' Erklärung alles andere als überzeugend klang. Aber er war sichtlich erleichtert, das Thema wechseln zu können. »Ja. Sobald sie zurück sind, werde ich mit Agamemnon reden, daß er dir erlaubt, nach Tenedos zu fahren, um deine Schwester zu sehen. Aber du hast mein Wort, daß sie in Sicherheit ist und gut versorgt wird.« Plötzlich lächelte er.

»Was meinst du — hättest du nicht Lust, ein wenig Bogenschießen mit mir zu üben?«

Unter allen anderen denkbaren Umständen hätte Thamis dieses Angebot wohl angenommen, denn auch wenn er sehr wohl wußte, daß Ajax es nur machte, um ihm eine Freude zu bereiten, war er doch noch immer Knabe genug, um der Faszination von Waffen nicht widerstehen zu können. Aber jetzt schüttelte er den Kopf und redete sich darauf hinaus, daß er schlecht geschlafen habe, müde sei und sich noch ein wenig ausruhen wollte, denn schließlich stünde ihm eine weitere Nacht ohne Schlaf bevor. Ajax gab sich mit dieser Erklärung zufrieden. Er bemühte sich nicht einmal sehr, seine Erleichterung zu verhehlen, ihn wieder verlassen zu können. Zum ersten Mal, seit Thamis den jungen Danaer kennengelernt hatte, hatte er das deutliche Gefühl, daß seine Nähe Ajax Unbehagen bereitete.

Auch als Ajax schließlich gegangen war, mußte Thamis noch lange an den jungen Krieger denken, und trotz allem fiel es ihm schwer, irgendein anderes Gefühl als Sympathie und Wärme für ihn zu empfinden. Aber warum hatte er ihn belogen?

Der Gedanke tat weh, jetzt, wo er ihn zum ersten Mal klar formuliert hatte. Irgend etwas sagte ihm, daß Ajax nicht aus Bosheit so handelte; allenfalls aus strategischen Überlegungen heraus und wahrscheinlich auch, weil er ihm nicht weh tun wollte. Er konnte es ihm nicht einmal übelnehmen.

Müde ließ sich Thamis wieder auf sein Bett zurücksinken, verschränkte die Arme hinter dem Kopf und fuhr fort, die Zeltbahnen über sich anzustarren. Tausend Pläne und Gedanken schossen ihm durch den Kopf. Agamemnon schickte ihn zurück nach Troja, was also sollte ihn hindern, Priamos zu warnen?

Er verwarf den Gedanken. Pallas Athena war eine Göttin. Sie würde nicht zulassen, daß er ihren Plan durchkreuzte, dessen war er sicher. Selbst wenn Priamos ihm Glauben schenken sollte — was mehr als unwahrscheinlich war —, würde sie Mittel und Wege finden, die Stadt trotzdem zu zerstören, und alles, was er erreichen würde, war ein besonders qualvoller Tod für sich selbst und die Sklaverei für seine Schwester.

Nein – es mußte einen anderen Weg geben. Thamis war nicht vermessen genug, sich im Ernst einzubilden, irgend etwas an Trojas Schicksal ändern zu können. Aber vielleicht war es ihm wenigstens möglich, sich selbst und seine Schwester zu retten, und möglicherweise einige der anderen. Aber wie nur? Wie sollte er, ein schwacher, hilfloser Knabe, eine Göttin überlisten?

Bis weit in den Nachmittag hin lag Thamis reglos auf seinem Lager, starrte die Decke an und ließ das Gespräch, dessen Zeuge er in der vergangenen Nacht geworden war, immer und immer wieder vor seinem inneren Auge ablaufen.

Und dann wußte er, was er zu tun hatte.

Er konnte kaum erwarten, daß es endlich Abend wurde. Noch ehe die Sonne vollends untergegangen war, näherte er sich der Stadt, in sein altes, nur notdürftig gereinigtes Gewand gehüllt, einen Beutel mit Geldstücken und eine geschriebene Botschaft Agamemnons an Cassyra im Gürtel.

Da er diesmal allein war, wählte er nicht den Weg durch die Kloake, sondern einen zwar viel längeren, aber auch um vieles bequemeren Weg in die Stadt hinein, einen geheimen Gang, der im Inneren der mächtigen Wehrmauer entlangführte und in einen verlassenen Schuppen am jenseitigen Ende der Stadt mündete.

Er hätte froh sein müssen, endlich nach Hause zurückzukehren, zumal ihm Agamemnon erlaubt hatte, die nächsten drei Tage in Troja zu verbringen und erst am vierten Morgen zurückzukehren; eine Entscheidung, die jedoch weniger dem guten Herzen als wohl vielmehr dem scharfen Verstand des Danaerkönigs zuzuschreiben war. Troja war nicht so groß, daß sein Fehlen über Tage und vielleicht Wochen hinweg nicht bemerkt worden wäre.

Trotzdem war alles, was er empfand, ein dumpfes Gefühl von Bedrückung. Die Stadt lag dunkel und schweigend vor ihm; ein Anblick, an dem absolut nichts Außergewöhnliches war. Während der letzten Jahre hatte er Troja weitaus öfter bei Nacht als am Tage gesehen, und jeder Schatten, jede finstere Gasse, jeder

Stein hier war ihm vertraut. Aber zum ersten Mal war an dieser Dunkelheit nichts Freundliches, Behütendes, erschienen ihm das Schweigen und die Finsternis wie Feinde und erfüllte ihn die Ruhe, die sich über Trojas Straßen ausgebreitet hatte, mit Furcht. Er mußte wieder an die Vision denken, die er gehabt hatte, und plötzlich kamen ihm die dunkel daliegenden Häuser wie Ruinen vor, große, schweigende Gräber, in denen nichts mehr lebte.

Mit aller Macht verscheuchte Thamis die Vorstellung, trat vollends auf die Straße hinaus und machte sich auf den Weg zum Tempelplatz.

Nicht nur das Haus der Cassyra war hell erleuchtet an diesem Abend. Auch auf den Stufen des Athene-Tempels brannten zahllose Feuer, und zwischen den mächtigen marmornen Säulen drang der dumpfe Wechselgesang der Betenden hervor. Die Luft roch nach geweihtem Rauch und brennenden Opfergaben, und als Thamis stehenblieb und zum Tempel hinaufsah, erkannte er die Gestalt Kassandras, der Seherin, die mit weit ausgebreiteten, erhobenen Armen vor dem Opferstein stand und mit schriller Stimme die Göttin um Gnade und Wohlwollen anflehte.

Einen Moment lang überlegte Thamis, ob die Seherin vielleicht von dem kommenden Unheil wußte. Aber dann schüttelte er den Kopf. Nein — die andauernde Hitzewelle und die mehrmaligen Erdbeben in den letzten Wochen hatten ganz Troja in eine Stimmung der Furcht und bangen Erwartung versetzt, und für einen so sensiblen Menschen wie Kassandra mochte sich diese Stimmung zu einer düsteren Ahnung verdichtet haben, aber das war wohl auch alles.

Lautlos wich er wieder in den Schatten eines Hauses zurück, überzeugte sich davon, daß der Platz vollkommen leer war und keiner der Betenden oben im Tempel Notiz von ihm nahm, und ging zu Cassyras Haus hinüber.

Diesmal betrat er es durch die Vordertür. Er war allein, und es war nicht das erste Mal, daß er hier gesehen wurde. Wie viele Kinder der Stadt verdiente er sich dann und wann mit Botengängen eine kleine Münze, und unter Cassyras Gästen war so mancher, der es sich schon ein gutes Abendessen hatte kosten lassen, ihn mit einer glaubwürdigen Ausrede und einem unschuldigen Kinderlächeln zu seinem Weibe nach Hause zu schicken.

Das Haus war nicht sehr gut besucht. In dem großen, mit parfümiertem Wasser gefüllten Becken im Erdgeschoß plantschten zwei reichlich müde aussehende Krieger, und hinter einem Vorhang drang schrilles Lachen hervor, das aber eher dem Wein als irgend etwas anderem zuzuschreiben sein mochte. Thamis war dankbar, beinahe der einzige Besucher an diesem Abend zu sein. Er war sich nicht sicher, ob es ihm gelungen wäre, den Unbefangenen zu spielen, wäre er angesprochen worden.

Mit raschen Schritten eilte er die Treppe zu Cassyras Privatgemach empor, nickte dem Wächter vor der Tür zu und schlüpfte durch den Vorhang, ehe der Mann vollends begriffen hatte, daß er überhaupt da war.

Cassyra hockte mit untergeschlagenen Beinen vor einem niedrigen Schemel, auf dem drei unterschiedlich große Stapel mit goldenen, silbernen und bronzenen Münzen aufgebaut waren, dazu eine tönerne Tafel, auf die sie ab und zu etwas mit einem Griffel kritzelte. Thamis war ein wenig überrascht. Er hatte bisher nicht einmal gewußt, daß Cassyra überhaupt des Schreibens kundig war.

Bei seinem Eintreten flog ihr Kopf mit einem Ruck in die Höhe, und für einen Moment zeichnete sich Erschrecken auf ihrem feisten Gesicht ab. Dann erkannte sie ihn, und aus dem zornigen Stirnrunzeln wurde ein freundliches, beinahe mütterliches Lächeln.

Thamis hörte das Rascheln von Stoff hinter sich und wußte, daß der Wächter ihm folgte, aber Cassyra hob rasch die Linke, schüttelte den Kopf und winkte ihn gleichzeitig mit der anderen Hand heran. Der Posten trollte sich wieder, während Thamis der Einladung Folge leistete und dicht an Cassyras Schemel herantrat.

»Störe ich?« fragte er.

Cassyra nickte. »Ja. Aber das macht nichts. Eine kleine Pause wird mir guttun.« Sie seufzte, legte den Griffel aus der Hand und fuhr sich durch das kurzgeschnittene Haar. »Mir schwirrt schon der Kopf vor lauter Zahlen. Was du hier siehst, ist die wöchentliche Abrechnung. Sei froh, daß du damit nichts zu schaffen hast.«

»Dein Geschäft scheint gut zu gehen«, sagte Thamis mit einer Geste auf die drei Münzstapel.

Cassyra nickte. »Heute nicht«, sagte sie. »Kassandra hat alle in den Tempel zum Gebet gerufen. Aber die Woche war gut.« Sie seufzte. »Es sind schlechte Zeiten«, sagte sie. »Und schlechte Zeiten sind gute Zeiten fürs Geschäft. So ist das meistens.« Sie lächelte, als verberge sich hinter ihren Worten eine Komik, die Thamis nicht begriff und über die er auch gar nicht nachdenken wollte, lehnte sich ein wenig zurück und ließ die gefalteten Hände auf ihren beachtlichen Bauch sinken. Plötzlich runzelte sie die Sirn, beugte sich noch einmal vor und pflückte eine einzelne Münze aus dem goldenen Stapel heraus. Thamis fiel nichts Besonderes an dem Geldstück auf, aber Cassyra betrachtete es nur einen Augenblick lang, zog verärgert die Brauen zusammen – und brach das Geldstück ohne sichtliche Anstrengung entzwei.

»Es ist immer das gleiche«, sagte sie zornig und warf die beiden Teile zu Boden. »Tausendmal habe ich ihm gesagt, daß er nichts zu bezahlen braucht, und tausendmal hat er darauf bestanden, mich zu entlohnen. Mit Falschgeld.«

»Wer?« fragte Thamis.

»Priamos, wer sonst!« sagte Cassyra zornig. »Es macht ihm einfach Spaß, mich zu betrügen. Und ich muß auch noch so tun, als merke ich es nicht!« Sie stieß ärgerlich die Luft zwischen den Zähnen aus, begann mit dem Ringfinger der linken Hand in der Nase zu bohren und rollte die Ausbeute zu einer Kugel.

»Wieso bist du schon zurück?« fragte sie plötzlich. »Bringst du Nachricht von ...« Sie senkte die Stimme zu einem verschwörerischen Flüstern. »... Agamemnon?«

Thamis nickte, zog die Pergamentrolle unter seinem Gewand hervor und reichte sie ihr. Cassyra brach achtlos das Siegel auf, rollte das Blatt auseinander und überflog seinen Inhalt in aller Eile. Ihre Brauen zogen sich zu einem steilen ›V‹ zusammen.

»Ein Pferd?«, fragte sie. »Was soll dieser Unsinn?«

»Es ist kein Unsinn«, antwortete Thamis. »Sie bauen ein Pferd aus Holz, in dem sie sich einschließen lassen, um ungesehen in die Stadt zu kommen. Wenn dann die Nacht hereinbricht, wollen sie aus seinem Bauch kriechen und zu dir kommen.«

Cassyra ließ das Blatt fallen. »Ist der Atride verrückt geworden?« fragte sie. »Nicht einmal Priamos käme auf eine solche Idee.«

»Es ist ihr Plan«, antwortete Thamis. In seiner Stimme schwang ein hörbarer Ton von Ungeduld. Er wollte nicht über Agamemnon und die Griechen reden, und schon gar nicht über ihr verdammtes Pferd. Er wußte, daß er es nicht durchhalten würde. Wenn Cassyra auch nur noch ein bißchen in ihn drang, würde er einfach herausplatzen und ihr alles erzählen. Und das durfte er nicht.

Aber die Hure schien sehr deutlich zu bemerken, wie zuwider ihm dieses Thema war, denn sie bedachte ihn zwar mit einem mißtrauischen Blick, ging aber nicht noch einmal auf das Thema ein. Vielmehr rollte sie das Pergament sorgsam wieder zusammen und warf es zielsicher ins Feuer. Im stillen bewunderte Thamis ihre Umsicht. Ihm selbst war bisher nicht einmal zu Bewußtsein gekommen, daß dieses harmlose Stück Pergament in seinem Gürtel in Wahrheit ungefähr so harmlos wie ein tobsüchtiger Skorpion war. Hätte man es bei ihm entdeckt, dann würde sein Kopf wahrscheinlich jetzt schon die Zinnen der Nordbastion zieren. »In diesem Brief stand etwas von einer Anzahlung«, sagte Cassyra plötzlich.

Thamis fuhr beinahe erschrocken zusammen, griff hastig ein zweites Mal unter sein Gewand und nahm den Beutel mit Goldstücken hervor, den ihm Agamemnon gegeben hatte. »Hier«, sagte er. »Den Rest bringt er, wenn sie selbst kommen.«

Cassyra fing den ledernen Beutel geschickt auf, warf einen Blick in sein Inneres und schürzte die Lippen. »Das ist alles andere als großzügig«, sagte sie.

»Es ist ja auch nur eine Anzahlung«, gab Thamis zurück. »Keine Sorge – Agamemnon kann es sich kaum leisten, dich zu betrügen.« Er verstand Cassyras Unmut recht gut, schließlich hatte er selbst die Hälfte der Münzen aus dem Beutel genommen und in einer Tasche seines Gewandes verschwinden lassen, sorgsam in einen Stoffetzen gewickelt, damit sie nicht klappern und ihn damit verraten konnten. Aber bis Agamemnon auffiel, was mit dem Rest seines Geldes geschehen war, stand diese Frage wahrscheinlich schon gar nicht mehr zu Debatte.

Cassyra ließ den Beutel unter ihrem Sitzkissen verschwinden und legte den Kopf auf die Seite. »Was ist mit dir?« fragte sie. »Haben dich die Griechen schlecht behandelt?«

»Schlecht behandelt?« Thamis schüttelte den Kopf. »Warum?«

»Du bist verändert«, stellte Cassyra fest. »So ernst. Ist irgend etwas mit deiner Schwester?«

»Nein«, antwortete Thamis grob. »Es ist alles in Ordnung.«

Cassyra wollte antworten, aber Thamis griff rasch in die Tasche, zog eine Goldmünze hervor und warf sie zielsicher auf Cassyras Schemel. »Und das ist von mir«, sagte er. »Um deine Bilanz aufzubessern.«

Einen Moment lang starrte Cassyra das Geldstück an, als wisse sie nicht so recht, was sie damit anfangen sollte, dann hob sie es auf, drehte es ratlos zwischen den Fingern und sah ihn sehr nachdenklich an. »Was soll das heißen, Thamis?«

»Was schon?« fauchte Thamis gereizt. »Ich bin als Kunde hier. Also bezahle ich.«

»Als Kunde?« Cassyra schluckte hörbar. Dann nickte sie. »Warum nicht. In einem Jahr bist du alt genug, in eine Uniform gezwängt zu werden und dich von den Griechen erschlagen zu lassen. Da wirst du auch alt genug sein, die Dienste meiner Mädchen in Anspruch zu nehmen.« Sie beugte sich vor, ergriff seine Hand und ließ das Geldstück wieder hineinfallen.

»Du brauchst nichts zu bezahlen«, sagte sie gutmütig. »Ich habe genug durch dich verdient. Eine kleine Provision steht dir zu. Warte – ich schicke gleich nach Lyssa.«

Sie wollte aufstehen, aber nun ergriff Thamis seinerseits ihre Hand und zog sie mit einem beinahe derben Ruck zurück. Cassyra ließ sich mit einem erschrockenen Kiekser auf ihr Kissen zurückfalle und starrte ihn aus weit aufgerissenen Augen an. »Was soll das?«

»Ich will nichts geschenkt«, schnappte Thamis. Wütend schleuderte er die Münze zurück auf den Schemel, wo sie wie ein kleines Geschoß unter die anderen fuhr und Cassyras sorgsam ausgerichtete Anordnung in ein heilloses Chaos verwandelte. »Und ich brauch auch Lyssa nicht«, fügte er hinzu.

Cassyra war nun vollends verwirrt. »Was hast du gegen sie?« fragte sie. »Sie ist nicht viel älter als du, und ich habe gesehen, wie du sie anschaust. Außerdem mag sie dich.«

»Aber ich sie nicht«, fauchte Thamis — was ganz und gar nicht der Wahrheit entsprach. Er mochte das rothaarige Mädchen sogar sehr. Und sie ihn auch. So sehr, daß er von ihr schon mehr als einmal umsonst bekommen hatte, was Cassyra ihm jetzt als Geschenk anbot.

Cassyra blickte ihn vorwurfsvoll an. »Was ist nur mit dir, Junge?« fragte sie. »Du bist ja vollkommen verändert. So habe ich dich noch nie erlebt.«

Thamis antwortete nicht gleich. Er verstand selbst nicht, warum er so wütend war. Einen Moment lang versuchte er sich einzureden, daß er Cassyra vielleicht die Schuld an dem gab, was geschehen war. Aber das stimmte nicht. Wie hatte sie wissen können, daß die schwarzhaarige Fremde wirklich Pallas Athene war? Wahrscheinlich war seine Gereiztheit nur ein Ventil für seine Furcht. Trotzdem fuhr er, in kaum verändertem Ton, fort: »Ich brauche überhaupt keines von deinen Mädchen. Ich brauche deinen Schnellzeichner.«

Etwas in Cassyras Blick erlosch. Für einen endlosen Augenblick starrte sie ihn nur an, und es war ein Blick, unter dem er sich noch unwohler zu fühlen begann als unter denen Odysseus'. Den Haß und das Mißtrauen in Odysseus' Augen hatte er ertragen, aber die Enttäuschung, die sich plötzlich in Cassyras Augen spiegelte, tat weh. Erbärmlich weh.

»Wie du willst«, sagte sie schließlich, mit einer Stimme, die wie Eis war. »Ich hatte gehofft, daß du anders wärst. Aber wie kannst du das sein, wenn du Tag für Tag vorgemacht bekommst, wie sich *richtige Männer* amüsieren.« Die Art, in der sie die beiden Worte aussprach, klang wie eine Beschimpfung. »Es ist dein Leben. Mach damit, was du willst.« Sie stand auf, klatschte in die Hände und deutete auf Thamis, als der Posten hereinkam.

»Bring ihn zu Lenardos«, sagte sie kühl. »Er hat bezahlt.«

Thamis verließ ihr Gemach, ohne sie auch nur noch einmal anzusehen.

Der Sklave führte ihn über eine steile Treppe hinauf in das kleine Dachzimmer, in dem der Schnellzeichner lebte. Die Tür war geschlossen, und sie mußten dreimal klopfen, ehe endlich auf der anderen Seite schlurfende Schritte zu hören waren und der Riegel zurückgeschoben wurde. Die Tür ging knarrend auf, und Thamis blickte in ein uraltes, von zahllosen Runzeln und Falten zerfurchtes Gesicht.

Lenardos war der mit Abstand älteste Mensch, den Thamis jemals gesehen hatte, vielleicht von Kalchas abgesehen. Sein Gesicht war eine zerfurchte Landschaft aus Gräben und Schründen, die mehr als fünf Jahrzehnte hineingegraben hatten. Sein Kopf war kahl, bis auf einen schmalen, halbkreisförmigen Streifen schlohweißen Haares, das bis weit über seine Schultern herabfiel, und sein seit zehn Jahren zahnloser Mund verbarg sich hinter einem mächtigen, ebenfalls schneeweißen Bart. Er bewegte sich gebückt und so, als bereite ihm jeder Schritt unsägliche Mühe, und seine Finger zitterten so stark, daß er kaum den Riegel aufbekommen hatte.

»Wasch?« nuschelte er, nachdem er erst den Sklaven und dann Thamis eingehend gemustert hatte. Seine Stimme war ein hohes, kaum verständliches Fisteln.

»Der Junge hier hat einen Auftrag für dich«, sagte der Sklave.

»Der?« Lenardos bedachte ihn mit einem langen, strafenden Blick, schüttelte ungefähr dreißigmal hintereinander den Kopf und schlurfte schließlich einen halben Schritt zurück. »Der gehört ins Kinderhaus, nischt hierher«, sagte er. »Aber meinetwegen. Wenn er beschalt. Komm schon.«

Thamis schluckte die wütende Entgegnung, die ihm auf der Zunge lag, herunter, und folgte dem hektischen Winken des Alten.

Das Zimmer war größer, als er geglaubt hatte, aber in einem unglaublich verwahrlosten Zustand. Thamis war noch nie hier gewesen, wußte aber, daß sich hinter dem Vorhang auf der westlichen Seite keine Wand, sondern ein raffiniertes System von Spiegeln verbarg, mit dessen Hilfe der Alte praktisch jeden Raum im Haus einsehen konnte. Es gab keine Möbel, sondern nur ein strohgedecktes Bett und einige umgedrehte Körbe, die als Stühle dienten, dafür aber Unmengen von Farbtöpfen und unterschiedlich großen Holzgestellen, in denen sorgsam glattgestrichener und gekälkter Ton war, auf den Lenardos seine Bilder zu malen pflegte, dazu ganze Berge von Pergament und Häuten. Die meisten zeigten Abbildungen, von denen einige wohl selbst Cassyra noch die Schamesröte ins Gesicht getrieben hätten, einige besonders große waren jedoch mit einer scheinbar sinnlosen Ansammlung von Farbklecksen und -strichen übersät.

Der Alte bemerkte seinen Blick und verzog die Lippen zu einem zahnlosen Grinsen. »Gefallen dir, wie?«

»Was?« fragte Thamis.

»Meine Bilder!« sagte Lenardos stolz.

»Bilder?«

»Nischt das Gekritschel da!« Der Alte deutete mit allen Anzeichen von Abscheu auf die obszönen Darstellungen (von denen einige die Gesichter angesehener troischer Bürger zeigten), dann auf die Rahmen mit den Farbklecksen. »Dasch da!« sagte er stolz. »Dasch ischt Kunscht. Hascht esch gleisch geschehen, wie?«

»Kunst?« wiederholte Thamis vorsichtig.

»Gefallen schie dir nischt?« frage Lenardos lauernd. In seinen Augen blitzte es. Er begann vor Aufregung zu sabbern. »Schag esch ruhisch.«

»Nicht doch, nicht doch«, sagte Thamis hastig. Er durfte den Alten nicht verärgern, um keinen Preis, denn ohne ihn war sein Plan nicht durchführbar. »Sie sind nur ... äh ... ungewöhnlich.«

»Dasch will isch meinen!« sagte Lenardos. »Isch habe exschtra eine neue Teschnik dafür erfunden, muscht du wischen.« Er kicherte. »Du kennscht doch Lyscha?«

Thamis nickte stumm.

»Hab schie kommen laschen und gansch nackend auschgeschogen«, erklärte Lenardos, wobei er sich vor Erregung die Hände rieb. Seine Augen leuchteten. »Dann hab isch schie in Farbe gelegt und schie anschliesschend über dasch Bild rollen laschen, bisch alle Farbe trocken war.«

»Oh«, machte Thamis. Für einen Moment versuchte er, sich die Szene bildlich vorzustellen, aber irgendwie weigerte sich seine Phantasie.

»Du wirscht schehen«, behauptete Lenardos, »einesch Tagesch werden die Leute schehr viel Geld für scholsche Bilder beschalen. Denk an meine Worte.«

»Dasch ischt ... möglich«, sagte Thamis stockend.

Lenardos blinzelte. »Wasch?«

»Das ist möglich«, verbesserte sich Thamis hastig. »Aber jetzt bin ich eines anderen Bildes wegen hier.«

»Oh!« Lenardos' Enttäuschung war nicht mehr zu übersehen. Einen Moment lang wurde sein Blick beinahe feindselig, dann seufzte er, drehte sich um und schlurfte mit erstaunlicher Geschwindigkeit zu seinem Bett zurück. »Isch verschtehe«, sagte er. »Du willscht ein Bild. Zieh disch ausch.« Ächzend beugte er sich zu einem tönernen Krug hinab, aus dem ein gutes Dutzend Griffel und Kohlestifte ragte, bekam beim dritten Versuch einen davon zu fassen und richtete sich wieder auf.

»Nicht so ein Bild«, sagte Thamis. »Du verstehst mich falsch.«

»Nischt scho ein Bild?« Lenardos nickte. »Wenn isch disch mit einem der Mädschen zeischnen scholl ...«

»Es geht nicht um mich«, unterbrach ihn Thamis. »Und du sollst das Bild auch nicht jetzt zeichnen, sondern erst in ein paar Tagen. Außerdem sind es mehrere Bilder.«

»Nischt disch?« nuschelte Lenardos. »Wasch denn dann?«

»Ein ... Pferd«, antwortete Thamis stockend.

Für die Dauer von drei, vier Herzschlägen blickte ihn Lenardos verstört an, dann umwölkte sich seine Stirn. »Du verflixschter Lauschebengel!« keifte er. »Wasch bildescht du dir ein? Geh mit deinem Schweinkram schu einem anderen. Ich bin ein Künschtler, kein ...«

»Nicht so ein Pferd, Lenardos«, unterbrach ihn Thamis. »Du verstehst mich falsch. Wirklich, es ... es ist ganz anständig.«

»Anschtändig?« Lenardos starrte ihn mißtrauisch an. »Warum kommsscht du dann schu mir?«

»Weil du der einzige bist, der es kann«, antwortete Thamis. Und diesmal schien er den richtigen Ton getroffen zu haben, denn der Alte keifte nicht sofort wieder los, obwohl er schon Atem dazu geschöpft hatte, sondern hob die Hand mit dem Griffel, kniff das linke Auge zu und wiederholte: »Der einschige? Wiescho?«

»Es ... ist eine komplizierte Sache«, begann Thamis vorsichtig. »So gut wie unmöglich, weißt du?«

»Ein Pferd schu scheischnen?« sabberte Lenardos.

»Dieses Pferd schon«, antwortete Thamis. Er ging auf den Alten zu, nahm ihm den Griffel aus der Hand, ehe er sich damit selbst ein Auge ausstechen konnte, und drängte ihn mit sanfter Gewalt auf sein Bett nieder.

»Weißt du«, sagte er, »ich wäre gar nicht gekommen, denn was ich verlange, ist so gut wie unmöglich.« Damit griff er in seine Tasche und ließ eine Goldmünze auf das Bett fallen. Lenardos' Augen leuchteten auf. »Es ist eine Aufgabe für einen wirklichen Künstler«, fuhr Thamis fort und ließ die zweite Goldmünze fallen. »Und selbst für den fast unmöglich. Aber ich bezahle gut.« Kling, die dritte Münze. »Und bedenke, welchen Ruhm derjenige ernten würde, dem gelingt, was alle anderen ...« Kling. »... als ...« Kling. »... un...« Kling. »... mög...« Kling. »... lich« Kling. »... abge...« Kling. »... lehnt ...« Kling. »... haben!«

Thamis sprach nicht weiter, und einen Moment lang lauschte Lenardos auf ein weiteres Kling. Aber seine Taschen waren leer.

»Ein Pferd«, murmelte der Alte schließlich. »Ein gansch normalesch Pferd?«

»Nicht ... ganz«, räumte Thamis ein. »Aber das wäre wohl auch keine Herausforderung für dich, oder?«

Er setzte sich neben den Alten, scharrte die Münzen zu einem Häufchen zusammen und legte Lenardos in einer freundschaftlichen Geste den Arm um die Schultern. »Ich erkläre es dir«, begann er. »Paß auf ...«

Und er begann zu erklären. Es dauerte lange, eine Stunde, dann zwei und noch länger, denn Lenardos verstand nur jedes zweite Wort und unterbrach ihn immer wieder mit Zwischenfragen, die größtenteils überhaupt nichts mit der Sache zu tun hatten. Aber irgendwann begriff er wohl doch, was Thamis von ihm wollte, und von diesem Moment an wurde er immer schweigsamer.

Und als Thamis zu Ende gekommen war, antwortete er mit einem einzigen Wort: »Unmöglich!«

Thamis seufzte enttäuscht. »Ich weiß«, sagte er. »Aber ich hoffte, ein so begnadeter Künstler wie du ...«

»Dasch ischt esch nischt«, unterbrach ihn Lenardos. »Isch könnte esch, aber wer würde darauf hereinfallen? Nischt einmal Priamosch wäre scho blöd, dasch schu glauben.«

Thamis atmete auf. »Und wenn ich dieses Problem schon gelöst habe?« fragte er. »Überlege es dir. Egal, ob es glaubhaft ist oder nicht, es muß nur gut sein. Und wenn es schiefgeht, kannst du das Geld trotzdem behalten.«

Lenardos schwieg eine lange, endlos lange Zeit. Dann nickte er.

Thamis stöhnte auf, als wäre eine unsichtbare Zentnerlast von seinen Schultern genommen worden. »Scheusch schei geprieschen«, flüsterte er.

SECHSTES KAPITEL

Es war lange nach Mitternacht, als Thamis endlich das Haus der Cassyra verließ und wieder auf den Tempelplatz hinaustrat. Der Gesang der Betenden war verstummt, und auch die Feuer, die beiderseits des Eingangs zum Athene-Tempel brannten, waren wieder auf ihre normale Größe zusammengesunken. Die Stadt lag ruhig da, viel stiller als sonst, aber Thamis war zu erschöpft, um mehr als einen flüchtigen Gedanken daran zu verschwenden.

Während seiner Unterhaltung mit dem Zeichner war etwas Sonderbares mit ihm geschehen; eine Veränderung, derer er sich in diesem Moment nicht einmal selbst richtig bewußt war, die aber noch lange anhalten sollte. Furcht und Niedergeschlagenheit waren von ihm gewichen, und alles, woran er jetzt noch dachte, war die schier unlösbare Aufgabe, die er sich gestellt hatte.

Thamis wußte es nicht, und er würde es sicher auch niemals in dieser Klarheit begreifen, aber er hatte etwas getan, das Menschen von Zeit zu Zeit tun und das sie – sehr selten, aber doch immer wieder einmal – befähigte, Dinge zu vollbringen, die eigentlich unmöglich waren:

Er hatte die Götter herausgefordert.

Und er wußte, daß er diesen Kampf gewinnen würde.

Aber er wußte auch, daß es noch ein weiter Weg bis dahin war. Seine Unterhaltung mit Lenardos war nur die erste Hürde gewesen, die es zu überwinden galt; und nicht einmal die höchste. Der schwerste Teil seiner Aufgabe stand ihm noch bevor.

Unschlüssig sah er sich um. Es war spät, und die meisten seiner Freunde schliefen sicher schon, auch wenn nicht wenige unter ihnen waren, die wie er lieber bei Nacht als bei Tage lebten (und guten Grund dazu hatten); aber er hatte nicht sehr viel Zeit. Und vielleicht war es besser, sich erst einmal mit einigen wenigen zu bereden als gleich mit allen. So wandte er sich nach links, nicht zu dem verlassenen Weinkeller, in dem sein Schlafplatz war, sondern in Richtung der schmalen Gasse, die ihm und den anderen Kindern als geheimer Treffpunkt diente.

Er wurde nicht enttäuscht. Schon als er in die Lücke zwischen den Häusern trat, hörte er das gedämpfte Klingen von Nostramus' Meißel, und kurz darauf die leisen Stimmen von mindestens zwei anderen Kindern.

Der kleine Hinterhof war vom Schein eines halb niedergebrannten Feuers erhellt. Nostramus hockte mit untergeschlagenen Beinen vor der gegenüberliegenden Wand und hämmerte seine Botschaften in den weichen Sandstein.

Ein Stück neben ihm – und offenbar völlig unberührt vom pausenlosen Klingen seines Meißels – lagen sieben oder acht zusammengerollte Gestalten und schnarchten um die Wette; und vor dem Feuer, nur als flache schwarze Silhouetten zu erkennen, hockten Oris und Niebloh, der Sohn des Stadtschreibers. Thamis straffte sich ein wenig, als er auf den Hof hinaus und neben das Feuer trat, und versuchte wenigstens, so etwas wie ein Lächeln auf seine Züge zu zaubern.

Oris sah auf, als er seine Schritte hörte. »Thamis«, rief er erfreut. »Du lebst noch? Gefällt dir das Leben bei den Hellenen doch nicht, oder haben sie dich rausgeworfen?«

Thamis runzelte verärgert die Stirn. »Warum gehst du nicht gleich zu Priamos und erzählst ihm, wo ich meine Nächte verbringe?« fauchte er. »Laut genug, daß es die halbe Stadt hört, bist du ja.«

Oris blinzelte verwirrt, als er den aggressiven Unterton in Thamis' Stimme bemerkte. »Was ist los mit dir?« fragte er. »Hattest du Ärger? Oder ...« Plötzlich war die Sorge in seiner Stimme nicht mehr gespielt. »... ist irgend etwas mit deiner Schwester?«

»Nein«, murmelte Thamis. »Das heißt – ja. Aber sie ist nicht in Gefahr.« Er seufzte, hockte sich zwischen Oris und Niebloh ans Feuer und verschränkte die Arme vor der Brust. Einen Moment lang war er ratlos. Was sollte er sagen? Er kannte Oris und ein paar Jungen und Mädchen gut genug, daß sie ihm vielleicht Glauben schenken würden, aber die anderen? Plötzlich wurde ihm bewußt, wie unmöglich sein Vorhaben war.

»Was ist los?« fragte Oris in halb scherzhaftem, zum Teil aber auch sehr ernstem Ton. »Du siehst aus, als hättest du Odysseus selbst im Palast des Priamos getroffen.«

»Wenn das alles wäre ...«, seufzte Thamis, beugte sich vor und angelte einen glühenden Zweig aus der Glut, um damit zu spielen. »Ich fürchte, es ist schlimmer, Oris«, murmelte er.

»Was ist schlimmer?«

»Du würdest mir nicht glauben«, sagte Thamis.

Oris seufzte. »Warum versuchst du es nicht? Hast du im Lager der Hellenen etwas erfahren?«

Thamis nickte, warf den Zweig ins Feuer zurück und schüttelte den Kopf. »Ja. Aber es geht nicht um die Griechen. Troja wird untergehen.«

Das Klingen von Nostramus' Hammer veränderte sich zu einem tiefen, irgendwie weichen Laut, dann fielen Hammer und Meißel zu Boden, und Nostramus sprang mit einem Schmerzensschrei auf und steckte den Daumen in den Mund. Oris starrte ihn mit offenem Mund an, während Niebloh nur blöde gaffte und offensichtlich gar nicht verstand, was Thamis überhaupt gemeint hatte.

»Was ... hast du gesagt?« murmelte Oris schließlich.

»Du hast mich schon richtig verstanden«, antwortete Thamis niedergeschlagen. »Ich sagte doch, daß du mir nicht glauben würdest.«

»Hmwaschschollascheischen?« Nostramus ließ sich mit einer heftigen Bewegung auf den letzten freien Platz am Feuer fallen, nahm den Daumen aus dem Mund und sagte noch einmal: »Was soll das heißen, Thamis — Troja wird untergehen?«

»Genau das, was ich gesagt habe«, erwiderte Thamis gereizt. »Nämlich nichts anderes, als daß ...«

Er brach mitten im Satz ab, drehte den Kopf und bedachte Niebloh mit einem langen, strafenden Blick. »Warum gehst du nicht nach Hause und kritzelst die Bücher deines Vaters voll?« fragte er.

»Hö?« machte Niebloh — was für ihn eine äußerst intelligente Antwort darstellte, denn obwohl er ein wirklich liebenswertes Kind war, war er kaum weniger schwachsinnig als sein Vater, der sich einbildete, irgendwann einmal in die Reihen der unsterblichen Dichter aufgenommen zu werden, seit Priamos ihm aus Mitleid den Posten als Stadtschreiber gegeben hatte.

»Geh nach Hause, Niebloh«, sagte Oris. Er sprach sehr langsam und übermütig betont; trotzdem vergingen endlose Sekunden, bis der Knabe reagierte und sich umständlich erhob.

»Geh schon«, sagte Oris noch einmal. »Es ist spät. Ich erzähle dir morgen alles, das verspreche ich.«

Thamis verdrehte die Augen, wartete aber geduldig, bis Niebloh sich endlich aus seinen Decken gewickelt hatte und gegangen war.

»Also«, begann Oris von neuem. »Was soll der Unsinn – Troja wird untergehen?«

»Es ist kein Unsinn«, widersprach Nostramus. »Prophezeihe ich es nicht seit Jahren? Wozu, glaubst du, mache ich mir Nacht für Nacht diese Arbeit. Thamis hat vollkommen recht!«

»Ich erkläre es euch«, sagte Thamis rasch, ehe die beiden Jungen endgültig in Streit geraten konnten, denn er wußte, wie allergisch Oris im allgemeinen auf Nostramus' Prophezeiungen – die fast ausschließlich aus düsteren Worten bestanden – reagierte. »Ihr werdet mir nicht glauben, aber ich schwöre, daß es die Wahrheit ist.«

Oris und Nostramus sahen sich bedeutungsschwer an, schwiegen aber, und nach einer weiteren, quälend langen Pause begann Thamis zu erzählen; zuerst stockend, dann, als er spürte, wie gut es tat, sich endlich mit jemandem aussprechen zu können, immer schneller und erregter. Schließlich sprudelten die Worte nur so aus ihm hervor, und er wurde immer lauter, bis ihn Oris am Arm ergriff und so heftig schüttelte, daß er erschrocken abbrach.

»Das ist eine wirklich schlimme Geschichte«, sagte er. »Aber seid bitte etwas leiser.«

»Warum?« fragte eine Stimme aus dem Dunkel der Gasse. »Was er erzählt, ist doch sehr interessant.«

Thamis fuhr mit einem unterdrückten Schreckensschrei herum, richtete sich halb auf – und erstarrte.

Im allerersten Moment hatte er gedacht, es wäre Niebloh, der zurückgekommen sei und gelauscht hätte. Aber wirklich nur im allerersten. Dann dachte er gar nichts mehr, sondern fühlte nur noch Schrecken, einen eisigen, lähmenden Schrecken wie niemals zuvor in seinem Leben, gepaart mit einem Entsetzen, das ihm schier die Kehle zusammenschnürte.

Es war nicht Niebloh.

Der Sohn des Stadtschreibers hätte wohl kaum Harnisch, Helm und Mantel getragen. Er war auch nicht einen guten Kopf größer als Thamis, und er war auch nicht an die vierzig Jahre alt, bärtig und schon leicht gebeugt von den Jahren.

Für die Dauer von drei, vier Herzschlägen starrte Thamis den schwarzbärtigen Krieger aus hervorquellenden Augen an, dann sprang er auf, fuhr mit einem krächzenden Schrei herum – und zuckte ein zweites Mal zurück, als in der Hand des Kriegers wie hingezaubert ein blankes Schwert erschien.

»Warum erzählst du nicht weiter?« fragte Äneas ruhig. »Was du zu berichten hast, interessiert mich wirklich.«

»Ihr ... Ihr habt ... ich meine ...«, stammelte Thamis, rang krampfhaft nach Luft und starrte abwechselnd den trojanischen Helden und die nadelscharfe Spitze seines Schwertes an, die sich seinem Gesicht bis auf wenige Fingerbreit genähert hatte und jeder seiner Bewegungen folgte wie der Zahn einer stählernen Schlange.

»Das ist alles ein Irrtum!« keuchte er. »Ich ... ich habe mir das alles nur ausgedacht, wirklich, Herr! Ich wollte mich nur vor ... vor meinen Freunden großtun, und ... und ...«

»Und da hast du dir die ganze Geschichte aus den Fingern gesogen, nur um dir die langweiligen Nachtstunden zu verkürzen, nicht wahr?« sagte Äneas spöttisch. In seinen dunklen Augen blitzte es.

»Genau so war es«, bestätigte Thamis.

»Lüg mich nicht an, Bursche, oder ich schneide dir gleich hier die Kehle durch«, grollte Äneas. »Du bist doch Thamis, der Knabe, der seit Jahren mit den Hellenen Handel treibt, nicht wahr?«

Thamis erbleichte noch mehr. Die eisige Hand, die sich um

sein Herz gelegt hatte, drückte immer heftiger zu. Er konnte kaum mehr atmen. Seine Knie zitterten vor Angst.

»Ihr ... wißt ... davon?« fragte er leise.

»Ich weiß davon«, bestätigte Äneas. »Schon seit langem.« Sein Lächeln wurde eine Spur abfälliger, aber das drohende Funkeln in seinen Augen blieb. »Ich gebe zu, du hast es geschickt angestellt. Niemand hat etwas bemerkt, außer mir. Und ich habe bisher niemandem etwas gesagt, denn du hast keinem geschadet. Aber was ich jetzt höre ...«

»Aber es ist alles nicht wahr!« mischte sich Oris ein. »Glaubt ihm, Herr! Er hat sich alles nur ausgedacht. Das ... das macht er oft, und jeder weiß es.« Er versuchte zu lachen, aber es klang eher wie ein schmerzhaftes Husten. »Wer würde wohl eine so verrückte Geschichte glauben?« fragte er. Äneas blickte ihn einen Herzschlag lang durchdringend an. Dann trat er einen halben Schritt zurück, richtete sich auf – und schob sein Schwert mit einer wuchtigen Bewegung in die metallene Scheide an seinem Gürtel zurück.

»Nun«, sagte er betont, »ich zum Beispiel.«

Hinter ihm trat eine zweite, in einen knöchellangen Kapuzenmantel gehüllte Gestalt aus der Gasse. Thamis Herz schien einen Schlag zu überspringen und dann schneller und ungleichmäßig weiterzuhämmern, als er das vom Alter grau gewordene Gesicht unter der schwarzen Kapuze erkannte.

»Und ich«, sagte Kassandra leise.

Sie waren zu siebt: Thamis, der wie ein Häufchen Elend zwischen Nostramus und Oris hockte und vergeblich nach einer Ritze im Boden suchte, die groß genug für ihn war, sich darin zu verkriechen, Kassandra und Äneas selbst, dazu noch zwei vielleicht dreijährige Knaben, die sich in Äneas' Begleitung befunden hatten und jetzt lärmend in einer Ecke spielten.

Thamis wußte nicht genau, wo sie waren – Äneas hatte die beiden anderen und ihn aufgefordert, mit ihm zu kommen, und sie waren quer durch die still daliegende Stadt zur Festung gegangen. Zu Thamis' Erleichterung waren sie keinen anderen

Kriegern oder gar Fürsten begegnet – was aber nicht unbedingt etwas bedeuten mußte. Äneas war als gerechter und ehrlicher Mann bekannt, aber auch als ein harter Mann, wenn es sein mußte. Thamis zweifelte keine Sekunde daran, daß er ihn töten würde, wenn er von seiner Schuld überzeugt war; ganz gleich, ob er nun ein Kind war oder nicht. Und im Augenblick war er ziemlich überzeugt davon, den kommenden Morgen nicht mehr zu erleben.

So schweigsam Äneas auf dem Weg hierher gewesen war, so beredt war er plötzlich geworden, als er die Tür der kleinen, fensterlosen Kammer hinter sich verriegelt hatte. Während der letzten Stunde hatte Thamis ein Verhör über sich ergehen lassen müssen, bei dem selbst Odysseus vor Neid bleich geworden wäre. Er wußte längst nicht mehr, wie oft er seine Geschichte erzählt hatte; in allen Einzelheiten. Äneas hatte ihn immer wieder unterbrochen, weitergebohrt und gefragt und ihm nach und nach Dinge entlockt, die er selbst schon vergessen hatte.

Jetzt schwieg er. Seit dem Moment, in dem Thamis mit seinem Bericht zu Ende gekommen und erschöpft in sich zusammengesunken war, hatte auch Äneas nichts mehr gesagt, und selbst sein Blick schien sonderbar abwesend. Er wirkte erschrocken, auch ein bißchen erschüttert und überrascht, aber das war nicht alles. Sein Gesichtsausdruck erinnerte Thamis an einen Mann, den die Nachricht von einem furchtbaren Unglück getroffen hatte; eine Nachricht allerdings, die er schon lange erwartete.

Schließlich, nach einer Ewigkeit, wie es Thamis vorkam, hob er die Hand, strich über die beginnende Stirnglatze und schüttelte den Kopf. »Es ist unglaublich.«

»Aber der Knabe spricht die Wahrheit.«

Thamis sah überrascht auf, als er Kassandras Stimme hörte. Mit Ausnahme der wenigen Worte, die sie in der Gasse gesprochen hatte, war sie bisher stumm geblieben und hatte sich darauf beschränkt, Thamis und die beiden anderen mit Blicken zu durchbohren.

»Ich zweifle nicht daran«, murmelte Äneas. »Und trotzdem:

Ich sehe die Wahrheit und kann sie nicht glauben. Troja wird vernichtet, der Geldgier einer ... einer Hure wegen!«

»Du weißt, daß das nicht der wahre Grund ist«, widersprach Kassandra. »Nicht nur den Menschen dauert dieser Krieg schon viel zu lange, Äneas. Auch die Götter sind des Tötens überdrüssig geworden, schon lange. Athene hat einen Vorwand gesucht, ihre schützende Hand von Troja zu nehmen. Wäre es nicht Cassyra, so hätte sich ein anderer gefunden.«

Äneas nickte. »So wird es also geschehen«, murmelte er. »In weniger als zehn Tagen.« Er seufzte. »Und diese drei Kinder dort sind die einzigen, die es wissen.«

»Und so soll es auch bleiben«, fügte Kassandra hinzu.

Es dauerte einen Moment, bis Thamis begriff, was sie gesagt hatte. Langsam hob er den Kopf, blickte erst die grauhaarige Seherin, dann Äneas und dann wieder Kassandra an und versuchte vergeblich zu glauben, was er gerade gehört hatte. »So ... so soll es bleiben?« wiederholte er verstört. »Heißt das, Ihr ... Ihr wollt nicht ...«

»Nicht was?« unterbrach ihn Kassandra. »Die Stadt warnen? Wovor? Vor einem Pferd aus Holz? Vor den Griechen? Oder vor dem Zorn der Götter?« Sie lächelte, aber es war nur ein Verziehen der Lippen. »Was sollte ich ihnen sagen, Kind? Daß ein Knabe gekommen ist und uns gewarnt hat? Und selbst wenn sie mir glauben würden – was würde es nutzen? Wer bin ich, daß ich mich gegen die Göttin stelle, deren Priesterin ich bin?« Sie schüttelte den Kopf. »Nein, Thamis. Trojas Untergang ist beschlossen, und kein menschliches Trachten kann ihn noch aufhalten. Ich habe ihn gesehen, in einer Vision, und ich habe die Schreie der Sterbenden gehört, in meinen Träumen. Es wird so kommen, wie Pallas Athene und die anderen Götter beschlossen haben, ganz gleich, was wir versuchen, es abzuwenden.«

»Und ihr?« fragte Thamis, zu Äneas gewandt. »Wollt auch Ihr aufgeben?«

Äneas wich seinem Blick aus. »Aufgeben?« Er lächelte ein sonderbares, trauriges Lächeln, schüttelte den Kopf und zuckte gleich darauf mit den Achseln. »Ich habe oft daran gedacht«, sagte er plötzlich. »Nicht erst seit heute oder seit Kassandra zu mir kam und mir berichtete, was geschehen war. Ich bin ein alter Mann, Thamis, und des Kämpfens müde. Es ist zu viel Blut geflossen in den letzten zehn Jahren. Manchmal wünsche ich mir, alles wäre vorbei.«

»Aber Ihr müßt etwas tun!« sagte Thamis ungläubig. »Ihr könnt nicht hier sitzen bleiben und darauf warten, daß Troja untergeht!«

»Das werden wir auch nicht, kleiner Thamis«, sagte Kassandra sanft. »Doch was du jetzt im Sinne hast, ist unmöglich. Ich habe versucht, die Bürger Trojas zu warnen; auf meine Weise. Sie haben nicht auf mich gehört. Und so wäre es auch, wenn ich ihnen die Wahrheit sagte. Sie würden mir nicht glauben.«

»Ihr versucht es ja nicht einmal!« sagte Thamis zornig. Plötzlich spürte er eine kalte Wut, die aus Hilflosigkeit und Enttäuschung geboren war. Trotz aller Angst hatte er für einen Moment Hoffnung geschöpft, stand er doch jetzt nicht mehr allein in einem Kampf gegen das Schicksal, sondern hatte zwei der mächtigsten Verbündeten gewonnen, die er in Trojas Mauern nur finden konnte: Äneas, der schon zu Lebzeiten fast so etwas wie eine Legende geworden war, und Kassandra, die wundertätige Seherin und Oberpriesterin der Pallas Athene. Um so schmerzhafter war die Enttäuschung, daß auch diese beiden ihm nicht helfen würden. »Ihr ... Ihr seid wie alle anderen!« fuhr er fort. »Ihr legt die Hände in den Schoß und wartet darauf, daß sich euer Schicksal erfüllt, statt dagegen zu kämpfen!«

Oris und Nostramus starrten ihn mit offenem Mund an, aber Thamis wurde immer wütender, und der Zorn ließ ihn Dinge sagen, die er bei klarem Verstand sicherlich niemals über die Lippen gebracht hätte. »Ihr nennt Euch Priesterin, Kassandra! Aber die Aufgabe einer Priesterin ist, den Menschen zu helfen, oder? Statt dessen akzeptiert ihr das Urteil einer Göttin, die aus purer Launenhaftigkeit heraus eine Stadt zerstören und zahllose Leben vernichten will. Was sind das für Götter, denen Ihr dient, wenn sie Menschenleben als Spielzeuge benutzen?«

»Du tust Kassandra unrecht«, sagte Äneas sanft.

Thamis drehte mit einem zornigen Ruck den Kopf. »Tue ich das?« fauchte er. »Vielleicht habt Ihr recht, Äneas! Vielleicht sollte ich Euch Vorwürfe machen. Vielleicht ...«

»Sie war es, die mich davon abhielt, zu Priamos zu gehen und dich zu verraten«, sagte Äneas leise.

Thamis brach mitten im Wort ab und starrte die Seherin an. Jetzt verstand er gar nichts mehr.

»Sie war es auch, die mich überredete, dir zu helfen«, fuhr Äneas fort. »Dir und den anderen.«

»Helfen?« wiederholte Thamis verwirrt. »Ihr wollt mir ... helfen?«

»Deshalb sind wir hier«, bestätigte Kassandra. »Ich hätte es dir schon eher gesagt, aber dein Zorn gefiel mir. Ich wollte sehen, wie weit er dich treibt.«

Thamis schluckte krampfhaft. »Ich ... bitte um ... um Verzeihung«, murmelte er.

»Das brauchst du nicht«, sagte Kassandra. »Was du gesagt hast, ist wahr. Und doch habe auch ich recht. Glaube mir – ich habe tausend Wege überlegt, wie Troja zu retten wäre, und keiner war der richtige. Aber du könntest Erfolg haben. Troja wird untergehen, aber was bedeutet eine Stadt, wenn ihre Kinder leben? Äneas und ich haben beschlossen, euch zu helfen.«

»Helfen?« murmelte Thamis noch einmal. »Aber ... aber wie denn?«

»So, wie du selbst es ersonnen hast«, antwortete Kassandra. »Dein Plan ist gut, aber einer allein ist zu wenig, ihn zum Erfolg zu führen. Du wirst Hilfe brauchen. Jede, die du bekommen kannst.«

Thamis' Blick irrte verstört zwischen Äneas und Kassandra hin und her. »Ich ... ich verstehe nicht ...«

Kassandra lächelte. »Du wirst die Kinder Trojas retten, Thamis, wie du es vorgehabt hast. Äneas und ich werden dir helfen, jeden Bewohner dieser Stadt in Sicherheit zu bringen, der jünger ist als vierzehn Jahre und älter als fünf.«

»Du allein würdest es nicht schaffen«, fügte Äneas sanft hinzu.

»Alle ... alle Kinder unter vierzehn?« keuchte Thamis. »Aber das sind ...«

»Viele«, unterbrach ihn Äneas. »Aber mach dir darum keine Gedanken – ich werde dafür sorgen, daß sie zur Stelle sind, im rechten Augenblick. So, wie Kassandra dafür sorgen wird, daß niemand Fragen stellt und alles für dich bereitgehalten wird, was du benötigst. Nur eine Bedingung stelle ich.«

Thamis' Mißtrauen erwachte schlagartig wieder. »Eine Bedingung? Welche?«

Äneas deutete auf die beiden Knaben, die zu seinen Füßen spielten. »Dies sind meine Söhne«, sagte er. »Niemand in Troja weiß, daß ich ihr Vater bin, und niemand darf es je erfahren. Ich will, daß du sie mitnimmst.«

Thamis blickte einen Moment auf die beiden Dreijährigen hinab, die zu Füßen ihres Vates hockten und sich um ein hölzernes Pferd stritten. Jedermann in Troja kannte Äneas Sohn – einen Burschen von mittlerweile sechzehn Jahren, der in der Garde Dienst tat und schon so manche Schlacht überlebt hatte. Aber diese beiden Kinder?

»Wer ... sind sie?« murmelte er.

»Meine Söhne, wie ich bereits sagte«, antwortete Äneas. »Sie werden euch keine Arbeit machen. Ihre Amme wird sie begleiten. Alles, was ich verlange, ist, daß ihr sie aus der Stadt bringt. Für alles andere wird gesorgt.« Er blickte Thamis an. »Nun?«

Thamis nickte.

Am vierten Abend kehrte Thamis ins Lager der Hellenen zurück; allerdings nicht auf dem Weg, den Ajax oder Agamemnon kannten und auf dem sie ihn erwarteten. Auch nicht auf irgendeinem anderen, den er jemals benutzt hatte, um zum Lager der Feinde Trojas zu gelangen, sondern in einem weiten, fast eine halbe Stunde an der Küste entlang nach Westen führenden Bogen, nach dem er sich dem griechischen Lager nahezu von der entgegengesetzten Seite her näherte.

Aber seine Vorsicht erwies sich als überflüssig. Die beiden vorangegangenen Tage waren – soweit dies überhaupt möglich schien – noch heißer und drückender gewesen als der Rest des Sommers, und das Lager lag wie ausgestorben vor ihm. Selbst jetzt, eine Stunde nach Dunkelwerden, war es noch unangenehm warm. Eine unsichtbare Glocke aus schwüler Luft, die jede Bewegung zu einer unsäglichen Mühe machte, schien über dem langgestreckten Oval am Hellespont zu hängen, und das Meer lag nun wirklich wie eine Ebene aus geschmolzenem Blei da: grau und reglos und matt, ohne die kleinste Welle, ohne den geringsten Laut zu verursachen; selbst das Mondlicht, das seine Oberfläche spiegelte, schien seinen Glanz eingebüßt zu haben.

Thamis blieb lange im Schutze eines verdorrten Busches hocken und blickte aufmerksam auf das Lager hinab. Es war nicht völlig still, wie er im ersten Moment geglaubt hatte: Hier schimmerte das Licht einer Talglampe durch eine Zeltbahn, dort knirschte Sand unter den Sandalen eines Wächters, der müde seine Runden drehte; dann und wann drang der Fetzen eines Gesprächs an sein Ohr. Aber das war alles nichts, was ihn beunruhigen mußte. Nach der Hitze der vergangenen Tage würden die Wächter vielleicht nicht einmal Alarm schlagen, wenn sie ihn entdeckten; zudem waren ohnehin mehr als die Hälfte von Agamemnons Kriegern nicht im Lager, sondern mit den Schiffen ausgefahren, um Holz zu holen. Nein – die wahre Gefahr lag ganz woanders.

Nicht zum ersten Mal in den letzten vier Tagen zermarterte sich Thamis das Gehirn, um sich an den genauen Wortlaut des Gesprächs zu erinnern, das er belauscht hatte. Und nicht zum ersten Male gelang es ihm nicht. Hatte Pallas Athene nun gesagt, »am Morgen« oder »in der Nacht«?« Und was, wenn Epeos' Wachen rings um das Zelt aufgestellt oder gar selbst zurückgeblieben waren, um die Göttin zu empfangen? Aber solcherlei Überlegungen führten zu nichts. Er konnte nur hoffen, daß alles so ablief, wie Änas und er geplant hatten. Wenn nicht, wenn er gefangen würde oder nicht an Epeos' Zelt herankam oder auch nur eine winzige Kleinigkeit schiefging, dann war ohnehin alles vorbei.

Thamis wartete geduldig, bis der Posten auf dem von seinem Versteck am weitesten entfernten Punkt seines Rundgangs angekommen war, erhob sich hinter seinem Busch und huschte geduckt und nahezu lautlos auf die ersten Zelte zu. Dumpfes Stimmengemurmel drang durch den zerschlissenen Stoff, und für einen Augenblick schien sein Herz auszusetzen, als er plötzlich Schritt hörte und die Plane vor dem Eingang eines Zelts zurückgeschlagen wurde. Aber er hatte Glück: Zwar trat ein Mann aus dem Zelt, aber er blickte nicht in seine Richtung, sondern strich sich nur müde mit dem Handrücken über die Augen, gähnte und schlurfte davon, ohne sich auch nur einmal umzublicken.

Trotzdem schlich Thamis doppelt vorsichtig weiter und huschte beim geringsten Laut oder dem Zittern eines Schattens sofort in Deckung — was zur Folge hatte, daß er das Zelt des Epeos zwar unbehelligt, aber vollkommen erschöpft und zitternd und nervös wie ein alter Mann erreichte. Das Glück blieb ihm weiter hold. Der große, buntbemalte Kegel aus straffgespanntem Stoff lag reglos da; es gab keine Wachen, und selbst die umliegenden Zelte schienen verlassen zu sein. Nachdem er das Zelt auf allen vieren kriechend umrundet hatte und auf seiner Rückseite die Plane ein wenig anhob, sah er, daß auch sein Inneres leer war.

Vollkommen leer.

Von Epeos' Bett und den Truhen, Teppichen und Hockern war keine Spur mehr zu sehen. In der Mitte des Zelts stand ein silberner Dreifuß, auf dem ein umgedrehter Schild lag und so eine Art Schüssel bildete, aber das war auch alles.

Thamis schluckte im letzten Augenblick einen Fluch herunter. Das Zelt war leer. Leer! Es gab absolut nichts, wo er sich hätte verstecken oder verbergen können — und das bedeutete nichts anderes, als daß sein ganzer, so sorgsam ausgearbeiteter Plan zum Teufel war!

In diesem Augenblick glomm über dem umgedrehten Schild auf dem Dreifuß ein mildes, weißblaues Licht in der Luft auf. Thamis preßte sich ein wenig dichter gegen den Boden, hob die linke Hand über die Augen und blinzelte abwechselnd in die Runde und weiter in Epeos' Zelt hinein. Das Licht wurde heller und heller, wuchs zu einem Ball aus flimmernder weißer Glut —

ohne daß er indes auch nur die mindeste Hitze spürte – und erlosch ebenso plötzlich, wie es aufgeflammt war.

Aber der Schild war nicht mehr leer. Auf dem polierten Silber lag eine mit einem mächtigen roten Siegel verschlossene Pergamentrolle. Pallas Athenes Pläne!

Thamis raffte das letzte bißchen Mut zusammen, das ihm noch geblieben war, kroch unter der Zeltplane hindurch und war mit einem Satz bei der Schale. Ein leichter Geruch wie nach verbranntem Holz lag in der Luft, und als Thamis die Hand nach dem Pergament ausstreckte, spürte er die Hitze, die vom Schild aufstieg.

Noch einmal zögerte er eine endlose, von qualvollem Zweifel erfüllte Sekunde, dann griff er entschlossen zu, nahm die Schriftrolle an sich und verbarg sie unter seinem Gewand. Einen Augenblick später kroch er auf dem gleichen Weg, auf dem er gekommen war, wieder aus dem Lager. Zurück nach Troja.

Äneas erwartete ihn bereits voller Ungeduld. Thamis erschrak, als er die hochgewachsene, in einen schwarzen Mantel gehüllte Gestalt erkannte, die ihm aus den Schatten entgegentrat. Instinktiv preßte er die Hand auf das Pergament, das er wie einen Schatz unter dem Hemd trug. Sein Herz schlug sehr langsam, aber schmerzhaft hart.

»Hast du es?« fragte Äneas übergangslos.

Thamis nickte. »Ja. Aber Ihr solltet nicht hierher kommen, Herr. Es ist gefährlich. Wenn man uns zusammen sieht ...«

Äneas unterbrach ihn mit einer ungeduldigen Handbewegung. »Nicht gefährlicher, als auf der anderen Seite der Mauer auf dich zu warten.« Er streckte fordernd die Hand aus. »Gib es her.«

Thamis hob die Hand, um ihm das Pergament auszuliefern, führte die Bewegung aber dann nicht zu Ende, sondern schüttelte nur den Kopf. »Nicht hier«, sagte er. »Laßt uns in Euer Quartier gehen. Ist alles vorbereitet?«

Er war sich nicht sicher, denn die Nacht war so dunkel, daß er von Äneas' Gesicht nicht mehr als einen verschwommen hellen Fleck unter dem schwarzen Eisen seines Helmes erkennen konnte — aber für einen Moment glaubte er, ein amüsiertes Aufblitzen in den Augen des Troers zu erkennen.

Zu seiner eigenen Überraschung bestand Äneas kein zweites Mal darauf, daß er ihm die Pläne auslieferte, sondern nickte bloß, sah sich noch einmal mißtrauisch nach allen vier Seiten um und begann geduckt und sehr rasch die Straße hinabzueilen. Sehr viel auffälliger, dachte Thamis zornig, konnte er sich kaum mehr benehmen.

Aber sie begegneten keiner lebenden Seele, während sie die Stadt durchquerten und den Palast durch den kleinen Nebeneingang betraten, und auch die Treppen und Gänge dort waren wie ausgestorben. Als sie Äneas' Gemach betraten, blinzelte er für einen Moment, denn der Raum war — anders als beim ersten Mal — von fast einem Dutzend Fackeln nahezu taghell erleuchtet; und ungefähr so heiß wie ein Backofen.

Thamis war ein wenig enttäuscht, außer Äneas' Zwillingssöhnen nur Lenardos zu sehen. Er hatte gehofft, Oris oder einen der anderen Jungen zu treffen oder wenigstens — wenn er auch selbst nicht wußte, warum — Kassandra. Aber außer dem Schnellzeichner hielten sich nur die beiden Dreijährigen im Raum auf.

Die kleine, spartanisch eingerichtete Kammer hatte sich vollends verändert. Anstelle des niedrigen hölzernen Tisches, der bei seinem ersten Besuch in der Mitte der Kammer gestanden hatte, gewahrte er jetzt eine fast mannshohe Staffelei, daneben ein gutes Dutzend Körbe voller Pinsel, Farbtöpfe und Griffel, dazu ganze Stapel von Tierhäuten und Pergamenten. Inmitten dieses Chaos wirkte die Gestalt von Lenardos noch verlorener und kleiner als gewohnt. Thamis hatte fast Mühe, den weißhaarigen Zeichner inmitten dieses Durcheinanders überhaupt zu erkennen.

»Da ischt der Bursche ja endlisch«, sprudelte Lenardos los, als Äneas die Tür hinter ihm geschlossen hatte. »Hascht du esch?« Er schlurfte gebückt auf Thamis zu, streckte die Hand aus und begann ungeduldig von einem Bein auf das andere zu hüpfen, als Thamis nicht schnell genug gehorchte.

»Gib ihm den Plan«, sagte Äneas. »Rasch. Wir haben nicht viel Zeit.«

Thamis zögerte noch immer. Jetzt, als die darangingen, ihr Vorhaben in die Tat umzusetzen, kam ihm erst wirklich zu Bewußtsein, wie wahnwitzig der ganze Plan war. Er konnte überhaupt nicht funktionieren!

Aber dann griff er doch unter sein Hemd, zog die mittlerweile reichlich zerknitterte Pergamentrolle hervor und händigte sie Lenardos aus. Der Zeichner riß ihm das Pergament aus den Fingern, rollte es auseinander und riß ungläubig die Augen auf.

»Unmöglisch!« keuchte er. »Abscholut unmöglisch!«

Äneas fuhr erschrocken zusammen, trat mit zwei raschen Schritten hinter den Alten und blickte über seine Schulter hinweg auf das Blatt.

»Du hältst es verkehrt herum«, sagte er.

Lenardos drehte das Blatt herum, schüttelte so heftig den Kopf, daß Thamis für einen Moment fürchtete, er fiele von seinem dürren Hals herunter, und sagte noch einmal: »Unmöglisch! Daschu brauche isch mindeschtensch schehn Schtunden. Wenn nischt schwanschig!«

»Du hast zwei«, sagte Äneas ruhig. »Höchstens drei.«

Lenardos seufzte, rollte das Blatt unordentlich zusammen und schlurfte zu seiner Staffelei. »Isch verschuche esch«, nuschelte er. »Aber ich verschpresche eusch nischtsch, damit dasch klar ischt.«

»Für einen Mann wie dich ist das doch eine Kleinigkeit«, sagte Thamis. »Ich bin sicher, du schaffst es, Lenardos.«

Der Alte blickte kurz auf, sah ihn aus seinen trüb gewordenen Augen mit einer Mischung aus Ärger und geschmeichelter Eitelkeit an und versuchte mit zitternden Fingern, ein fleckiges Stück Pergament auf seiner Staffelei anzubringen — mit dem einzigen Erfolg allerdings, daß er sich an den kleinen Nadeln, die er dazu benutzte, die Finger blutig riß. Schließlich trat Äneas mit einem Kopfschütteln neben ihn, befestigte das Blatt und hängte Pallas Athenes Zeichnung daneben; so, daß das Licht der Fackeln sie genau beleuchtete. Lenardos grunzte zufrieden, beugte sich ächzend herab und angelte beim dritten Versuch einen abgenutzten Griffel aus einem seiner Körbe.

Auch Thamis näherte sich neugierig der Staffelei, stellte sich auf die Zehenspitzen und versuchte Pallas Athenes Zeichnung zu erkennen. Viel war es nicht, was er sah – das Blatt war flekkig und überall eingerissen, und offensichtlich war es vorher schon einmal benutzt worden, denn unter der groben Streichzeichnung waren die dünnen, nur halb ausgelöschten Linien einer älteren Abbildung zu erkennen.

Äneas berührte ihn an der Schulter. »Laß ihn in Ruhe arbeiten«, sagte er. »Er kann sich keine Fehler leisten.«

Thamis nickte, warf noch einen letzten, neugierigen Blick auf die Zeichnung und folgte Äneas, wenn auch widerstrebend.

Der Troer deutete auf einen Stuhl, wartete, bis Thamis sich gesetzt hatte, und nahm zwei tönerne Becher von einem Bord, von denen er einen Thamis reichte. Thamis kostete vorsichtig. Es war Wein, zwar mit Wasser verdünnt, aber immerhin Wein. Er lächelte dankbar, trank einen kleinen Schluck und warf einen nervösen Blick in Lenardos' Richtung. Der Alte stand vornüber gebeugt vor seiner Staffelei, brabbelte ununterbrochen vor sich hin und preßte fast die Nase gegen Athenes Pergament, um die feinen Linien und Striche mit seinen kurzsichtigen Augen verfolgen zu können. Thamis sah hastig weg.

»Hat dich irgend jemand gesehen, als du im Lager der Hellenen warst?« fragte Äneas plötzlich.

Thamis schüttelte den Kopf. »Niemand«, sagte er. »Ich bin sicher. Die meisten Krieger sind ohnehin mit den Schiffen fort; Holz zu schlagen. Und selbst wenn ...« Er lächelte. »Es gibt nicht viele Männer im Lager, die nicht auf die eine oder andere Weise in meiner Schuld stehen. Macht Euch keine Sorgen.«

Etwas zupfte an seinem Fuß, und als Thamis an sich herabsah, erkannte er einen der beiden schwarzhaarigen Zwillinge. Der Knabe war auf allen vieren herbeigekrochen und begann jetzt, aus Leibeskräften an seinem großen Zeh zu zerren, wobei er ein zufriedenes, meckerndes Lachen hören ließ.

Äneas schüttelte tadelnd den Kopf, beugte sich vor und zog den Knirps von Thamis fort. »Laß das, Remus«, sagte er. »Wir haben jetzt keine Zeit für Spielereien.«

Der Knabe sah zu seinem Vater auf, antwortete trotzig auf babyisch und kroch davon, um zusammen mit seinem Bruder einen von Lenardos Körben umzuwerfen und seinen Inhalt zu untersuchen. Äneas seufzte, machte aber keinerlei Anstalten, die beiden von ihrem Tun abzuhalten.

»Das sind ... zwei reizende Kinder«, sagte Thamis – nicht etwa, weil er das wirklich so meinte, sondern nur, um überhaupt etwas zu sagen. »Warum haltet Ihr sie versteckt, Äneas?«

Äneas nippte an seinem Wein. »Ich habe meine Gründe«, antwortete er ausweichend. Thamis glaubte aus seinem Ton herauszuhören, daß er nicht gerade ein Thema angeschnitten hatte, über das der Troer gerne sprach. Betreten senkte er den Blick und sah zu, wie Remus den Inhalt eines zweiten Korbes auf dem Fußboden verteilte, während sein Bruder einen Topf mit blauer Farbe herbeischleifte und darüber auszugießen begann. Äneas seufzte leise.

»Sie sind nicht reizend«, sagte er plötzlich, »sie sind eine Landplage. Ich hätte sie Agamemnon schicken sollen, vor zwei Jahren, als sie geboren wurden. Vielleicht wäre der Krieg dann schon vorbei. Romulus! Zum Hades, hör auf, mit der Farbe zu spielen!«

»Und trotzdem opfert Ihr Euer eigenes Leben, um ihres zu retten.«

Äneas lächelte. »Alles wird so kommen, wie es die Götter vorausbestimmt haben«, antwortete er. Er trank wieder von seinem Wein, stützte die Ellbogen auf die Oberschenkel auf und sah mit unbewegtem Gesicht zu, wie sich Romulus schwankend aufrichtete und seinem Bruder ein Gemisch von blauer Farbe, zerkrümelter Zeichenkohle und Brotkrumen ins Haar schmierte. »Als diese beiden Knaben geboren wurde«, sagte er, sehr leise und ohne Thamis dabei anzublicken, »da wurde ihnen eine große Zukunft prophezeit. Es heißt, daß sie dereinst ein Weltreich gründen werden.«

Thamis zog es vor, nichts darauf zu antworten, zumal Remus

endlich gemerkt hatte, was sein Bruder tat, und mit schrillem Geplärr dagegen zu protestieren begann.

»Es muß ... sehr schwierig gewesen sein, sie all die Jahre verborgen zu halten«, sagte er mit einem gequälten Lächeln. »Wer hat Euch geholfen? Kassandra?«

Remus' Schreien wurde für einen Moment leiser, weil sein Bruder den umgestürzten Korb aufgehoben und ihm kurzerhand über den Kopf gestülpt hatte.

»Ich hatte eine Amme«, antwortete Äneas. »Aber du hast recht – auch Kassandra wußte um mein Geheimnis. Als einzige. Du mußt mir versprechen, niemandem zu sagen, wer der Vater dieser beiden Knaben ist, Thamis. Auch später nicht. Sie dürfen es nicht einmal selbst wissen.«

Romulus versetzte dem Korb mit seinem Bruder einen Tritt, der beide nach hinten fallen ließ. Remus begann noch schriller zu kreischen, kroch ungeschickt unter dem Korb hervor und warf Romulus mit erstaunlicher Zielsicherheit einen Tonkrug mit schwarzer Farbe ins Gesicht.

»Es wird nicht leicht sein«, murmelte Thamis. »Die Amme ...«

»Ist absolut verschwiegen«, unterbrach ihn Äneas, beinahe hastig. »Keine Sorge.«

Romulus begann nun ebenfalls zu brüllen, wischte sich ungeschickt die Farbe aus dem Gesicht und begann seinen Bruder mit allem zu bewerfen, was ihm unter die Hände kam – was Remus natürlich nicht hinnahm, sondern prompt mit gleicher Münze zurückzahlte. Nur die allerwenigsten Wurfgeschosse trafen ihr Ziel, aber die beiden Knaben begannen aus Leibeskräften um die Wette zu kreischen.

Thamis seufzte. So ganz konnte er sich das Gefühl selbst nicht erklären – aber für einen kurzen Moment sehnte er sich beinahe in sein Zelt im Lager der Hellenen zurück.

Der Weg zurück ins Lager wurde zu einem Wettrennen mit der Zeit. Thamis verließ Troja mit dem ersten Grau der hereinbrechenden Dämmerung, und noch bevor sich der erste Sonnenstrahl am Horizont zeigte, wurde es schon wieder warm; jene

Art besonders unangenehmer, feuchter Wärme, die jeden Schritt zu einer Anstrengung und jeden weiteren Weg zu einer fast unvorstellbaren Mühe werden ließ. Vom Meer stieg Nebel in feinen, irgendwie schmierig aussehenden Schwaden hoch. Es sah aus, als dampfe der Ozean vor Hitze. Alles, was weiter als dreißig oder vierzig Schritte entfernt war, schien hinter einem unwirklichen Schleier verborgen zu sein.

Auf halbem Wege zum Lager gab Thamis jegliche Vorsicht auf und begann zu rennen. Mochten die Griechen ihn sehen – sie erwarteten seine Rückkehr ja. Er mußte Epeos' Zelt erreichen, ehe die Sonne aufging und der Danaer selbst hinkam, um nach Pallas Athenes Botschaft zu suchen.

Er schaffte es, wenn auch in buchstäblich letzter Sekunde. Thamis hatte kaum die Pergamentrolle mit Lenardos' Zeichnung an ihren Platz zurückgelegt und war wieder aus dem Zelt gekrochen, da hörte er Schritte und kurz darauf Epeos' Stimme, auf die Odysseus' tiefes Organ antwortete. Hastig zog er sich in den Schatten eines der umliegenden Zelte zurück und wartete, bis Epeos und Odysseus im Inneren des Zeltes verschwunden waren, ehe er sich aufrichtete und vorsichtig davonzukriechen begann.

Als er sich – mehr als hundert Schritte weit entfernt und nicht mehr in Gefahr, zufällig entdeckt zu werden – aufrichtete und den Schweiß aus dem Gesicht wischte, bebte die Erde unter seinen Füßen, und vom Meer her drang ein tiefes, beinahe drohend klingendes Grollen an sein Ohr.

Thamis war sich nicht sicher, daß es wirklich Zufall war.

SIEBTES KAPITEL

Die Schiffe kamen eine Stunde später. Thamis hatte einen weiten Bogen geschlagen und so den Eindruck erweckt, er hätte das Lager von der entgegengesetzten — Troja zugewandten — Seite her betreten, und zu seiner Erleichterung schien ihn bisher keiner der Krieger gesehen zu haben. Auch Agamemnon und die anderen schienen keinerlei Verdacht zu schöpfen, wenngleich ihn Agamemnon einem recht peinlichen Verhör unterzog, das sich allerdings ganz auf das beschränkte, was während seiner Abwesenheit in Troja geschehen war. Und ganz besonders im Haus der Cassyra. Schließlich rettete ihn ein Krieger, der hereinkam und Agamemnon mitteilte, daß die Schiffe gesichtet worden seien.

Sie eilten zum Strand hinunter, wo bereits eine große Anzahl hellenischer Krieger zusammengelaufen war. Thamis sah die Schiffe schon von weitem, und es dauerte nur Sekunden, bis ihm klar wurde, woher der verstörte Ausdruck im Gesicht des Mannes rührte, der Agamemnon die Nachricht von ihrem Nahen gebracht hatte.

In der klaren Luft des Morgens waren die drei Kriegsschiffe deutlich zu erkennen, obgleich sie noch sehr weit von der Küste entfernt waren und einen solchen Tiefgang hatten, daß die Männer an den Rudern bis zu den Knöcheln im Wasser stehen mußten. Die drei Schiffe waren bis zum Bersten beladen, und — als wäre dies allein noch nicht genug — jedes zog noch eine Anzahl riesiger, mit Seilen aneinandergebundener Flöße hinter sich her.

Sie schossen wie Pfeile über das Meer.

Wenn überhaupt, dann war es dieser Anblick, der Thamis vollends davon überzeugte, daß es Pallas Athenes Zauberkraft war, deren Zeuge er wurde. Der Wind war vollkommen zum Erliegen gekommen, so daß die großen, rotweiß gestreiften Segel schlaff von den Rahmen hingen, und auch die Ruder bewegten sich nicht, sondern standen in steilem Winkel beiderseits der Bordwände in die Höhe.

Und trotzdem rasten die Schiffe auf die Küste zu, als würden sie vom Sturm getrieben!

Kaum fünf Minuten nachdem sie den hoch aufragenden Felsen umrundet hatten, der den improvisierten Kriegshafen der Hellenen zum Land hin abschirmte, schrammte der Kiel des ersten Schiffes scharrend über den Sand. Die Ruder wurden zu Wasser gelassen, diesmal nicht, um das Schiff von der Stelle zu bewegen, sondern es im Gegenteil zur Ruhe zu bringen und den Rest seiner Fahrt aufzuzehren, dann flogen Taue zu den wartenden Kriegern am Strand hinüber, und schließlich klatschte der mächtige Anker der Galeere ins Wasser.

Das Schiff erbebte noch ein paarmal, als die Flöße in seinem Schlepptau krachend erst aneinander und dann gegen sein Heck prallten, dann lag es still. Eine Flanke wurde zum Ufer gelegt, und ein Krieger in Uniform und Helm eines Hauptmanns aus Ithaka balancierte über den schmalen Laufsteg heran, blieb dicht vor Agamemnon stehen und verbeugte sich flüchtig.

Thamis wich einen halben Schritt zurück. Er war sich nicht sicher, ob sein Hiersein Agamemnon wirklich recht war. Im Moment war der Atride zwar abgelenkt, aber vielleicht war es besser, wenn er ihn nicht unbedingt auf sic aufmerksam machte. Immerhin hatte er ihn eigens weggeschickt, damit er nicht mitbekam, was hier geschah.

»Du bist pünktlich, Hauptmann«, begann Agamemnon. »Und ihr wart erfolgreich, wie ich sehe.« Er deutete auf das schwerbeladene Schiff und die Flöße. »Deine Männer haben gute Arbeit geleistet.«

»Die Götter waren auf unserer Seite, Herr«, antwortete der Mann aus Odysseus' Heer bescheiden.

»Nicht zu bescheiden, Hauptmann«, sagte Agamemnon. »Die Götter sind immer nur auf der Seite dessen, der sich ihren Beistand verdient. Ihr habt gute Arbeit geleistet. Ich werde dafür sorgen, daß ihr eine Prämie erhaltet.« Er lächelte, hob den Arm und schlug dem Krieger freundschaftlich auf die Schulter. Der Hauptmann keuchte, taumelte einen Schritt zur Seite und preßte mit schmerzverzerrtem Gesicht die Hand auf die Schulter.

»Du bist verwundet?« fragte Agamemnon alarmiert.

»Es ist nichts, Herr«, antwortete der Hauptmann, der vor Schmerz kaum noch die Tränen zurückhalten konnte. »Nur ein ... ein Kratzer.«

Agamemnon sah ihn scharf an, drehte sich herum und blickte zum Schiff hinüber. Sein Gesicht verfinsterte sich, als sein Blick über die Männer hinter seiner Reling glitt. Auch Thamis — der sich bisher wie Agamemnon ganz auf den Hauptmann konzentriert hatte — sah jetzt, daß die Mannschaft des Seglers in keinem guten Zustand war. Viele von ihnen trugen Verbände um Kopf oder Arme, manche hatten blaugeschlagene Augen, aufgeplatzte Lippen und geschwollene Nasen, und mehr als einem sah man an, wie schwer es ihm fiel, sich überhaupt noch auf den Beinen zu halten.

»Was ist geschehen?« fragte Agamemnon scharf.

»Nichts, Herr«, antwortete der Hauptmann hastig. »Nur ein kleiner Zwischenfall, kaum der Rede wert.«

»Ein *kleiner* Zwischenfall?« Agamemnon sog scharf die Luft ein und deutete anklagend auf den zerschlagenen Haufen Männer an Bord des Schiffes. »Ich habe dir die Hälfte meiner Krieger mitgegeben, und du kommst mit einem Heer von Krüppeln und Halbtoten zurück? Ich frage dich noch einmal — was ist geschehen? Wurdet ihr angegriffen?«

Der Hauptmann nickte und fuhr sich nervös mit der Zungenspitze über die Lippen. Thamis sah, daß sein rechter Schneidezahn abgebrochen war.

»Von wem? Hattet ihr Verluste?«

»Nein«, antwortete der Hauptmann hastig. »Keine Toten und nur ein paar Schwerletzte.« Plötzlich begann er zu stammeln. »Es war nicht meine Schuld, Herr«, sagte er. »Wir wurden aus dem Hinterhalt angegriffen, vollkommen überraschend. Als wir ... als wir unsere Überraschung überwunden hatten, haben wir sie vernichtend geschlagen.«

»Das sieht man«, grollte Agamemnon. »Wer war es?«

Der Hauptmann sah weg. »Das ... das weiß ich nicht, Herr«, gestand er.

Agamemnon ächzte. »Du *weißt* es nicht?« wiederholte er in einem Ton, als könne er nicht glauben, was er gerade gehört hatte. »Jemand schlägt deine halbe Truppe zusammen, und du willst mir erzählen, du wüßtest nicht, wer?«

Der Hauptmann nickte. Irgendwie, dachte Thamis, sah er plötzlich sehr viel kleiner aus als noch vor Augenblicken. »Sie waren maskiert«, sagte er.

»*Wer?*« fragte Agamemnon, gefährlich ruhig.

»Ich ... ich sagte doch schon, ich weiß es nicht«, antwortete der Hauptmann. »Es war ein Haufen Verrückter. Sie hatten sich die Gesichter mit grüner Farbe beschmiert und schrien andauernd: ›Laßt den Wald leben!‹ Einer von ihnen trug diese Fahne hier.« Er griff mit zitternden Fingern unter sein Wams und zog ein zerknülltes Stück ehemals weißen Stoffes hervor. Agamemnon riß es ihm ungeduldig aus den Fingern, rollte es auseinander und stieß ein überraschtes Keuchen aus.

Thamis stellte sich auf die Zehenspitzen, um einen Blick über seine Schulter werfen zu können.

Die Fahne zeigte ein Symbol, wie er es noch nie zuvor gesehen hatte. Eine grüne, mit groben Strichen gezeichnete Tanne auf weißem Grund, darunter eine mit einer Säge gekreuzte Axt, beides in einem roten Kreis, durch den ein diagonales Kreuz ging. Darunter, etwas kleiner, ein auf die Seite gelegtes Oval, in das ein senkrechter Strich und zwei Kreise gemalt worden waren. Darunter wiederum standen zwei hastig hingekritzelte Zeilen, die Thamis nicht lesen konnte.

Agamemnon runzelte die Stirn, sah den Hauptmann einen Moment lang aus aufgerissenen Augen an und blickte dann wieder auf die Schriftzeichen. »Laßt die Wälder stehen«, las er vor. »Kein Holz mehr für schnellere Schiffe! Hundert Ruderschläge pro Stunde sind genug.« Er atmete hörbar ein. »Was soll der Unsinn?« Er knüllte die Fahne zornig zusammen, warf sie zu Boden und stampfte sie mit der Ferse in den Sand. »Wessen Fahne ist das? Unter wessen Befehl standen die Krieger?«

»Das weiß ich nicht«, sagte der Hauptmann kleinlaut. »Wir

haben versucht, einen Gefangenen zu machen, aber es ist uns nicht gelungen. Sie haben blitzschnell zugeschlagen und sind wieder verschwunden. Aber sie müssen von sehr weit her gekommen sein. Ihren Schlachtruf jedenfalls habe ich noch nie zuvor gehört, und ich war schon bei vielen Heeren.«

»Welchen Schlachtruf?« erkundigte sich Agamemnon.

»Sie schrien unentwegt: *Tempo hundert ist genug!*«, zitierte der Hauptmann. »*Kein Holz für schnellere Schiffe!*« Agamemnon starrte ihn an, schluckte so heftig, daß sein Adamsapfel auf und ab hüpfte, und wandte sich mit einem Ruck um.

»Gut«, sagte er, ohne den Hauptmann anzusehen. »Wir werden uns später darum kümmern. Jetzt laß die von deinen Leuten, die noch die Kraft dazu haben, die Schiffe entladen. Für den Rest des Tages könnt ihr euch dann ausruhen. Morgen früh will ich jeden Mann bei den Bauarbeiten sehen.«

Der Hauptmann nahm sich nicht einmal die Zeit, den Befehl zu bestätigen, sondern drehte sich auf der Stelle herum und lief über die schwankende Planke zum Schiff zurück, sichtbar froh, aus Agamemnons Nähe entkommen zu können.

Auf dem Rückweg zu Agamemnons Zelt trafen sie Epeos und Odysseus. Thamis, der vor Neugier schier zu sterben glaubte, widerstand im letzten Moment der Versuchung, Epeos nach den Plänen zu fragen; schließlich konnte er gar nichts von ihrer Existenz wissen, wollte er nicht zugeben, viel mehr zu wissen, als er vortäuschte.

Aber seine Geduld wurde auf keine harte Probe gestellt, denn auch Agamemnon hielt seinen Wissensdurst nur mäßig im Zaum. Ohne große Umschweife deutete er auf die arg zerknitterte Pergamentrolle, die Epeos unter den linken Arm geklemmt hatte, und fragte: »Sind sie das?«

Epeos nickte. Er versuchte zu lächeln, aber es gelang ihm nicht ganz; das Ergebnis glich eher dem gequälten Grinsen eines Mannes, der sich auf den Stuhl eines Zahnbrechers setzt und sich seine Angst nicht anmerken lassen will.

Agamemnon runzelte die Stirn. »Ist irgend etwas nicht in Ordnung?«

Epeos schüttelte den Kopf; ein wenig zu heftig für Thamis' Geschmack. »Das nicht«, sagte er rasch. »Es ist nur ...«
»Ja?«
»Sie sind ... merkwürdig«, sagte Epeos ausweichend. »Ich verstehe ein wenig vom Bau von Kriegs- und anderen Maschinen, aber ...« Er sprach nicht weiter, sondern blickte auf eine Stelle neben Agamemnons Füßen, auf der sich plötzlich etwas – wenn auch nur für ihn sichtbar – enorm Interessantes ereignen mußte.

Aber Agamemnon gab so rasch nicht auf. »Was soll das heißen – merkwürdig?« fragte er. »Sind es die Baupläne für das Pferd oder nicht?«

Epeos druckste weiter herum, und schließlich war es Odysseus, der ihn mit einer ärgerlichen Geste zum Verstummen brachte und ihm gleichzeitig die Pergamentrolle entriß.

»Es ist vollkommener Unsinn«, sagte er. »Das Gekrakel eines Kindes, wenn du mich fragst.«

Thamis begann krampfhaft zu husten, was ihm einen weiteren, strafenden Blick Agamemnons eintrug, und sah hastig auf die gleiche Stelle wie Epeos. Der zusammengebackene Sand neben Agamemnons nackten Füßen bot tatsächlich einen äußerst interessanten Anblick.

Agamemnon seufzte, streckte die Hand aus, wie um Odysseus den Plan abzunehmen, schüttelte aber dann nur den Kopf und drehte sich auf der Stelle herum. »Kommt mit«, sagte er knapp. »Und du«, beschied er einen Krieger, »gehst und holst mir Kalchas und Ajax. Sie sollen in mein Zelt kommen. Sofort.«

Thamis rechnete damit, daß er nun fortgeschickt werden würde, aber statt dessen winkte ihn Agamemnon sogar heran und befahl ihm barsch, mit ihnen zu kommen.

Sie durchquerten das Lager und betraten Agamemnons Zelt. Odysseus begann ohne ein weiteres Wort den Plan auf dem großen Tisch in seiner Mitte auszubreiten und seine Ecken zu beschweren, damit er sich nicht wieder aufrollen konnte (wozu er vier kleine Terrakottafiguren dardanischer Krieger benutzte, die er in einer Tasche trug), während Epeos noch einmal zurückging und der Wache auftrug, die vier mit der Fertigstellung des Pferdes beauftragten Baumeister herbeizuholen.

Thamis nutzte die Zeit, unauffällig hinter Agamemnon und Odysseus zu treten und einen Blick auf den Plan zu werfen.

Als er es getan hatte, verstand er Odysseus Worte nur zu gut.

Pallas Athenes Plan war schon verwirrend gewesen, aber das, was Lenardos daraus gemacht hatte, war das reinste Chaos.

Die Zeichnung ähnelte wirklich einem Pferd – aber das war auch schon alles. Er verstand nichts von der Konstruktion irgendeines Dinges, das über einen Ring hinausging, aber das Durcheinander von Strichen, Linien, Kreisen, Winkeln, Rhomben, Kegeln, Quadern, Würfeln, Rädern, Klappen, Scharnieren, Verstrebungen, Balken und schlichtweg unverständlichen Symbolen war auch nichts, was man verstehen konnte.

»Das ist ... interessant«, sagte Agamemnon stockend. Er sah auf, blickte erst Odysseus und dann Epeos durchdringend an und beugte sich dann wieder über die Zeichnung. Auf seinen sonnenverbrannten Zügen erschien ein fast unglücklicher Ausdruck. »Du bist sicher, daß du Athene richtig verstanden hast, Epeos?« fragte er, ohne aufzusehen.

Epeos nickte. »Ganz sicher.«

»Und das ist auch wirklich der richtige Plan?«

Thamis' Herz kroch mit einem Satz in seinen Hals hinauf und setzte dann aus. Er war sicher – hätte Agamemnon ihn in diesem Moment auch nur angesehen, wäre er schlichtweg in Ohnmacht gefallen. Aber Agamemnon blickte ihn nicht an, sondern starrte weiter konzentriert auf das sinnlose Durcheinander von Linien und Strichen unter dem kunstvoll gemalten Pferdekopf und versuchte den Eindruck zu erwecken, er sähe irgendeinen Sinn darin.

»Es war kein anderer da«, antwortete Epeos beleidigt und fügte hinzu: »Vielleicht sollten wir auf Kalchas warten. Was die Götter und ihre Belange angeht, weiß er mehr als ich.«

Agamemnon seufzte. »Da kannst du recht haben. Aber unabhängig von dem, was Kalchas sagen mag – es erscheint mir unmöglich, dieses Pferd in nur fünf Tagen zu erbauen. Nicht einmal in fünf Wochen!«

»Pallas Athene versprach mir ihre Hilfe«, erinnerte Epeos.

»Wenn ihre Hilfe so aussieht wie diese Zeichnung ...«, knurrte Odysseus, wurde aber sofort wieder von Epeos unterbrochen, der mit einer anklagenden Geste zum Ausgang wies.

»Hast du vergessen, wie schnell die Schiffe herangekommen sind, obwohl seit Tagen Flaute herrscht? Das war ihr Werk. Und sie wird uns weiter helfen.«

Odysseus machte ein obszönes Geräusch, und Epeos versteifte sich und atmete tief ein, um eine Schimpfkanonade auf ihn abzufeuern. Aber in diesem Moment erschienen Kalchas und Ajax, dich gefolgt von drei weiteren Hellenen, deren Namen Thamis nicht kannte, und aus dem drohenden Streit wurde nur ein Austausch finsterer Blicke.

Agamemnon atmete hörbar auf, trat einen halben Schritt vom Tisch zurück und winkte Kalchas und die drei Baumeister heran. Der greise Seher beugte sich über das Pergament, blinzelte, sah auf, blinzelte noch einmal und kratzte sich am Bart, daß Staub auf die Zeichnung herabrieselte. »Das soll es sein?« fragte er.

»Das *ist* es«, korrigierte ihn Epeos beleidigt. »Ich gebe zu, es sieht verwirrend aus, aber ...«

»Verwirrend?« Kalchas ächzte. »Das ist das verrückteste, was ich jemals gesehen habe! Ein Pferd, groß genug, dreißig Männer in seinem Bauch verstecken zu können!«

»Es war deine Idee!« antwortete Epeos böse. »Oder?«

Kalchas zog die Nase hoch und spie Epeos zielsicher auf den rechten Fuß. Epeos ächzte, hob drohend die Fäuste und wollte auf den greisen Seher zutreten, aber Agamemnon stellte sich rasch zwischen die beiden ungleichen Kampfhähne und machte eine gleichermaßen begütigende wie drohende Handbewegung.

»Genug jetzt«, sagte er scharf. »Wenn Pallas Athene uns diesen Plan zum Bau des Pferdes geschickt hat, so wird es schon seine Richtigkeit haben. Statt euch zu streiten, solltet ihr besser überlegen, wie er in die Tat umzusetzen ist.«

»Überhaupt nicht«, behauptete Kalchas. Zwei der Baumeister nickten zustimmend, während der dritte höchst interessiert das Muster betrachtete, das auf die Zeltplane über seinem Kopf gemalt war.

»Es ist zu groß!« behauptete Kalchas. »Die Troer werden es sehen, lange ehe es fertig ist.«

Thamis hörte nicht mehr hin, als die beiden ungleichen Männer immer heftiger miteinander stritten. Er hatte Mühe, wenigstens äußerlich noch halbwegs ruhig und unbeteiligt zu erscheinen. Am liebsten wäre er aus dem Zelt gerannt oder gleich aus dem Lager, so schnell und so weit er nur konnte, ehe Agamemnon und Odysseus endlich erst die richtigen Schlüsse und ihm anschließend bei lebendigem Leib die Haut vom Körper zogen. Es war Wahnsinn gewesen, vom ersten Moment an! Wie hatte er jemals so närrisch sein können, sich einzubilden, er könnte eine *Göttin* narren, mit keiner Hilfe auf seiner Seite als einer halbverkalkten Seherin, einem senilen Maler und einem alt gewordenen Krieger!

Eine Hand berührte ihn an der Schulter. Thamis fuhr erschrocken zusammen, sah auf und unterdrückte im letzten Moment ein Keuchen, als er in Ajax' Gesicht blickte. Der junge Krieger lächelte, aber in seinen Augen stand ein Funkeln, das sowohl Neugier als auch Mißtrauen bedeuten mochte. Vielleicht beides.

»Du siehst nicht gut aus, Thamis«, sagte er. »Bist du krank?«

Thamis verneinte. »Nur müde«, antwortete er. »Ich habe nicht viel geschlafen in den letzten Nächten.«

Ajax runzelte die Stirn. »Hattest du Ärger in Troja?«

»Nein. Die ... die Hitze macht mir zu schaffen.«

Ajax schürzte mitfühlend die Lippen. »Nicht nur dir. Ein Jahr wie dieses habe ich noch nicht erlebt. Und es scheint immer schlimmer zu werden statt besser. Heute morgen hat die Erde gebebt.«

»Ich weiß«, sagte Thamis, froh, auf ein anderes Thema überwechseln zu können. »und nicht nur heute. Ihr hier draußen merkt es vielleicht nicht, aber in Troja ist in den letzten Tagen mehr als ein Krug zu Bruch gegangen. Es ist kein gutes Jahr.«

Ajax seufzte. »Du hast recht. Irgend etwas wird passieren, das fühle ich.« Er blickte für einen Moment zum Ausgang, hinter dem ein schmaler Ausschnitt des Meeres zu sehen war, schüttelte den Kopf und wandte sich mit einem fast gezwungen wirkenden Lächeln wieder an Thamis.

»Aber jetzt erzähle — wie ist es dir ergangen in Troja? Wie ist die Stimmung in der Stadt?«

»Nicht gut«, antwortete Thamis wahrheitsgemäß. »Kassandra und Laokoon rufen die Menschen jeden Tag zum Gebet, und die Krieger des Priamos werden immer nervöser.« Er schwieg einen Moment. »Ich fürchte, ich werde nicht mehr oft in die Stadt hinein und wieder heraus können. Sie haben die Wachen verdreifacht.«

»Auch bei den Kloaken?« fragte Ajax mit einem raschen Lächeln.

Thamis tat so, als verstünde er die Anspielung nicht. »Überall«, sagte er. »Sie fürchten wohl, daß ihr die Hitze zu einem überraschenden Angriff nutzen würdet. Vielleicht haben sie auch einfach nur Angst.«

Und vielleicht, fügte er in Gedanken hinzu, *haben sie auch Grund dazu*. Aber das sprach er nicht laut aus.

»In ein paar Tagen ist alles vorbei«, sagte Ajax plötzlich, als habe er seine Gedanken gelesen. Er lächelte. »Ich habe mit Agamemnon gesprochen, weißt du? Sobald das Pferd einsatzbereit ist, wird deine Schwester wieder hierher gebracht werden, und wenn wir zurückkehren, seid ihr beide frei.«

Thamis starrte ihn an, und Ajax, der seinen betroffenen Ausdruck falsch verstand, lächelte plötzlich noch freundlicher. »Ich habe sogar noch etwas erreicht«, sagte er, »obwohl es schwer war, denn Odysseus und einige der anderen waren dagegen. Aber Agamemnon hat schließlich zugestimmt, dir und Iris die Wahl zu lassen. Ihr könnt nach Troja zurückkehren, wenn ihr wollt. Aber ihr könnt auch bei uns bleiben.«

»Bei euch bleiben ...«, wiederholte Thamis. Irgend etwas in ihm schien zu zerbrechen bei diesen Worten. Plötzlich hatte er nicht mehr die Kraft, Ajax' Blick standzuhalten.

Bei ihnen bleiben ... Was Ajax gerade gesagt hatte, war nichts anderes, als daß Agamemnon ihm und seiner Schwester das Leben schenkte. Troja würde vernichtet werden, seine Bevölkerung bis auf die letzte Seele ausgelöscht, aber Iris und er durften leben.

Und trotzdem haßte er Ajax plötzlich für diese Worte.

»Ihr müßt es nicht«, sagte Ajax, der das Zittern in seiner Stimme falsch deutete. »Ihr habt die Wahl. Aber wenn du auf meinen Rat hören willst, dann bleibe hier. Ihr könnt mit mir kommen, wenn der Krieg vorbei ist. Es wird euch gefallen, dort, wo ich lebe.«

Thamis antwortete nicht. Er hätte wahrscheinlich in diesem Moment auch keinen klaren Satz zustande gebracht. Seine Gedanken überschlugen sich; er spürte eine Verwirrung wie niemals zuvor in seinem Leben. Obwohl er Ajax übel mitgespielt hatte und der junge Grieche dies sehr wohl wissen mußte, war er immer freundlich zu ihm. Und trotzdem hielt er nur noch mit Mühe die Tränen zurück.

»Du siehst nicht sehr glücklich aus«, sagte Ajax, als er auch nach einer Weile noch nicht antwortete. »Freust du dich nicht, deine Schwester wiedersehen zu können?«

»Doch, doch«, antwortete Thamis hastig. »Es kommt nur so ... überraschend, weißt du. Iris wird froh sein, mich wiederzusehen.«

Zu seinem Glück brach in diesem Moment hinter ihnen ein lautstarker Streit zwischen den Baumeistern aus, die sich offenbar nicht einigen konnten, von welcher Seite aus der Plan zu lesen sei, und Ajax drehte sich herum und trat zwischen sie, um schlichtend einzugreifen, so daß er keine weiteren unangenehmen Fragen stellen konnte.

Aber das war auch nicht nötig.

Ganz und gar nicht. Als sich Thamis nach einer Weile umwandte und aus dem Zelt ging, hielt er nur noch mit Mühe die Tränen zurück.

Bis weit in den Nachmittag hinein trieb er sich in allen Teilen des Lagers herum — was er durfte, denn Agamemnon hatte ihm zwar aufgetragen, das Lager selbst nicht zu verlassen, ihm aber ansonsten vollkommene Bewegungsfreiheit gewährt. Er war so müde, daß er im Stehen hätte einschlafen können; gleichzeitig aber fühlte er sich von einer kribbelnden, unangenehmen Aktivität erfüllt, die es ihm unmöglich machte, still zu stehen oder gar zu schlafen. Immer wieder ertappte er sich dabei, daß seine Schritte ihn in die Nähe von Agamemnons Zelt führten, und immer wieder machte er im letzten Moment kehrt, um nicht durch zu große Neugier aufzufallen und Odysseus' Mißtrauen zu erwecken.

Schließlich hielt er es nicht mehr aus und ging zum Strand hinunter. In dem kleinen, vor drei oder vier Jahren einmal künstlich erweiterten Hafenbecken herrschte reges Treiben, als Thamis herankam. Die Schiffe waren entladen worden, und auch die Flöße waren an Land gezogen und auseinandergebaut; der Strand war unter wahren Bergen von Holz verschwunden, und die Luft schien unter ununterbrochenem Hämmern und Sägen und Klopfen zu vibrieren. Dutzende, wenn nicht Hunderte von Männern waren damit beschäftigt, das Holz zu stapeln, die Bäume zu entrinden und zu sägen, vom Wasser unbrauchbar gewordene Stämme auszusortieren, Stämme zu Balken und Balken zu Brettern zu schneiden, sich gegenseitig Befehle zuzurufen oder auch schlichtweg anzubrüllen.

Es war das reinste Chaos. Und doch fiel selbst Thamis ein Umstand auf: Obwohl sich der Strand scheinbar in ein heilloses Durcheinander sinnlos schuftender Männer verwandelt zu haben schien, gingen die Arbeiten mit schier übernatürlicher Schnelligkeit vonstatten. Thamis sah einen Mann, der einen gewaltigen Baum in zwei Teile sägte, in einer Zeit, die ein anderer gebraucht hätte, seine Rinde zu ritzen. Andere waren damit beschäftigt, gewaltige Bronzenägel durch handstarke Bohlen zu treiben, so schnell, als drückten sie Messerklingen durch weichen Ziegenkäse; und ein Stück strandabwärts war bereits ein Teil einer Konstruktion entstanden, die verteufelte Ähnlichkeit mit Lenardos' Zeichnung aufwies.

Ein weiterer Beweis für Pallas Athenes Hilfe, dachte er bedrückt. Vielleicht war auch sein scheinbares Pech nur ein gemeiner Schachzug der Göttin, die in Wahrheit längst gemerkt hatte, was er und Äneas planten.

Eine Hand berührte ihn an der Schulter. Er sah auf und erkannte Epeos, einen reichlich erschöpften und nervösen Epeos allerdings, dessen Gesicht einen kränklichen grauen Schimmer angenommen hatte. Mit letzter Kraft zwang er sich zu einem Lächeln, das der Hellene ebenso mühsam erwiderte.

»Was tust du hier?« fragte Epeos. »Hat dir Agamemnon nicht gesagt, daß niemand den Hafen betreten darf, der nicht mit dem Bau des Pferdes beschäftigt ist?«

Das hatte Agamemnon wirklich nicht. Thamis schüttelte den Kopf. »Ich ... ich war nur neugierig, Herr«, gestand er. »Und mir war langweilig. Vielleicht ... vielleicht kann ich mich irgendwie nützlich machen. Ich kann gut mit Hammer und Säge umgehen, wenn es sein muß.«

Epeos runzelte die Stirn, und Thamis fügte hastig hinzu: »Nach sieben Tagen Untätigkeit wird mir die Zeit lang.«

Epeos setzte zu einer Antwort an, kam aber nicht dazu, denn in diesem Moment nähete sich ein spindeldürrer Grieche, den Thamis als einen der Baumeister erkannte, und wedelte aufgeregt mit einem zerknitterten Pergamentfetzen, den er in der Rechten trug.

»Das ist nicht Euer Ernst, Herr!« keuchte er. »Wie soll ich nach diesen Plänen bauen!«

Epeos verdrehte die Augen, nahm die Hand von Thamis' Schulter und wandte sich mit einer gezwungen ruhigen Bewegung um. »Was ist jetzt schon wieder, Dardanos?« fragte er in einem Ton, der alle anderen Erklärungen überflüssig werden ließ. »Du hast eine exakte Kopie der Zeichnung. Wie alle anderen.«

»Ich weiß!« fauchte Dardanos. »Aber das hier ist Unsinn!«

Epeos runzelte die Stirn. »Überlege dir, was redest«, sagte er warnend. »Dieser Plan ist von Pallas Athene selbst erstellt worden!«

Dardanos zeigte sich von diesen Worten nicht gerade beeindruckt. Anklagend hielt er Epeos die Zeichnung hin. »Dann verrat mir eines, edler Epeos«, sagte er. »Warum soll ich den Rumpf teeren und abdichten? Was bauen wir? Ein Schiff oder ein Pferd?«

Epeos schwieg einen Moment, riß Dardanos plötzlich das Papier aus der Hand und blickte stirnrunzelnd darauf. Dann seufzte er, reichte den Hellenen das Blatt zurück und machte eine bestimmende Handbewegung. »Wenn es auf dem Plan steht, wird es schon seine Richtigkeit haben«, murmelte er. »Tu, was man dir aufgetragen hat, und frage nicht.«

»Aber das sind zwei Tage Extraarbeit!« protestierte der Baumeister. »Mindestens. Ganz davon abgesehen, daß der Teer eine Woche braucht, um auszuhärten!«

»Du mußt es eben versuchen«, sagte Epeos halblaut.

»Versuchen?« kreischte Dardanos. »Und das hier?« Er deutete anklagend auf die Zeichnung; ein wenig zu heftig, denn das mürbe Pergament zerriß unter seinen Fingern. »Wozu soll ich die Beine erst absägen und dann mühsam wieder befestigen? Erklärt mir das? Und dies hier – es sieht aus wie ein Schiffskiel – aber es liegt *innen*!«

»Kerl!« fauchte Epeos. »Was fragst du mich? Wer bin ich, am Ratschluß der Pallas Athene herumzumäkeln? Wenn es auf dem Plan steht, dann führe die Arbeit aus!«

»Aber das ist unmöglich!« sagte Dardanos wütend. »Es ist einfach nicht zu schaffen! Nicht in fünf Tagen!«

»Hast du vielleicht Lust, die nächsten fünf Tage bis zum Hals eingegraben im Sand zu verbringen?« frage Epeos freundlich. Dardanos erbleichte, schluckte ein paarmal hintereinander und entfernte sich ohne ein weiteres Wort.

Epeos seufzte hörbar und wandte sich wieder an Thamis. »Fast beneide ich dich, Bursche«, sagte er. »Ich gäbe meinen rechten Arm dafür, mit dir tauschen zu können.«

»Ist es so schlimm?« fragte Thamis mitfühlend.

»Schlimm?« Epeos gab einen sonderbaren, quietschenden Laut von sich. »So geht es schon den ganzen Tag, ohne Pause. Wie soll ich dies machen, wozu soll das gut sein, jenes ist unmöglich, das da ohne Sinn ...« Er seufzte erneut. »Dieses

Pferd ist entweder die genialste Kriegsmaschine, die jemals erfunden wurde, oder der größte Unsinn der Weltgeschichte! Ich ...«

Eine aufgeregte Stimme unterbrach ihn. Epeos verdrehte die Augen und hob beinahe drohend die Hände, als er einen weiteren Mann herannahen sah, eine Kopie des Bauplanes wie eine Fahne schwenkend.

»Das hier ist völliger Unsinn, Herr«, begann der Mann. »Wenn wir uns nach diesem Plan richten, dann ...«

Er kam nicht weiter. Epeos schlug ihn nieder.

Am Morgen des zehnten Tages war das Pferd bereit. Zwei Stunden bevor die Sonne aufging, segelte das letzte Schiff los, die Krieger und jedermann, der nicht in den Bauch des Pferdes kriechen konnte, nach Tenedos zu bringen. Nahezu gleichzeitig begannen Agamemnon, Odysseus und etwa die Hälfte der anderen Zurückgebliebenen damit, alles Brennbare im Lager mit Öl zu übergießen und die entbehrliche Habe, die die Krieger zurückgelassen hatten, zu zerschlagen und unbrauchbar zu machen. Es kam ihnen, wie Thamis von Ajax erfahren hatte, ganz darauf an, den Eindruck eines Heerlagers zu erwecken, das von seinen Besitzern nicht nur zeitweise, sondern vollends verlassen worden war.

In Thamis' Augen ein weiterer Beweis für die Lüge, die Ajax ihm aufgetischt hatte, denn bei allem (verständlichen) Interesse der Danaer, ungesehen ins Haus der Cassyra zu kommen, hätten wohl weder Odysseus noch Agamemnon ihr halbes Lager zerschlagen, nur um einer Nacht der Freuden willen. Nein – sie brachen das Lager ab, weil sie wußten, daß sie es nicht mehr brauchten. Der trojanische Krieg war vorüber, auch wenn dies in Troja noch niemand und selbst im Lager der Hellenen nur die allerwenigsten wußten.

Agamemnon und die Seinen würden im Haus der Cassyra nicht nur das Ende eines zehnjährigen Zölibates, sondern auch eines ebensolangen Krieges feiern. Und wenn der nächste Morgen heraufdämmerte ...

Thamis dachte den Gedanken nicht zu Ende. Er fühlte sich sonderbar an diesem Morgen, was vielleicht daran lag, daß er müde war wie niemals zuvor in seinem Leben und all seine Konzentration auf so banale Dinge wie das Offenhalten der Augen und Stehen lenken mußte. In den letzten vier Nächten hate er so gut wie keinen Schlaf gefunden, und die wenigen Stunden, die er sich tagsüber hatte stehlen können, ließen ihn seine Müdigkeit eher stärker spüren.

Aber die Mühen und die Gefahr hatten sich gelohnt, und jetzt stand beider Ergebnis vor ihm, ein hölzernes Pferd, gewaltig und finster, das im Dunkel der zu Ende gehenden Nacht fast etwas Drohendes, auf jeden Fall aber einen spürbaren Hauch von Majestät und Größe ausstrahlte: Ein Gigant, massig und groß wie ein Schiff, auf vier gewaltigen säulenförmigen Beinen stehend, die so dick waren, daß zwei Männer zugleich Mühe gehabt hätten, sie zu umfassen.

Selbst im schwachen Licht des Mondes flirrte und glänzte es unter der Last der Gold- und Silberbleche, mit denen sein Rumpf und der stolz emporgereckte Kopf bedeckt waren, und auch Thamis, dem Begriffe wie Größe und Ehre noch nie etwas bedeutet hatten, spürte einen leichten Schauer von Ehrfurcht, als er das gewaltige Roß betrachtete, das in den letzten vier Tagen und Nächten am Hellespont in die Höhe gewachsen war.

Er mußte sogar zugeben, daß es noch eine gewisse Ähnlichkeit mit dem Pferd aufwies, das zu bauen Pallas Athene den Hellenen aufgetragen hatte. Davincos hatte sich selbst übertroffen. Es war ein Meisterwerk.

Und wie genial es wirklich war, ahnten nicht einmal die, die es erbaut hatten.

Thamis gähnte hinter vorgehaltener Hand, rieb sich mit Daumen und Zeigefinger über die brennenden Augen und versuchte die Zeit abzuschätzen, die sie noch warten mußten. Sehr viel mehr als eine Stunde konnte es nicht mehr sein; sobald die Sonne aufging, würde das Pferd — das im Liegen erbaut und erst im Laufe der vergangenen Nacht aufgerichtet worden war — auch von Troja aus deutlich sichtbar werden, und spätestens zu diesem Zeitpunkt mußten sie alle im Bauch des Pferdes verschwunden sein.

Thamis dachte mit gemischten Gefühlen an den kommenden Tag. Er hatte die ganze Zeit über gewußt, daß sein Leben in Gefahr war, aber er war viel zu müde, um mehr als nur einen Gedanken daran zu verschwenden. Wahrscheinlich würde er in der Dunkelheit des Pferdes schlichtweg einschlafen und seinen eigenen Tod verpassen.

Das Geräusch von Sand, der unter harten Sandalen knirschte, drang in seine Gedanken. Thamis sah auf, erblickte einen Schatten und erkannte ihn einen Augenblick später als Ajax. Der junge Krieger ging langsam; mit den schleppenden, mühsamen Bewegungen eines Mannes, der zu wenig Schlaf nach zu schwerer Arbeit bekommen hatte, und irgendwie erfüllte Thamis dieser Anblick mit einem sonderbaren Gefühl der Verbundenheit.

Ajax lächelte, kam vollends heran und setzte sich neben ihm in den Sand. Mit einem leisen, erleichterten Seufzen zog er die Beine an den Körper, umschlang sie mit den Armen und stützte das Kinn auf das rechte Knie.

»Kannst du auch nicht schlafen?« fragte er, ohne Thamis anzusehen.

Thamis schüttelte stumm den Kopf, und Ajax fuhr, nach einer Pause, in der sein Blick erst über das Meer, dann über den monströsen Schatten des Pferdes gewandert war, fort: »Es ist vollbracht. Noch vor drei Tagen dachte ich, es wäre unmöglich. Und jetzt steht es da.«

Thamis antwortete nicht. Es hätte eine Menge gegeben, was er hätte sagen können. Aber nichts davon hätte Ajax erfreut. Und er wollte auch keine Lügen mehr hören. Wenn Ajax weiter auf diesem Thema beharrte, das wußte er, würde er mit der Wahrheit herausplatzen und ihm ins Gesicht schleudern, daß er über den wahren Zweck des trojanischen Pferdes sehr wohl Bescheid wußte.

»Du solltest in dein Zelt gehen und noch eine Stunde schlafen«, sagte Ajax plötzlich. »Du siehst nicht gut aus.«

»So?« fragte Thamis. Ajax nickte bekräftigend. »Ich habe dich beobachtet, in den letzten Tagen, weißt du?«

Thamis schüttelte den Kopf. Die letzten Tage waren für ihn wie ein Traum gewesen. Er vermochte sich kaum daran zu erinnern. Nicht, daß er irgend etwas Wesentliches vergessen hatte – alles war da, jedes Ereignis, jedes Gespräch. Aber er konnte nicht mehr genau sagen, was wann geschehen war und in welcher Reihenfolge. Fünf Tage und Nächte beinahe ohne Schlaf waren zu viel.

»Sag mir die Wahrheit, Thamis«, sagte Ajax plötzlich. »Bist du krank?«

»Krank?« Thamis schüttelte den Kopf, wollte antworten, biß sich aber dann statt dessen nur auf die Lippen und schüttelte abermals und noch heftiger den Kopf.

»Was ist es dann?« fragte Ajax. »Ich spüre doch, daß mit dir irgend etwas nicht stimmt. Du lachst nicht mehr, sprichst kaum noch, weichst mir aus und siehst jeden Tag schlechter aus. Was ist mit dir?«

»Nichts«, antwortete Thamis grob.

»Dann machst du dir Sorgen«, behauptete Ajax.

»Habe ich keinen Grund dazu?« fragte Thamis, ohne den jungen Hellenen anzusehen. »Die Stadt meiner Väter wird untergehen, und ...«

»Woher weißt du das?«

Thamis hätte sich am liebsten selbst geohrfeigt. Sekundenlang starrte er Ajax aus weit aufgerissenen Augen an, ohne auch nur einen Ton hervorzubringen, dann senkte er den Blick und begann mit den Zehen im Sand zu scharren. »Nun, ihr ... ihr belagert Troja, nicht?« sagte er. »Die Stimmung in der Stadt ist schlecht, und du ... du hast selbst gesagt, irgend etwas wird passieren.« Er versuchte zu lachen. Es mißlang. »Vielleicht hätten wir uns nicht anfreunden sollen«, sagte er. »Man vergißt dabei zu leicht, daß wir Feinde sind.«

Ajax runzelte die Stirn. »Das ist keine Antwort«, sagte er. »Du hast gesagt, Troja wird untergehen. Und du hast es nicht in einem Ton gesagt, in dem man über etwas spricht, das irgendwann einmal passiert? Was bedeuten deine Worte, Thamis? Was hast du in Troja erlebt?« Plötzlich beugte er sich vor und packte Thamis so fest am Arm, daß der junge Troer vor Schmerz aufstöhnte, ließ ihn aber sofort wieder los und sah auf seine eigene Hand herab.

»Deine Haut fühlt sich heiß an«, sagte er. »Du bist krank. Sag mir die Wahrheit? Wütet eine Seuche in Troja?«

Thamis' Gedanken überschlugen sich. Das also war es, was Ajax bedrückte! Er hatte ihn beobachtet, und ihm konnte nicht entgangen sein, daß er von Tag zu Tag an Kraft verlor und die dunklen Ringe unter seinen Augen immer tiefer wurden. Wenn er wirklich glaubte, daß sich Thamis bei seinem letzten Besuch in Troja mit einer ansteckenden Krankheit infiziert hatte, war alles verloren, denn die Besten des hellenischen Heeres würden sich nicht in eine Stadt schleichen, in der die Pest wütete.

Aber das Pferd mußte nach Troja gelangen!

»Ich bin nicht krank«, sagte er noch einmal. »Es ist nur die Müdigkeit, die mich fiebern läßt. Ich habe kaum Schlaf gefunden, seit ich zurück bin.«

Ajax' Mißtrauen war keineswegs besänftigt. »Und warum nicht?« fragte er scharf.

»Weil ...«, Thamis stockte, sah das Pferd, dann die wie erstarrt daliegende See und dann wieder Ajax an und begann von neuem: »Weil ich die Wahrheit weiß, Ajax. Weil ich weiß, warum ihr wirklich nach Troja wollt.«

»Was soll das heißen?«

»Ich weiß, daß du mich belogen hast«, sagte Thamis leise.

Ajax starrte ihn an. Auf seinem Gesicht machte sich ein halb verwirrter, halb betroffener Ausdruck breit. Aber er sagte kein Wort.

»Erinnerst du dich an die Frau, die Cassyra gegenüber behauptete, Pallas Athene zu sein?« fragte Thamis. Ajax nickte. »Sie war es wirklich«, fuhr Thamis fort. »Ich habe sie wiedergesehen, in der Nacht nach unserer Rückkehr. Epeos hat die Wahrheit gesagt – Pallas Athene ist ihm nicht im Traum erschienen, sondern wahrhaftig.«

»Und du hast sie belauscht.«

»Jedes Wort«, gestand Thamis. Und es war sonderbar –

obwohl er mit diesem Geständnis alles aufs Spiel setzte, was sie bisher so mühsam erreicht hatten, fühlte er sich plötzlich maßlos erleichtert.

»Troja wird untergehen, ehe die Sonne das nächste Mal aus dem Meer auftaucht«, fuhr er fort. »Euer Heer steht auf Tenedos bereit, loszuschlagen, sobald seine Mauern gefallen sind, und Agamemnon und Odysseus werden aus Cassyras Haus nicht mehr zurück in den Bauch des Pferdes gehen, sondern auf den Morgen warten.«

Ajax schwieg für eine sehr lange Zeit. »Und du hast das alles gewußt, als du vor fünf Tagen nach Troja zurückgegangen bist«, fragte er schließlich.

Thamis nickte. »Aber ich habe niemandem etwas gesagt«, sagte er. »Ihr braucht keine Angst zu haben. Niemand wird Verdacht schöpfen.«

Ajax lachte. Es hörte sich an wie ein unterdrückter Schrei. »Und das soll ich dir glauben?« fragte er. »Du hast vom Untergang deiner Stadt und deines Volkes erfahren und siehst tatenlos zu?«

»Wer bin ich schon, mich einer Göttin widersetzen zu wollen?« fragte Thamis. »Und wer hätte mir geglaubt?«

Ajax blickte ihn durchdringend an. »Weißt du, was das bedeutet?« fragte er.

Thamis nickte, aber Ajax fuhr unbeeindruckt fort: »Ich werde zu Agamemnon gehen und ihm alles sagen müssen.«

»Nein!« entfuhr es Thamis. »Ich flehe dich an, tu es nicht! Er würde ...«

»Was?« unterbrach ihn Ajax zornig. »Verhindern, daß wir in dieses Pferd kriechen und in die Falle laufen, die die Troer sicher schon für uns aufgebaut haben?«

»Aber ich habe nichts verraten, Herr!« jammerte Thamis. »Ich schwöre es.«

Ajax stand mit einem Ruck auf und zog ihn unsanft am Arm in die Höhe. »Schwöre es Agamemnon«, sagte er. »Oder besser gleich Odysseus.«

»Und bei der Gelegenheit«, sagte eine sanfte Frauenstimme

hinter ihnen, »kannst du ihm auch gleich von dem Plan erzählen, den Äneas und diese Närrin Kassandra ersonnen haben.«

Ajax fuhr erschrocken zusammen, ließ Thamis' Arm los und fuhr herum, die rechte Hand am Schwertgriff. Aber er führte die Bewegung nicht zu Ende, denn in diesem Moment erscholl ein halblautes, halb amüsiertes, halb auch verächtlich klingendes Lachen, und eine schlanke Frauengestalt trat aus den Schatten der Nacht hervor und auf sie zu.

Thamis unterdrückte im letzten Augenblick einen Schrei, als er sie erkannte. Ajax hingegen hatte sich nicht ganz so gut in der Gewalt. Für eine endlose Sekunde starrte er die schwarzhaarige Frau aus hervorquellenden Augen an, dann prallte er zurück, stieß einen sonderbaren, wimmernden Laut aus und fiel auf die Knie herab. »Herrin!« keuchte er. »Ihr!«

»Steh auf, Ajax«, sagte Pallas Athene kalt. »Und du ...« Sie wandte sich an Thamis, und ihre Augen wurden noch dunkler vor Zorn. »... kleiner Narr? Hast du dir wirklich eingebildet, du könntest mich hintergehen?« Thamis antwortete nicht. Seine Kehle war wie zugeschnürt, und sein Herz schlug so langsam, daß er fast dachte, es hätte ausgesetzt. Er hatte nicht einmal Angst. Alles, was er fühlte, war eine bange Erwartung. Pallas Athene würde ihn vernichten, jetzt gleich.

»Dann ist es wahr?« stammelte Ajax. »Er ... er hat uns verraten? Das Pferd ist eine Falle?«

»Eine Falle?« Athene schüttelte den Kopf. Ein schwer zu deutendes, aber nicht besonders freundliches Lächeln spielte um ihre Lippen. »Du bist ein Narr, Ajax«, sagte sie plötzlich. »Glaubst du, ich ließe es zu, daß ein Straßenköter wie der da meine Pläne durchkreuzt und die in Gefahr bringt, die ich unter meinen persönlichen Schutz gestellt habe?« Sie lachte, wandte sich halb und sah einen Moment schweigend zu dem riesigen hölzernen Pferd empor. »Oh, nein«, fuhr sie fort. »Niemand in Troja ahnt, welches Geschenk dieses Roß in Wahrheit enthält, niemand außer Äneas und Kassandra. Und von diesen beiden wird euch keiner verraten. Sei unbesorgt. Wenn die Sonne aufgeht, werdet ihr in das Pferd steigen und unbehelligt nach Troja gelangen.«

Auf Ajax' Gesicht machte sich ein Ausdruck maßloser Verwirrung breit. Unsicher blickte er von Pallas Athene zu Thamis und wieder zurück, aber bevor er eine weitere Frage stellen konnte, redete die Göttin bereits weiter. »Du wirst Agamemnon und den anderen gegenüber von dem schweigen, was dir dieser Knabe soeben verraten hat, Ajax, so, wie du über diese Begegnung schweigen wirst. Es wäre nicht in meinem Sinn, würdet ihr nicht in das Pferd steigen.«

»Aber wenn die Troer wissen ...«, begann Ajax verwirrt, wurde aber sofort wieder von Athene unterbrochen.

»Sie wissen es nicht. Und es würde ihnen nichts nutzen, wüßten sie es, denn du und alle, die sich diesem Pferd anvertrauen, stehen unter meinem persönlichen Schutz. Du wirst schweigen.« Sie nickte, um ihre Worte zu bekräftigen, sah Ajax noch einen Herzschlag lang ernst an und wandte sich dann an Thamis. In ihren Augen stand ein Funkeln, das ihn an das im Blick einer Schlange erinnerte, die ihr Opfer musterte.

»Und was dich angeht«, fuhr sie fort, »so merke dir dies: Du hast versucht, meinem Willen zu trotzen, schlimmer noch, mich zu hintergehen, du, ein Sterblicher, ein Straßenjunge aus der Gasse Trojas! Ist dir klar, welche Strafe ein solches Vorhaben verdient?«

»Den ... Tod?« fragte Thamis schüchtern.

Pallas Athene lachte ganz leise. »Nein«, sagte sie dann. »Oh, ich gestehe, ich habe mit dem Gedanken gespielt. Aber das wäre zu leicht. Nein, Troer – du und deine Schwester, ihr sollt überleben. Ihr sollt den Tod eures Volkes mitansehen, und ihr sollt niemals vergessen, was ihr gesehen habt.«

Sie deutete mit der Hand auf Thamis, und als sie weitersprach, hatte ihre Stimme einen hohlen, drohenden Ton angenommen. »Hundert Jahre sollt ihr zwei leben, Troer, und kein Tag soll in diesen hundert Jahren vergehen, an dem ihr vergeßt, woher ihr kommt, und nicht die Gesichter derer, die ihr liebt, vor euch habt. Es ist mein Wille, und es wird geschehen. So, wie es mein Wille ist, daß der Fuß keines lebenden Wesens, ob Mensch oder Tier, die Tore Trojas jemals wieder durchschreiten wird. Die Stadt wird untergehen, mit dem ersten Licht des neuen Tages, aber du wirst leben.« Sie deutete auf Ajax. »Du wirst dafür sorgen, daß er das Pferd nicht verläßt, denn alle, die sich in seinem Inneren aufhalten, werden verschont werden. Niemand sonst. Merke dir das.«

Und damit verschwand sie.

Sie wandte sich nicht etwa um oder löste sich in Rauch und Licht auf, sondern war einfach fort, so schnell, als wäre sie nicht mehr als eine Vision gewesen.

Aber Thamis starrte die Stelle, an der sie gestanden hatte, noch lange an. Und als er – nach einer Ewigkeit, wie es ihm vorkam – den Blick hob, war auch Ajax fort; so leise gegangen, daß er es nicht einmal gehört hatte.

Thamis' Blick glitt über die sanften Sanddünen des Ufers und blieb am finsteren Riesenschatten des Pferdes hängen. Ein sonderbares Gefühl der Beklemmung machte sich in ihm breit. Mit einem Male, und ohne daß er sich dagegen wehren konnte, kam es ihm nicht mehr vor wie eine Kriegsmaschine oder gar die letzte Hoffnung Trojas, sondern wie ein gewaltiger, auf vier riesigen Beinen stehender Sarg.

ACHTES KAPITEL

Es war sehr dunkel im Bauch des Pferdes. Über dem Hellespont ging die Sonne auf, und Thamis hatte, kurz bevor ihn Odysseus mit einem unsanften Knuff endgültig durch die schmale Einstiegsklappe beförderte, noch einen Blick auf den Horizont geworfen.

Der Himmel war rot, aber es war ein sonderbares, drohendes Rot, die Farbe von frischem Blut, und das Meer lag nun bar jeder Welle da und sah aus wie geschmolzenes Blei. Die letzte Kühle der Nacht war vergangen, und draußen war es rasch warm, dann heiß geworden.

Hier im Pferd war es unerträglich. Thamis hatte das Gefühl, sich durch eine glühendheiße, halbgeronnene Masse aus klebrigem Sirup zu bewegen, und die Luft wurde schon nach wenigen Augenblicken unerträglich; der Gestank von Schweiß mischte sich mit dem unangenehmen Geruch von heißem Metall und Holz, das unter der Wärme unablässig knisterte und knackte. Zudem begann der Teer, mit dem der Bauch des Pferdes abgedichtet war, schon bald nach Sonnenaufgang weich zu werden.

Sie waren weit mehr als die dreißig, von denen Agamemnon gesprochen hatte. Agamemnon selbst, Odysseus, Epeos, Neoptolemos, Kalchas, Sinon, Menelaos, Diomedes, Sthenelos, Philoktetes, Ajax, Idomenecs, Merions, Polidrios, Eurymachos, Agapenor und Antimachos hatte er erkannt, aber dazu waren mindestens noch dreißig weitere Krieger gekommen, die nicht für das Haus der Cassyra angemeldet gewesen waren. Und alle waren so schwer bewaffnet, als zögen sie in die Schlacht.

Thamis versuchte, Ajax irgendwo in der Dunkelheit auszumachen, aber es gelang ihm nicht; obgleich das Innere des Pferdes wie der Bauch eines Schiffes war, herrschte doch eine drückende Enge, denn der vorhandene Platz wurde von einem unglaublichen Durcheinander von Streben, Balken, Verbindungen und scheinbar sinnlosen hölzernen Konstruktionen eingeschränkt, so daß es unmöglich war, sich im Inneren des Pferdes zu bewegen oder auch nur aufzurichten, ohne irgendwo anzustoßen oder einem anderen auf die Finger oder Zehen oder gleich ins Gesicht zutreten.

Wenigstens wurde es nicht vollkommen dunkel. Davincos hatte eine Reihe von Luft- und Sichtklappen im oberen Teil des Pferdes vorgesehen, die so raffiniert angebracht waren, daß man von innen hinaus-, von außen aber nicht hineinblicken konnte. Nachdem sich Thamis' Augen halbwegs an den krassen Unterschied zwischen absoluter Schwärze und den schmalen, wie mit einem Lineal gezogenen Bahnen flirrenden Sonnenlichtes gewöhnt hatten, glaubte er einige Schatten, die die hölzerne Höhle bevölkerten, zu erkennen. Ajax war nicht darunter. Thamis hatte gesehen, wie er in den Bauch des Pferdes gestiegen war, unmittelbar hinter Kalchas, aber es schien, als meide der junge Hellene seine Nähe absichtlich. Thamis konnte es ihm nicht einmal verdenken.

Es mußte eine halbe Stunde vergangen sein, als Odysseus, der auf Epeos' Schultern stand, um bequem durch eine der Luken hinaussehen zu können, plötzlich einen halb überraschten, halb warnenden Laut ausstieß und so heftig zu gestikulieren begann, daß Epeos aus dem Gleichgewicht kam und Odysseus fast von seinen Schultern fiel.

»Was ist geschehen?« fragte eine tiefe Stimme aus der Dunkelheit heraus, die Thamis als die Agamemnons zu erkennen glaubte.

Odysseus klammerte sich mit der linken Hand an der Sichtluke fest und deutete mit der anderen nach Süden, wo Troja lag, während er gleichzeitig mit dem linken Fuß festen Halt auf Epeos' Schultern und mit dem anderen in seinem Gesicht suchte. »Sie kommen!« rief er aufgeregt. »Sie haben das Tor geöffnet! Eine Abteilung Bewaffneter nähert sich!«

Seine Worte lösten eine allgemeine Unruhe aus, als dreißig Männer gleichzeitig versuchten, an das halbe Dutzend Sichtluken zu kommen. Für einen Moment verwandelte sich das Innere des Pferdes in ein Durcheinander aus rumorenden Schatten und drängelnden Leibern. Jemand keuchte vor Schmerz und verlangte lautstark, der Besitzer eines bestimmten

Fußes möge selbigen aus seinem Auge nehmen, ein anderer fluchte wütend, und irgendwo auf der anderen Seite des Pferdes schien eine Schlägerei auszubrechen. Schließlich begann die ganze Konstruktion sanft, aber bedrohlich hin und her zu wanken, bis Agamemnon mit einem lautstarken Befehl für Ruhe sorgte.

»Seid ihr verrückt geworden?« fauchte er. »Warum öffnet ihr nicht gleich die Tür und winkt die Troer herein? Keinen Laut mehr jetzt!«

Es dauerte noch einen Moment, bis sich auch die letzte Aufregung gelegt hatte, aber Agamemnons Worte zeigten Wirkung. Sie hatten oft genug darüber gesprochen, daß ihr Vorhaben nicht ungefährlich war und ein einziger unbedachter Laut, ein geflüstertes Wort oder ein Husten im falschen Moment ihr Todesurteil bedeuten mochte. Und trotzdem war es, als begriffen sie erst jetzt wirklich, welcher Gefahr sie sich ausgesetzt hatten.

Angst breitete sich wie ein übler Geruch im Inneren des Pferdes aus, und auch Thamis' Herz begann zu jagen, als die ersten Männer den Hügel vor dem Lager überwanden und mit gezückten Waffen und kampfbereit stehen blieben; Schulter an Schulter, jeder Zoll Anspannung und Mißtrauen.

Trotz der großen Entfernung glaubte Thamis ihre Verwirrung zu spüren, das Mißtrauen, mit dem sie der Anblick des aufgegebenen Lagers und des riesigen Pferdes erfüllte, das im hellen Licht der Sonne strahlen und blitzen mußte, als wäre es aus purem Gold gefertigt. Es waren sehr viele. Thamis schätzte, daß nach und nach an die hundert Männer auf der Hügelkuppe erschienen, alle bis an die Zähne bewaffnet und alle auf die gleiche Weise angespannt. Die vereinzelten Ausrufe, die er zu Anfang gehört hatte, wurden bald zu einem murmelnden Chor dumpfer Stimmen, der wie das düstere Raunen eines unsichtbaren Meeres durch die hölzerne Wandungen des Pferdes drang.

Thamis' Handflächen wurden feucht vor Angst, als die Männer den Hang hinabzuströmen begannen und sich, einzeln oder in kleinen Gruppen, an die Durchsuchung des Lagers machten. Manche stocherten mit ihren Spießen in halbverbrannten Zelten, andere stießen ihre Schwerter oder Speere in den Boden, als befürchteten sie, die Griechen könnten unter dem Sand vergraben liegen und auf sie warten. Wieder andere liefen zum Meeresstrand hinab und blickten aus zusammengepreßten Augen nach Norden, jeden Moment darauf gefaßt, die Segel hellenischer Schiffe über dem Horizont auftauchen zu sehen.

Die weitaus größte Zahl jedoch näherte sich dem Pferd. Thamis spürte, wie der Mann hinter ihm plötzlich schneller zu atmen begann; der Schweißgeruch, der das Atmen bisher ohnehin zur Qual hatte werden lassen, wurde unerträglich, und einer der dreißig danaischen Helden begann vor Angst zu quietschen wie ein Schwein; aber nur für einen Augenblick, dann erscholl ein helles Klatschen, und darauf war Stille. Jemand fluchte unterdrückt und spie mehrmals hintereinander aus.

Die Troer draußen näherten sich dem Pferd indessen immer mehr. Hatten sie zuerst noch gezögert und – nicht zu Unrecht eine Kriegslist vermutend – einen guten Speerwurf Abstand zu dem riesigen Roß gehalten, so trat nun ein besonders mutiger Krieger vor, kam heran; wenn auch mit wurfbereitem Speer und vorsichtig erhobenem Schild.

Der Blick seiner dunklen, mißtrauisch zusammengekniffenen Augen irrte über den gewaltigen Pferdeleib, und für einen kurzen, schrecklichen Moment bildete sich Thamis fast ein, er bohre sich in den seinen. Aber in den Augen des Troers war kein Erkennen; sein Blick wanderte weiter, tastete über Rumpf und Hals des Pferdes und blieb schließlich an seinem stolz emporgestreckten Schädel haften. Dann hob er seinen Speer und schleuderte ihn mit aller Kraft gegen die Brust des Pferdes.

Ein ungeheures Dröhnen erklang, als der scharfgeschliffene Stahl gegen das Holz krachte und es durchschlug. Das riesige Pferd erzitterte unter der unglaublichen Macht des Speerwurfs. Die halb armlange, rasiermesserscharf geschliffene Klinge durchschlug die Balken, ratschte an Odysseus' Wange entlang und nagelte sein rechtes Ohr ans Holz.

Odysseus krümmte sich vor Schmerz, ließ instinktiv seinen

Halt los und balancierte für eine einzelne, schreckerfüllte Sekunde nur noch auf Epeos' Schultern. Epeos wankte, suchte mit wedelnden Armen nach festem Halt und hätte sicher vor Schreck und Schmerz geschrien, hätte Odysseus nicht den Moment genutzt, mit dem rechten Fuß in seinem offenstehenden Mund Halt zu finden und sich wieder in die Höhe zu stemmen. Statt des erschrockenen Schreies, auf den nicht nur Thamis mit entsetzt angehaltenem Atem wartete, ertönte nur ein gedämpftes, trockenes Knacken, das an das Brechen eines Zweiges erinnerte.

»Bei allen Göttern, keinen Laut, oder wir sind verloren!« flüsterte Agamemnon erschrocken.

Epeos ächzte, riß mit schmerzverzerrtem Gesicht Odysseus' großen Zeh aus seinem Mund und stemmte das ganze Gewicht des riesenhaften Kriegers mit nur einer Hand in die Höhe — wodurch Odysseus abermals und diesmal vollends die Balance verlor und wohl endgültig gestürzt wäre, hätte der troische Speer ihn nicht unbarmherzig festgehalten. Blut lief an seinem Ohr und seiner rechten Wange herab und tropfte Epeos ins Gesicht, aber der schien das gar nicht zu bemerken, denn er war vollauf damit beschäftigt, mit beiden Händen seinen Unterkiefer zu halten, der mit einem Male wild hin und her pendelte. Eine Folge sonderbarer, glucksender Laute drang aus seiner Brust.

»Sei still, Epeos!« keuchte Agamemnon verzweifelt. »Willst du, daß sie uns hören?«

Epeos gestikulierte wild mit den Händen, zog eine Grimasse und deutete mit sonderbar hektisch wirkenden Bewegungen auf seinen ausgerenkten Unterkiefer. Durch die ruckhaften Bewegungen drohte Odysseus abermals den Halt zu verlieren, begann wie wild hin und her zu wanken und versuchte sich instinktiv mit den Händen festzuklammern. Allerdings war das einzige, woran er sich halten konnte, die Schneide des troischen Speeres neben seinem Gesicht.

Er versuchte es nur einmal.

Draußen vor dem Pferd waren die Troer inzwischen näher gekommen. Das Beispiel des Kriegers hatte Schule gemacht, und mehr und mehr Männer überwanden ihre Scheu und traten dicht an das Danaergeschenk heran. Einer schleuderte einen Speer, der aber an den Goldplatten des Rumpfes abprallte und harmlos davonflog, ein anderer schwang ein gewaltiges Schwert und versuchte ein Stück aus dem rechten Vorderbein des Rosses zu hacken, und ein dritter schien die funkelnden Edelsteine entdeckt zu haben, die die Augen des Pferdes bildeten, denn er legte Speer und Schild aus der Hand, klemmte sich seinen Dolch zwischen die Zähne und machte Anstalten, am Rumpf emporzuklettern, um die beiden Kleinode herauszubrechen.

Er hatte noch nicht die Hälfte des Beines erklommen, da erscholl ein scharfer Ruf, gefolgt von einem hellen Peitschen, und plötzlich zitterte ein Pfeil eine knappe Handbreit über seinem Kopf in der Brust des Pferdes. Wie der Speer zuvor durchdrang auch er das Holz, hatte aber nicht genug Wucht, weit ins Innere des Rosses vorzudringen. Thamis bezweifelte, daß Epeos nach allem, was ihm widerfahren war, den Kratzer überhaupt bemerkte, den ihm die Pfeilspitze zufügte.

»Komm sofort runter, Kerl!« brüllte eine aufgebrachte Stimme. »Was erdreistest du dich? Komm herunter, ehe ich dich abschießen lasse!«

Thamis verdrehte sich fast den Hals, um durch den schmalen Spalt vor seinem Gesicht einen Blick auf den Sprecher werfen zu können. Der dichte, mindestens zehnfach gestaffelte Kreis aus Kriegern rings um das Pferd hatte sich geteilt, um einer Abordnung besonders prachtvoll gekleideter Troer Platz zu machen. Zwei von ihnen kannte Thamis nur vom Gesicht, nicht jedoch vom Namen her, die anderen waren Ajax, Ajax' Namensvetter aus Troja, Agenor, der greise Ilioneus und der kaum weniger junge Priamos selbst, dazu ein noch relativ junger, dunkelhaariger Mann, den Thamis noch niemals gesehen hatte, in der Uniform eines troischen Hauptmanns. Er war es auch, der den Krieger mit so derben Worten vom Pferd herunterbefohlen hatte, und als wäre dies nicht genug, zog er plötzlich eine kurzstielige Peitsche aus dem Gürtel und versetzte dem Burschen einen so kräftigen Hieb auf den Rücken, daß er in die Knie brach und sich winselnd krümmte.

»Das wird dir eine Lehre sein!« schrie der Hauptmann erbost und schwang seine Peitsche zu einem zweiten, kaum weniger kräftigen Hieb, unter dem die Haut des bedauernswerten Burschen aufplatzte. »Und euch anderen auch!« fuhr er mit erhobener Stimme fort. »Niemand rührt dieses Roß an, solange Priamos selbst nicht entschieden hat, was damit zu geschehen hat!«

Seine Stimme war sehr hell, dachte Thamis verwirrt. Eigentlich viel zu hell für die eines Mannes, dabei aber so durchdringend, daß sie selbst am anderen Ende des Lagers noch klar und deutlich zu verstehen sein mußte.

Als sich der Hauptmann umwandte und seine Peitsche zum dritten und letzten Mal schwang, erkannte Thamis ihn.

Um ein Haar hätte er vor Schrecken aufgeschrien.

Es war kein Wunder, daß ihm der Mann fremd vorgekommen war, obgleich es normalerweise niemanden in Troja gab, den er nicht namentlich kennen würde. Denn es war kein Troer, ja, nicht einmal ein Mann. Der vermeintliche Hauptmann war kein anderer als Pallas Athene selbst! Pallas Athene, die in Uniform und Gestalt eines Hauptmanns geschlüpft war und so unerkannt an Priamos' Seite wandeln konnte, um über das Wohl ihrer neuen Schützlinge zu wachen!

Aber wieso erkannte niemand den Betrug?

Als hätte die Göttin seine Gedanken gelesen, schleuderte sie in diesem Augenblick ihre Peitsche fort, versetzte dem wimmernden Krieger noch einen kräftigen Fußtritt und wandte sich dem Pferd zu. Ein dünnes, böses Lächeln huschte über ihre Züge, und für eine endlose Sekunde blickte sie hoch und direkt in den getarnten Sehschlitz, hinter dem Thamis saß.

Der Blick ihrer dunklen, von stummem Triumph erfüllten Augen bannte den seinen, und genau in diesem Moment, so deutlich, als hätte Pallas Athene mit ihm gesprochen, begriff Thamis, daß die Maskerade nur für ihn erkennbar war. Es war Zauberei, die Magie der Göttin, die alle um sie herum und wohl auch die Griechen im Inneren des Pferdes glauben ließen, ein bekanntes Gesicht zu sehen, und nur ihn, Thamis, ausnahm.

Es war ihre ganz persönliche Rache an ihm, der es gewagt hatte, sich ihr in den Weg zu stellen, daß sie sich ihm zu erkennen gab; denn deutlicher konnte sie ihm seine Machtlosigkeit kaum vor Augen führen.

»Keiner von euch«, fuhr sie, wieder an die troischen Soldaten gewandt, fort, »hebt auch nur seine Hand gegen dieses Roß, solange Priamos, unser aller König, nicht gesprochen hat.« Sie deutete eine Verbeugung in Priamos' Richtung an, wollte sich umwenden, führte die Bewegung aber nicht zu Ende, sondern deutete plötzlich mit einer befehlenden Geste auf den Krieger, der den Speer geschleudert hatte. »Du!« rief sie streng. »Zieh deine Waffe aus dem Pferd!«

Der Krieger schluckte ein paarmal, kam gehorsam näher und sprang ungeschickt in die Höhe, um den Speerschaft zu erreichen. Beim dritten und vierten Versuch gelang es ihm auch, ihn zu fassen; aber die Waffe steckte zu tief im Holz. Statt herauszufahren, drehte sich die Spitze – an der immer noch Odysseus' Ohr hing – wie ein Hebel nach oben und verkantete sich, während ihr hinteres Ende, mit einem zappelnden Krieger wie mit einem lebenden Gewicht beschwert, sich schwerfällig senkte. Odysseus richtete sich auf die Zehenspitzen auf, um der nach oben sirrenden Speerspitze zu folgen und nicht das ganze Ohr zu verlieren, aber Epeos knickte unter der zusätzlichen Belastung weg und fiel auf die Knie. Eine halbe Sekunde lang hing der König von Ithaka, nur von dem Speer an seinem rechten Ohr gehalten, mit wild strampelnden Beinen in der Luft. Dann fand er irgendwo Halt und krallte sich fest.

»Du Narr!« schimpfte Pallas Athene. »Bist du zu dumm, einen Speer aus dem Holz zu ziehen?« Wütend deutete sie auf zwei andere Krieger, die in der Nähe standen. »Ihr da! Helft ihm!«

Die beiden Troer eilten hastig herbei und begannen mit vereinten Kräften am Schaft des Speeres zu ziehen, bekamen ihn aber auch zu dritt nicht los und verfielen schließlich auf die Idee, die Waffe zu drehen.

Odysseus' Augen quollen fast aus ihren Höhlen, als die Speerspitze die Bewegung gehorsam mitmachte. Schließlich löste sich die Waffe mit einem splitternden Laut und glitt scharrend nach außen – so weit zumindest, bis Odysseus' Gesicht gegen die jenseitige Wand prallte und die Bewegung abrupt bremste.

Die drei Troer draußen vor dem Pferd fluchten lautstark, griffen noch einmal zu und rissen den Speer mit einer gewaltigen Anstrengung zu sich heraus, während Odysseus, plötzlich auch noch seines letzten Haltes beraubt, wie ein nasser Sack aus dem Pferdehals herabfiel und Epeos unter sich begrub, der gerade wieder auf die Füße gekommen war.

Aber Thamis achtete kaum darauf, was hinter ihm vorging. Gebannt blickte er auf Pallas Athene und die drei Krieger herab, die wie Odysseus durch den plötzlichen Ruck das Gleichgewicht verloren und rücklings in den Sand gestürzt waren. Der Speer war zwischen ihnen zu Boden gefallen – und seine Spitze war voller Blut!

Aber wieder reagierte der vermeintliche Hauptmann aus Troja, ehe auch nur einer der Umstehenden das verräterische Rot bemerken konnte. Mit einem raschen Schritt trat Pallas Athene hinzu, nahm den Speer auf und rammte ihn fast auf Armeslänge in den steinhart zusammengebackenen Sand – eine Kraftanstrengung, zu der normalerweise wohl zehn Männer von der Statur Odysseus nötig gewesen wären. Aber auch das bemerkte keiner.

Thamis spürte eine Bewegung neben sich und sah auf. Antimachos, der bisher neben ihm gehockt hatte, hatte sich leise erhoben und seinen Platz mit Ajax getauscht, um Epeos und Odysseus dabei zu helfen, ihre ineinander verstrickten Glieder zu befreien. Ajax' Gesicht wirkte verschlossen, aber nicht einmal unfreundlich, und Thamis spürte nichts von der Feindseligkeit, die er befürchtet hatte.

»Was geht dort vor?« fragte der junge Danaer.

Thamis rückte ein Stück zur Seite, um Ajax einen Blick durch den Sehschlitz zu ermöglichen. »Der Hauptmann«, flüsterte er. »Siehst du ihn?«

Ajax nickte.

»Es ist Pallas Athene«, sagte Thamis.

Ajax fuhr zusammen, preßte das Gesicht fester gegen den kaum fingerbreiten Schlitz und starrte konzentriert auf den vermeintlichen Hauptmann hinab. »Bist du sicher?« wisperte er.

Thamis nickte. »Vollkommen.«

Ajax schüttelte den Kopf. »Du mußt dich täuschen«, murmelte er. »Pallas Athene trägt keinen Bart.«

»Für mich nicht«, antwortete Thamis. »Du erkennst sie nicht, so wenig wie Priamos oder einer der anderen. Ich schon. Sie will, daß ich sie erkenne.«

Ajax richtete sich auf, biß sich nachdenklich auf die Lippen und maß Thamis mit einem langen, zweifelnden Blick. »Was bedeutet das?«

»Daß euch allen nichts geschehen kann«, gab Thamis düster zurück. »Sie wird dafür sorgen, daß euer Plan aufgeht, keine Sorge. Troja wird ...«

Er sprach nicht weiter, denn in diesem Moment packte ihn eine Hand so derb an der Schulter, daß er sich vor Schmerz auf die Lippen biß. Als er aufsah, blickte er in Agamemnons zorngerötetes Gesicht.

»Willst du uns verraten, Bursche?« zischte der Atride. »Wenn ja, dann denke daran, daß deine Landsleute dich kaum am Leben lassen werden, wenn sie dich in unserer Gesellschaft ertappen. Also sei endlich still! Und du, Ajax, geh auf deinen Platz zurück.«

Er runzelte die Stirn, und als er weitersprach, war der Zorn in seiner Stimme einem fast besorgten Ausdruck gewichen. »Achte ein wenig auf Simon. Mit seinen Nerven steht es nicht zum besten. Und seid ruhig! Ich schneide jedem die Zunge heraus, der noch ein Wort spricht!«

Thamis nickte hastig, und auch Ajax gab keinen Laut mehr von sich, sondern beeilte sich, lautlos aufzustehen und Agamemnons Befehl nachzukommen.

Draußen vor dem Pferd war die Zahl der Krieger mittlerweile auf sicherlich zweihundert angestiegen. Priamos und seine vier Begleiter waren dicht herangekommen, und Thamis konnte erkennen, wie sich sein verwittertes Gesicht in Falten legte, als er den Kopf hob und den riesigen Pferdeschädel fünf Manneslängen über sich betrachtete.

»Ein schönes Stück Arbeit«, sagte er. »Aber wozu mag es dienen?«

»Zu nichts Gutem, fürchte ich«, sagte Ajax. »Nichts, was die Danaer zurücklassen, hat jemals Gutes bewirkt.«

Priamos schüttelte den Kopf, nickte gleich darauf und blickte in die Runde. Auf seinem Gesicht erschien ein fast bestürzter Ausdruck. »Wo ... wo sind sie überhaupt?« fragte er.

»Wer?« fragte Ajax.

»Die Danaer.« Priamos kratzte sich am Schädel. »Das hier ist doch ihr Lager. Aber ich sehe keinen einzigen von ihnen.«

»Nun«, begann Ajax, wurde aber sofort von Pallas Athene unterbrochen, die zwischen ihn und den greisen König von Troja trat und eine herrische Handbewegung machte. Wahrscheinlich konnte Thamis es als einziger erkennen – aber er sah ganz deutlich, wie irgend etwas im Blick des Ajax erlosch.

»Sie sind fort«, sagte sie.

»Fort?« wiederholte Priamos. »Wie meinst du das?«

»Sie sind abgezogen«, erklärte Pallas Athene mit einer Spur von Ungeduld in der Stimme.

»Abgezogen?« Priamos blinzelte. »Wer?«

»Die Hellenen«, sagte Athene gepreßt. »Du erinnerst dich, mein König. Das hier ist ihr Heerlager.«

»Heerlager?« Priamos starrte den vermeintlichen Hauptmann einen Moment lang an, dann hellte sich sein Blick auf. »Oh, ja«, sagte er erfreut. »Ich erinnere mich. Die Hellenen. Aber wir ...« Er brach ab, runzelte die Stirn und blickte sich abermals – und diesmal mit deutlicher Bestürzung – um. »Hatten wir nicht ... Krieg?« fragte er stockend.

Athene seufzte. »Zehn Jahre lang, mein König«, sagte sie. »Doch jetzt ist er vorbei. Die Hellenen sind abgezogen.«

»Woher willst du das wissen?« schrie eine Stimme aus der Menge. Athene sah auf. Ihr Gesicht verdunkelte sich vor Zorn. Aber bevor sie abermals ihre Magie wirken lassen und den frechen Rufer zum Schweigen bringen konnte, stimmten ihm andere zu, und mit einem Male sah sich Pallas Athene von einer dichtgeschlossenen Reihe mißtrauischer Gesichter und drohend geschüttelter Fäuste, Speere und Schwerter umringt.

»Es wird eine Falle sein!« schrie einer. »So schnell geben die Griechen nicht auf!« pflichtete ein anderer bei.

»Das Ding ist von Übel!« brüllte eine dritte Stimme. Ein Stein flog herab, daß das ganze Pferd wie eine übergroße Glocke zu dröhnen begann, und plötzlich wurden draußen Pfeile auf Bögen gelegt und Speere gehoben.

Pallas Athene hob beschwörend die Arme, aber ihre Stimme ging einfach im Chor der wild durcheinanderschreienden Troer unter. Fünf, sechs, schließlich ein Dutzend Männer in der vordersten Reihe ließen zwar plötzlich die Arme sinken und starrten mit einem Male mit leerem Blick ins Nichts, aber die hinter ihnen Stehenden schrien und drängelten unbeeindruckt weiter. Der Kreis um das Pferd zog sich unbarmherzig zusammen.

»Zerschlagt es!« brüllte ein Krieger. Andere stimmten johlend zu, und ein zweiter und dritter und vierter Stein kamen herangeflogen und ließen das Pferd dröhnen. Dann zischte ein Speer durch die Luft und durchbohrte eines seiner Beine.

Eine Gestalt drängelte sich durch die Reihen der Krieger, einen brennenden Ast in der Hand und lauthals brüllend: »Verbrennt das Ding! Es ist gerade groß genug, ein Freudenfeuer abzugeben. Laßt es uns anzünden!« Der Krieger schwenkte wie wild seine improvisierte Fackel, stieß die vor ihm Stehenden aus dem Weg und machte Anstalten, seine Worte unverzüglich in die Tat umzusetzen.

Pallas Athene schlug ihn nieder.

»Versenkt es!« schrie ein anderer Troer. »Laßt es uns ins Meer schieben und sehen, ob es schwimmt!«

Plötzlich riß Pallas Athene beide Arme in die Höhe und breitete in einer beschwörenden Geste die Hände aus. »*In Zeus Namen, ich befehle euch, seid still!*« schrie sie, mit einem Male wieder mit dieser hellen, unglaublich durchdringenden Stimme – und dieses Mal hatten ihre Worte Erfolg. Die Reihen der Troer kamen ins Stocken, und das Schreien und Büllen verstummte wie abgeschnitten.

»Seid ihr von Sinnen?« schrie Athene. »Seht euch doch um!

Das Lager ist verlassen! Die Schiffe sind fort, alles, was zurückgeblieben ist, zerstört! Begreift doch, daß der Krieg vorbei ist! Zehn Jahre waren zuviel, selbst für Agamemnon und Odysseus! Sie haben aufgegeben! Der Krieg ist vorbei. Von heute an wird Troja wieder eine freie Stadt sein!«

Thamis atmete hörbar auf, und auch neben ihm erklang ein erleichtertes Seufzen. Er sah hoch und erkannte Ajax, der zurückgekommen war und mit leichenblassem Gesicht auf die Szene hinabstarrte, die sich unter dem Pferd abspielte. Aber seine Erleichterung hielt nur wenige Augenblicke vor, denn kaum hatte Pallas Athene die Arme gesenkt und sich ein wenig entspannt, da teilten sich die Reihen der troischen Krieger erneut, und ein unglaublich alter, in ein knöchellanges weißes Gewand gekleideter Mann trat auf Priamos und seine Begleiter zu, ein zorniges Funkeln in den Augen und die Lippen zu einem dünnen, wütenden Strich zusammengepreßt. In seiner Begleitung befanden sich zwei Knaben, dicht an der Schwelle zum Mann und auf die gleiche Weise gekleidet wie er.

»Wer ist das?« fragte Ajax, dem Thamis' erschrockenes Zusammenfahren nicht entgangen war.

»Laokoon«, antwortete Thamis gepreßt.

»Laokoon?!« wiederholte Ajax erschrocken. »Der ...«

»Der Priester des Apollon«, bestätigte Thamis. »Man sagt ihm nach, er wäre ein Seher. Er soll über Zauberkräfte verfügen.« Er schüttelte besorgt den Kopf. »Ihn wird sie nicht so leicht behexen können, fürchte ich.«

Laokoon hatte inzwischen den König und seine Begleiter erreicht und sich mit wütend in die Hüften gestemmten Fäusten vor ihm aufgebaut. »Was muß ich sehen?« kreischte er mit fistelnder Greisenstimme. »Seid ihr denn alle von Sinnen oder mit Blindheit geschlagen?«

»Ah, Laokoon«, sagte Priamos erfreut. »Schön, daß du auch gekommen bist. Sieh nur, welch nettes Geschenk uns die Griechen zurückgelassen haben. Es wird sich gut vor meinem Palast machen.«

»Geschenk??!« Laokoons Stimme überschlug sich. »O du Unseliger! Meinst du, die Griechen wären wirklich davongefahren oder ein Danaergeschenk verberge keinen Betrug? Kennst du Odysseus so schlecht?«

Pallas Athene hob rasch die Hand, um Laokoons Aufmerksamkeit auf sich zu lenken. »Schweig, du alter Narr!« sagte sie befehlend. »Was fällt dir ein, so mit dem König von Troja zu reden! Jedes Kind kann sehen, daß die Hellenen abgezogen sind. Meinst du, sie würden ihr Lager verbrennen und euch ein solches Geschenk hinterlassen, nur um am nächsten Tage wiederzukommen?«

Aber es war, wie Thamis befürchtet hatte – auch für Laokoon schien Pallas Athene das Aussehen eines troischen Kriegers zu haben, aber die zwingende Macht ihrer Worte, mit der sie mehr als zweihundert Männer unter ihren Willen gebracht hatte, versagte bei diesem alten Mann.

Laokoon spie aus, wandte sich abrupt von Priamos ab und fuchtelte wütend mit den Händen in der Luft. »Entweder ist in dem Roß eine Gefahr verborgen, oder es ist eine Kriegsmaschine, die von den in der Nähe lauernden Feinden gegen unsere Stadt getrieben wird!« behauptete er. »Was es auch sein mag, hütet euch vor den Danaern, wenn sie Geschenke bringen!«

»Du wirst ...« keuchte Athene, wurde aber sofort wieder von Laokoon unterbrochen, der anklagend auf das Pferd deutete.

»Wer weiß, am Ende stecken sogar Odysseus und Agamemnon selbst in diesem Pferd und dazu noch Dutzende von Kriegern, die nur darauf warten, daß wir es in die Stadt bringen, damit sie bei Nacht aus seinem Bauch kriechen und die Tore Trojas öffnen können!«

Odysseus stieß einen wütenden Laut aus, sprang mit einem Ruck auf und stieß sich so wuchtig den Schädel an einer Querverstrebung, daß er halb benommen wieder zurücksank.

»Verbrennt dieses unselige Danaergeschenk!« verlangte Laokoon mit schriller Stimme. »Ich sage euch, es bringt nichts Gutes! Laßt es uns zerstören!«

»Aber mein lieber guter Freund!« sagte Priamos besänftigend. »Ich bitte dich! Es ist ein Geschenk! Die Hellenen könnten beleidigt sein, erführen sie, daß wir ihr Geschenk verbrannt oder ins Meer geworfen haben! Außerdem«, fügte er schmollend hinzu, »würde es sich wirklich gut vor meinem Palast machen. Meine Söhne und Enkel könnten darauf reiten.«

Laokoon fegte seine Worte mit einer zornigen Handbewegung beiseite, drehte sich herum und wandte sich mit einer beschwörenden Geste an die versammelten Krieger. »Ich sage euch, verbrennt es!« schrie er, mit einer Stimme, die fast die gleiche, beschwörende Macht wie die Pallas Athenes hatte. »Es kann nichts Gutes bringen, es in die Stadt zu schaffen!«

Plötzlich erscholl in der Dunkelheit hinter Thamis ein unterdrückter, gurgelnder Schrei. Ein klatschender Laut folgte, dann keuchte jemand: »Sinon! *Nein!!*«, wieder ein dumpfer Schlag, gefolgt vom Aufprall eines schweren Körpers auf dem hölzernen Boden.

»Ich halte es nicht mehr aus!« kreischte eine Stimme. »Sie werden uns verbrennen, bei lebendigem Leibe! Ich muß hier raus!«

»Sinon, beherrsche dich!« rief Agamemnon erschrocken. »Du bringst uns alle um!«

Aber der Hellene hörte seine Worte gar nicht. Thamis sah zwei Schatten miteinander ringen, von denen der eine plötzlich mit einem gurgelnden Laut zu Boden ging, dann kletterte Sinon geschickt wie ein Affe an der großen Mittelstrebe des Pferdes in die Höhe, stieß die unter dem Sattel verborgene Tür auf – und war mit einem Satz aus dem Pferd und im Freien!

Thamis' Herz blieb stehen. Er spürte ganz deutlich, wie es aussetzte und dann unregelmäßig und rasend schnell weiterhämmerte. Um ihn herum erscholl ein entsetztes Keuchen aus Dutzenden von Kehlen. Sie waren verloren!

Zitternd vor Angst drehte er sich wieder herum und starrte auf die Troer hinab. Laokoon stand noch immer mit erhobenen Armen da und redete auf die Krieger ein, aber gerade in diesem Moment bemerkte einer Sinon, der auf der anderen Seite des Pferdes herabgestiegen und reichlich ungeschickt im Sand gelandet war.

Ein unbeschreiblicher Tumult brach los. Gleich ein Dutzend Krieger zückte seine Waffe und stürmte auf den Hellenen los, der mit benommenem Gesichtsausdruck im Sand hockte und erst jetzt allmählich zu begreifen schien, was er getan hatte. Eine Einsicht, die freilich etwas zu spät kam, denn er wurde von gut zwanzig Händen grob gepackt und vor Priamos und den Apollon-Priester gezerrt.

»Da seht ihr es!« schrie Laokoon triumphierend. »Ein Hellene, wo vorher keiner war! Glaubt ihr nun, daß dieses Roß nichts anderes als eine Falle ist?« Er beugte sich zu Sinon hinab und packte ihn grob am Arm. »Wer bist du, Bursche, und wo hast du dich verborgen?«

Sinon wimmerte vor Angst, aber noch bevor Laokoon seine Frage ein zweites Mal stellen konnte, war Pallas Athene in Gestalt des troischen Hauptmanns neben ihm und zerrte Sinon so grob auf die Füße, daß er vor Schmerz und Angst keuchte.

»Antworte, Kerl!« schrie sie und gab ihm eine schallende Ohrfeige. Für eine einzige Sekunde bohrte sich ihr Blick in den des Hellenen.

Und wie bei Ajax zuvor erlosch etwas in seinen Augen. Plötzlich erschlaffte er in Pallas Athenes Armen, und als er antwortete, war es zwar seine Zunge, die die Worte formte, aber es war Pallas Athene, die aus ihm sprach.

»Weh mir, ich Unglücklicher«, wimmerte er. »Erst haben mich die Griechen ausgestoßen, und nun metzeln mich die Troer nieder!«

»Was brabbelt er da?« fragte Priamos. »Wieso haben ihn die Griechen ausgestoßen? Ich denke, er ist aus dem Pferd gekommen?«

Pallas Athene verdrehte die Augen und versetzte Sinon einen weiteren Hieb mit der flachen Hand.

»Sprich nicht in Rätseln, Bursche!« sagte sie hart. »Wer bist du, und was willst du hier?«

»Ich bin ein Agriver«, gestand Sinon. »Das will ich ja gar nicht leugnen. Vielleicht habt ihr etwas von dem euböischen Fürsten Palamedes gehört, der von den Griechen auf Odysseus' abscheuliches Anstiften hin gesteinigt wurde, weil er vom Feldzug gegen eure Stadt abriet. Als sein Verwandter zog ich mit in diesen Krieg, arm und nach seinem Tod ohne Stütze. Und weil ich es wagte, mit Rache für die Ermordung meines Vetters zu drohen, zog ich den Haß des falschen Hundes aus Ithaka auf mich.«

»Von wem spricht er?« fragte Odysseus verstört.

»Er ruhte nicht, bis er mit dem lügnerischen Seher Kalchas meinen Untergang verabredet hatte«, fuhr Sinon weinerlich fort. »Als nämlich die Griechen endlich beschlossen, den Krieg zu beenden, und dieses Pferd schon fast fertig gezimmert, schickten sie den Eurypylos zu einem Orakel des Apollon, und dieser brachte aus dem Heiligtum folgenden Spruch mit: ›Ihr habt bei eurem Auszug die empörten Winde mit dem Blute einer Jungfrau versöhnt: Mit Blut müßt ihr auch den Rückweg erkaufen.‹ Dem Kriegsvolk lief ein kalter Schauder durch die Gebeine, als es dies hörte, aber der verräterische Kalchas sprach, deutete auf mich und erkor mich zum Opfer für die Götter. Alle stimmten zu, denn jeder war froh, das Verhängnis von seinem Haupt abgewendet zu sehen. Ich wurde als Opfer geschmückt, doch es gelang mir, meine Bande zu zerreißen. Ich entfloh und verbarg mich im Bauche des Pferdes, bis die Hellenen abgesegelt waren. In mein Vaterland und zu meinen Landsleuten kann ich nicht zurückkehren. Ich bin in eurer Hand. Es liegt nun bei euch, ob ihr mir großmütig das Leben schenken oder mich töten wollt.«

Eine Zeitlang herrschte Ruhe unter den Troern, nachdem Sinon geendet hatte, dann zog Priamos hörbar die Nase hoch, sah sich einen Moment lang suchend um und griff schließlich nach Laokoons Gewand, um sich zu schneuzen.

»Das ist ... eine sehr traurige Geschichte, die du da erzählst, Sinon«, sagte er gerührt. »Die Hellenen sind schlecht. Wie können sie einer armen Waise wie dir so etwas antun wollen?« Er wischte sich mit dem Daumen eine Träne aus dem Auge und legte Sinon begütigend die Hand auf die Schulter. »Sorge dich nicht, mein Freund«, sagte er. »Niemand wird dir etwas zuleide tun. Nicht wahr, Laokoon?«

Der greise Apollon-Priester spie aus. »Du glaubst ihm doch diesen Unsinn nicht etwa?« fauchte er. »Er ist verlogen wie alle

Griechen. Sein Hiersein beweist einmal mehr, wie gefährlich dieses Pferd ist.«

Sonderbarerweise sagte Pallas Athene nichts auf diese Worte, obwohl Thamis fest damit gerechnet hatte. Sie entfernte sich im Gegenteil ein paar Schritte von Priamos, Laokoon und ihrem Gefangenen und begann mit gesenktem Blick am Stand entlang zu gehen; sehr langsam und so, als suche sie etwas Bestimmtes.

»Soll man über Troja sagen, daß es die, die in Not an seine Tore klopfen, mit dem Tod belohnt?« fragte Priamos. »Ich bitte dich, Laokoon! Wir gewähren jedem Schutz, der ihn braucht.«

»Ich weiß«, grollte Laokoon. »Das letzte Mal war es ähnlich, nicht? Nur war es damals eine Frau.«

Priamos blinzelte verwirrt. »Wovon sprichst du, mein Freund?«

Pallas Athene schien mittlerweile gefunden zu haben, wonach sie suchte, denn sie ging am Strand in die Hocke, grub mit der Rechten im feuchten Sand und richtete sich wieder auf. Als sie näher kam, erkannte Thamis, was sie gefunden hatte: einen gut doppelt handlangen, vor Nässe glitzernden Regenwurm, der sich wild zwischen ihren Fingern wand.

»Ich spreche von Helena!« brüllte Laokoon in diesem Moment. »Schon einmal hat deine Gutmütigkeit großes Unheil über Troja gebracht. Sind zehn Jahre Krieg nicht genug, um daraus zu lernen?«

»Krieg?« murmelte Priamos. »Welcher Krieg?«

Laokoon schöpfte tief Atem, um Priamos die Antwort ins Gesicht zu brüllen, doch in diesem Moment war Pallas Athene zurück. Mit einer besänftigenden Geste schob sie sich zwischen Laokoon und Priamos, lächelte zuckersüß und legte dem greisen Priester freundschaftlich die Hand um die Schulter.

»Was erregst du dich so, Laokoon?« fragte sie. »Siehst du nicht, daß dieser arme Mann vor Angst halb von Sinnen ist und nur um sein Leben bangt? Er würde nicht lügen.«

Laokoon schlug ihren Arm beiseite und setzte zu einer wütenden Entgegnung an. Aber was immer er hatte sagen wollen, er sprach es niemals aus. Denn Pallas Athene hatte den Moment, in dem er ihren Arm beiseiteschlug, genutzt, den

Regenwurm in den Kragen seines Gewandes rutschen zu lassen.

Laokoon erstarrte. Seine Augen wurden rund, und sein Gesicht verlor auch noch das letzte bißchen Farbe. Ein fast komischer, krächzender Ton kam über seine Lippen.

»Was ist mit dir, mein Freund?« erkundigte sich Priamos besorgt.

Aber Laokoon antwortete nicht, sondern begann plötzlich wie von Sinnen zu kreischen und wechselweise auf dem einen und anderen Bein im Kreis herumzuhüpfen, wobei er wie rasend mit den Händen nach seinem Nacken griff. »Nehmt es weg!« kreischte er. »Nehmt dieses glitschige Tier weg! Ihr Götter, helft mir doch!«

Ein paar umstehende Krieger wollten dem alten Mann zu Hilfe eilen, aber Athene machte eine rasche, kaum wahrnehmbare Bewegung mit der Linken, und die Männer erstarrten mitten im Schritt.

Nicht so Laokoon. Seine Schreie wurden im gleichen Maße spitzer, wie seine Sprünge größer wurden. Unentwegt: »Nehmt es doch weg!« gurgelnd, sprang er im Kreis zwischen den verdutzt dastehenden Kriegern und dem Pferd hin und her, brüllte plötzlich wie von Sinnen und hüpfte auf einem Bein zum Strand hinunter. Seine beiden Söhne schrien erschrocken auf und rannten hinter ihm her.

Sie kamen zu spät.

Laokoon hatte den Strand erreicht und warf sich mit einem gellenden Schrei ins Wasser. Weißer Schaum spritzte hoch, als der alte Mann schreiend weiter und weiter ins Meer hineinlief, gefolgt von seinen kaum weniger laut brüllenden Söhnen, die ihm ununterbrochen zuriefen, daß er nicht schwimmen konnte.

Dann war er verschwunden und kurz darauf auch seine beiden Söhne.

Priamos blickte stirnrunzelnd auf das Meer hinaus. »Man sollte ihm helfen«, murmelte er.

»Wozu?« fragte Pallas Athene. »Ich denke nicht, daß wir ihn

wiedersehen werden.« Wieder machte ihre Hand diese kleine, kaum wahrnehmbare Bewegung.

Priamos nickte. »Du hast wohl recht. Aber all das«, fuhr er betrübt und mit einem fast hilfesuchenden Blick auf Sinon hinzu, »hilft uns nicht weiter. Was sollen wir nur mit diesem Pferd anfangen? Vielleicht ist es doch ein wenig zu groß für meinen Palast. Ich müßte die Decke der Halle durchbrechen lassen, und was das kostet ...«

»Warum bringst du es nicht erst einmal in die Stadt?« schlug Pallas Athene vor.

Priamos zögerte. »Vielleicht wäre es doch keine so schlechte Idee, es im Meer zu versenken«, sinnierte er. »Es gibt da diese gefährliche Klippe im Norden, weißt du? Es hat die richtige Größe ... Man könnte es so weit ins Wasser schieben, bis nur noch sein Hals herausragt, damit es die Schiffer vor der Gefahr warnt.«

Neben Thamis stieß Ajax einen leisen, gurgelnden Laut aus.

»Du hast recht«, sagte Priamos plötzlich. »Verbrennen oder versenken können wir es immer noch. Bringen wir es erst einmal in die Stadt. Wir ...« Er stutzte, rieb sich über die Augen und beugte sich plötzlich vor, um auf den rechten Vorderhuf des Pferdes zu deuten.

»Schau nur, dort steht etwas geschrieben!« sagte er erfreut. Er blinzelte, beugte sich noch weiter vor und versuchte die in das Holz gekratzten griechischen Buchstaben zu entziffern. »Schmiedet ... Schwerter ... zu ... Pflugscharen«, murmelte er. Eine steile Falte erschien zwischen seinen Brauen, als er sich aufrichtete. »Was mag das bedeuten?«

Pallas Athene zuckte nur mit den Achseln, und Thamis sah aus den Augenwinkeln, wie Agamemnon Epeos einen bösen Blick zuwarf.

NEUNTES KAPITEL

Es verging eine gute Stunde, bis die Troer sich geeinigt hatten, auf welche Weise das Pferd am besten in die Stadt hineinzuschaffen wäre. Der erste Versuch, Seile und Ketten an seinen Beinen zu befestigen und es über den hartgebackenen Sand den Hang hinauf und vor das Tor zu zerren, hätte um ein Haar damit geendet, daß das Roß umstürzte; einzig Agamemnons blitzartige Reaktion, alle Männer auf einen Befehl hin sich in die entgegengesetzte Richtung werfen zu lassen, brachte das schaukelnde Pferd wieder in die Waagerechte zurück – woraufhin Priamos und die Seinen eine weitere Stunde damit verbrachten, sich einen neuen Weg auszudenken, wie das riesige Geschenk der Danaer am besten nach Troja zu schaffen sei.

Für einen Moment erwog man ernsthaft, es kurzerhand auseinander- und hinter den Mauern Trojas wieder zusammenzubauen, verwarf diesen Gedanken aber bald wieder. Schließlich schlug Ajax vor, Rollen oder Räder herbeizuschaffen, um das Roß auf diese Weise nach Troja zu bringen; und eine weitere Stunde danach wurde das Waffenklirren der Krieger vom emsigen Sägen und Hämmern der Handwerker abgelöst, die vier mächtige Räder den Hügel herabgerollt und (nachdem diese wieder aus dem Wasser gefischt worden waren) damit begonnen hatten, sie mit weitaus mehr Arbeitseifer als Sachverstand an den riesigen Beinen des trojanischen Pferdes zu befestigen.

Für die Danaer im Inneren des Pferdes begann die Lage indes allmählich unerträglich zu werden. Die Sonne hatte ihren höchsten Stand erreicht, und die Hitze im Bauch des Rosses war so angestiegen, daß Thamis – und nicht nur ihm – das Blut in den Adern zu sieden schien. Selbst das Atmen bereitete ihm Schmerzen, und der schmale Ausschnitt der Küste, den er durch seinen Sehschlitz hindurch erkennen konnte, schien sich ununterbrochen zu biegen und winden, wie eine Spiegelung auf bewegtem Wasser.

Als die Troer das dritte Rad am Pferd befestigt hatten, bebte die Erde.

Es war nur ein sanfter Stoß; eher ein warnendes Grollen als ein wirkliches Beben. Und doch reichte er, das in bedenklicher Schräglage auf drei Rädern dastehende Roß wie ein Schiff im Sturm hin und her zu werfen und die troischen Handwerker in heller Panik fliehen zu lassen, denn das gewaltige Pferd neigte sich abwechselnd nach rechts, links, vorne und hinten, als könne es sich nicht entscheiden, auf welche Seite es fallen wollte. Schließlich kam es mit einer letzten, wippenden Bewegung wieder zum Stehen, ohne umzufallen.

Aber auch so war die Wirkung des Erdstoßes schlimm genug. Nicht einer der Hellenen war auf den Füßen oder auch nur an seinem Platz geblieben; das wütende Hin und Her des Pferdes hatte die Männer wie Erbsen in einer Schüssel durcheinander und in die tiefste Stelle des Rumpfes kugeln lassen, und für endlose Augenblicke hallte sein Inneres wider von Schreien, Rufen, Flüchen, unterdrückten Schmerzlauten und den Geräuschen von mehr als dreißig Männern, die gleichzeitig auf die Füße und aus dem Knäuel von Leibern herauszukommen trachteten — was das Chaos natürlich nur noch steigerte.

Thamis war sicher, wären die Troer nicht aus Angst, erschlagen zu werden, aus der Nähe des Pferdes geflohen, wären sie in diesem Moment entdeckt worden, denn nicht einmal Agamemnon hielt sich an sein eigenes Schweigegebot, sondern fluchte und schimpfte wie alle anderen ungehemmt vor sich hin.

Der einzige, der nicht einen Laut von sich gab, war Epeos. Er sah übel mitgenommen aus — seine Augenbraue blutete heftig, und seine linke Hand mußte verstaucht, vielleicht sogar gebrochen sein. Aber er preßte verbissen die Kiefer aufeinander und wagte es nicht, auch nur einen Laut von sich zu geben.

Thamis befreite sich mühsam aus dem Wirrwarr von Leibern und Gliedmaßen, wischte sich das Blut aus dem Gesicht und kroch auf Händen und Knien zu seiner Sichtluke zurück.

Was er sah, ließ ihn vor Schrecken aufstöhnen.

Der Erdstoß war fast sanft gewesen; und trotzdem hatte er auf dem kleinen Strandabschnitt eine katastrophale Verwüstung angerichtet. Die Küste schien den Strand hinaufgekrochen zu sein, als wäre der Boden unter dem Meer abgesackt, und einer der Hügel, die das Lager nach Troja hin abgeschirmt hatten, war vollends verschwunden; an seiner Stelle gähnte ein trichterförmiges, mehr als zehn Manneslängen tiefes Loch, an dessen Grund der Sand brodelte. Staub hing in feinen, graubraunen Schleiern wie schmirgelnder Nebel in der Luft, und das Meer, vor Augenblicken noch glatt wie ein Spiegel, kochte.

Es dauerte lange, bis die Troer sich von ihrem Schrecken erholt und wieder dem Pferd genähert hatten, und ehe sie ihre durcheinandergefallenen Werkzeuge und Utensilien aufnahmen und weiterverarbeiteten, verging fast eine halbe Stunde.

Thamis hielt während dieser Zeit nach Priamos und Pallas Athene Ausschau, konnte aber keinen von beiden entdecken. Entweder hatte das Beben sie in die Stadt getrieben, oder sie waren schon vorher nach Troja zurückgekehrt, der eine, um die Siegesfeier vorzubereiten, die andere, ihre Ränke weiterzuschmieden.

Thamis dachte mit großer Sorge an Äneas und Kassandra. Pallas Athene schien über jedes Wort Bescheid zu wissen, das sie gewechselt hatten. Wenn sie ihn, einen im Grunde bedeutungslosen Straßenjungen, schon so grausam bestrafte, welche Rache mochte sie dann für Kassandra ersonnen haben, die Frau, die ihre Hohepriesterin war? Möglicherweise war sie jetzt schon tot.

Im Inneren des Pferdes kehrte allmählich wieder Stille ein, nur dann und wann unterbrochen von einem leisen Stöhnen oder einem nicht ganz unterdrückten Schmerzlaut, der aber durch das dicke Holz des Rumpfes kaum nach außen dringen konnte. Auf dem so drastisch verkürzten Strand näherte sich das Werk seiner Vollendung: Drei der vier Räder waren angebracht und mit großen hölzernen Splinten befestigt, und schließlich rollten die Troer das vierte herbei – eine Scheibe von anderthalb Mannesgrößen –, während andere bereits ein Loch durch das hölzerne Pferd gebohrt und eine in aller Hast gedrechselte Achse hindurchgeschoben hatten. Das Pferd begann wild zu schaukeln, als die Troer einen riesigen Hebel ansetzten, um es in die Höhe zu stemmen und das Rad auf die Achse zu schieben.

In diesem Moment bebte die Erde ein zweites Mal; weitaus heftiger als vor Stundenfrist.

Das Pferd fiel um.

Für den Bruchteil eines Atemzugs hatte Thamis das Gefühl, gewichtslos zu werden; dann kippte der Himmel vor seinem Sichtfenster zur Seite nach oben, der Strand sprang wie eine braunweiße Faust auf ihn zu – und das Pferd schien von Zeus' Blitz getroffen zu werden. Ein ungeheures Dröhnen und Bersten ließ die hölzerne Konstruktion erbeben.

Thamis fühlte sich herum- und in die Höhe geschleudert, flog gegen etwas Weiches, Heißes, das unter seinem Aufprall schmerzlich brüllte, wurde weitergeschleudert und krachte schließlich mit dem Schädel gegen hartes Holz. Rings um ihn herum flogen Männer wie lebende Katapultgeschosse durch die Luft, Holz splitterte, und aus Schreien der Überraschung und des Schreckens wurde Schmerzgebrüll.

Ein ungeheuerliches, dumpfes Knirschen lief durch das Pferd, daß Thamis für einen kurzen schrecklichen Moment beinahe glaubte, Epeos' Werk würde schlichtweg in zwei Teile zerbrechen.

Aber das Wunder geschah – das Pferd hielt. Eine der großen Mittelstreben brach und schlug Agapenor sieben oder acht Zähne aus, und auch von den anderen kam keiner ohne Quetschungen, Prellungen, blaue Flecken und mehr oder weniger schlimme Kratzer davon. Aber niemand schien ernstlich verletzt zu werden – obwohl Thamis das im Moment kaum mit Sicherheit beurteilen konnte, denn das gesamte griechische Rollkommando lag in einem wirren Haufen über-, unter- und durcheinander auf der rechten Seite des umgestürzten Pferdes.

Abermals hallte das Pferd von Schmerzeslauten und Verwünschungen wider, doch diesmal bestand kaum die Gefahr, daß die Troer die Anwesenheit der Hellenen in seinem Bauch bemerkten, denn auch von außerhalb des niedergestürzten Rosses drang ein ganzer Chor wimmernder und stöhnender Stimmen.

Thamis befreite sich mühsam aus dem Durcheinander von Armen und Beinen, das seinem Sturz die größte Wucht genommen hatte, richtete sich auf und blieb einen Moment benommen sitzen, ehe er wieder zu einer der Sichtluken kroch. Wegen der Lage des Pferdes konnte er nicht viel erkennen; nur ein Stück des Himmels und einen schmalen Streifen Strand, gegen den kochende graue Wellen anrannten. Aber was er sah, war genug.

Das Pferd hatte alles zertrümmert, was in seiner Umgebung gewesen war. Der Strand war mit zersplittertem Holz und verbogenem Metall übersät, hier und da waren dunkle Flecken im Sand, die nicht unbedingt wie Wasser aussahen, und allein auf dem schmalen Stück, das er sehen konnte, krümmten sich acht oder zehn Troer vor Schmerz; zwei weitere lagen still, vielleicht tot.

Ein bitterer Geschmack breitete sich in Thamis' Mund aus, als er dieses Schreckensbild betrachtete. Er empfand kein Entsetzen, nicht einmal Angst, sondern nur eine dumpfe, immer stärker werdende Wut, einen Zorn von nie gekannter Stärke. Dies alles hier, daran zweifelte er keinen Augenblick, war Pallas Athenes Werk. Und es war nur der Auftakt, ein fast harmloses Vorspiel zu dem, was kommen würde.

Eine Hand berührte ihn an der Schulter, warm und unangenehm feucht und klebrig. Er sah auf und blickte in ein Gesicht, das so unter Blut und Schweiß verborgen war, daß er es erst beim zweiten Hinsehen als das von Ajax erkannte.

»Bist du in Ordnung?« fragte der junge Hellene besorgt.

Thamis war nicht ganz sicher. Sein Körper schien ein einziger Schmerz zu sein, aber er konnte Arme und Beine bewegen und schien zumindest nichts gebrochen zu haben. Unter den gegebenen Umständen war er sicherlich das, was Ajax mit ›in Ordnung‹ meinte. Er nickte. »Und du?«

Ajax wischte sich das Blut aus dem Gesicht — es war nicht das seine — und zuckte mit den Schultern. »Ich denke schon«, sagte er. »Wir haben Glück gehabt.«

Darauf antwortete Thamis nicht. Ajax deutete sein Schweigen wohl auch richtig, denn er fragte ihn kein zweites Mal nach seinem Befinden, sondern schob sich schweigend an ihm vorbei und blickte eine Weile durch die Luke nach daußen. Auf seinem

Gesicht machte sich ein betroffener Ausdruck breit, als er die Toten und Verwundeten sah.

»Schlimm«, murmelte er.

»Eigentlich müßte dich der Anblick doch erfreuen«, sagte Thamis böse. »Es sind deine Feinde, die dort verbluten.«

Er erschrak selbst ein bißchen vor seinen Worten; sie waren ihm herausgerutscht, ohne daß er sie im Grunde hatte sagen wollen. Aber zu seinem Erstaunen reagierte Ajax nicht erbost, sondern lächelte traurig und schüttelte den Kopf.

»Es sind zwei völlig verschiedene Dinge, ob man einen Feind im Kampf erschlägt oder ob ein Mensch durch einen dummen und überflüssigen Unfall ums Leben kommt«, sagte er sanft.

»Oder durch die Bosheit einer geilen Göttin?« fauchte Thamis.

Ajax fuhr erschrocken zusammen, sah sich hastig nach beiden Seiten um und preßte den Zeigefinger gegen die Lippen.

»Nicht so laut«, sagte er warnend.

»Warum?« Thamis schnaubte. »Glaubst du, es spielt eine Rolle, ob ich jetzt oder morgen früh sterbe?«

»Du wirst nicht sterben«, widersprach Ajax. »Ich gebe auf dich acht, keine Angst.«

»Natürlich«, sagte Thamis böse. »Schließlich hat Pallas Athene es dir ja auch befohlen, nicht wahr?«

»Das hat sie«, sagte Ajax ernst. »Aber das ist es nicht.« Er zögerte. »Du würdest mir nicht glauben, wenn ich dir sagte, daß ich alles rückgängig machen würde, könnte ich es, wie?«

»Nein«, sagte Thamis zornig. Aber er war nicht ganz sicher, ob das wirklich die Wahrheit war.

Im Laufe der nächsten Stunde tat sich draußen auf dem Strand nichts. Die Troer schafften ihre Verwundeten und Toten fort, und alles, was sonst noch geschehen mochte, spielte sich außerhalb des schmalen Bereiches ab, den Thamis einsehen konnte. Aber schließlich füllte sich der Strand wieder mit Männern, und endlich – nach Ewigkeiten – wurden Ketten und Seile am Pferd befestigt, und Priamos' Krieger begannen mit dem mühsamen Geschäft, das gewaltige Roß wieder aufzurichten – was beinahe dazu führte, das es nun zur Gegenseite umzukippen drohte, und in seinem Inneren gab es weitere Blutergüsse und Prellungen.

Der Nachmittag war schon ein gutes Stück fortgeschritten, als das Pferd endlich wieder aufrecht stand und die Räder an seinen vier Beinen befestigt worden waren. Thamis sah jetzt, daß die Troer die verstrichene Zeit genutzt hatten, einen der Sandhügel vor dem Lager abzutragen und eine schräge, sanft in die Höhe führende Rampe zu errichten, in deren gedachter Verlängerung das offenstehende Haupttor Trojas lag.

Priamos selbst – aber auch Pallas Athene, Ajax und einige andere hohe Würdenträger Trojas – legte mit Hand an, als zweihundert Krieger damit begannen, das gewaltige Roß die Rampe hinaufzuzerren. Trotzdem bewegte sich das Pferd kaum von der Stelle; die riesigen Holzräder sanken im lockeren Sand fast zur Hälfte ein, und die gesamte Konstruktion begann unter dem Zug der Seile und Ketten bedrohlich zu ächzen. Seine Insassen standen wahre Todesängste aus, während das troische Heer das Riesenpferd die hastig aufgeschüttete Rampe hinaufzuzerren versuchte.

Aber Pallas Athenes Zauber schützte die Hellenen auch dieses Mal. Obgleich sich das Roß nur um Fingerbreiten vorwärts bewegte und ununterbrochen schaukelte und knarrte, kam es zu keinem weiteren Zwischenfall, und zwei Stunden vor Sonnenuntergang hatte das Pferd den Bereich des ehemaligen griechischen Heerlagers verlassen und rollte den hartgebrannten Wüstenboden nach Troja hinauf.

Als sie etwas mehr als die Hälfte der Strecke zurückgelegt hatten, kam der dritte Erdstoß.

Die Sonne näherte sich dem Horizont, bis die Troer das Pferd wieder aufgerichtet hatten. Diesmal *hatte* es Schäden davongetragen – in seinem hölzernen Sattel klaffte ein handbreiter Riß, und eines der schimmernden Kristallaugen war herausgebrochen, und auch in seinem Inneren war die Situation nicht mehr ganz so harmlos. Zwei Hellenen hatten Arm- und Beinbrüche davongetragen, und ein junger Krieger, dessen Name Thamis nicht kannte, regte sich gar nicht mehr. Das Schweigen der Männer war nicht allein auf Agamemnons Befehl zurückzuführen. Thamis konnte die Angst der hellenischen Helden regelrecht riechen.

Das Pferd begann sanft zu schaukeln, als Priamos die Hand hob und damit Befehl gab, den Weg nach Troja fortzusetzen. Ein Teil des hölzernen Schweifs löste sich und fiel polternd zu Boden, und die beiden übriggebliebenen Querstreben begannen alarmierend zu knarren. Aber sie erreichten die Stadt ohne weitere Zwischenfälle.

Genauer gesagt – das Tor.

Priamos forderte seine Männer mit schriller Greisenstimme zu einer letzten Anstrengung auf, als das weit geöffnete Stadttor vor ihnen lag, und die dardanischen Krieger legten sich noch einmal mit aller Kraft ins Zeug. Das Pferd kam mit einem regelrechten Satz los, rumpelte auf den gepflasterten Zuweg – und krachte mit einem dröhnenden Schlag (der Agapenor einen weiteren Zahn kostete) gegen den Torsturz. Auch das zweite Auge brach heraus, fiel direkt vor Priamos Füße, und zerbarst klirrend.

Agamemnon blickte sich wütend um, nachdem er sich wieder auf Hände und Knie hochgestemmt hatte. »Epeos!« fauchte er. »Wo bist du?«

Der Angesprochene stemmte sich mühsam hoch, hielt sich mit der linken Hand an einem Balken fest und kniff die Augen zusammen, um Agamemnon im Halbdunkel anzublicken. Er sagte kein Wort.

»Es ist zu groß!« fauchte Agamemnon. »Dein famoses Pferd ist zu groß, Epeos! Es paßt nicht durch das Tor!«

»Das ist nicht meine Schuld«, antwortete Epeos patzig. »Ich habe die Pläne nicht gezeichnet!« Er brachte das Kunststück fertig, Agamemnon zu antworten, ohne den Mund dabei zu öffnen.

»Aber du hast den Bau überwacht, oder?« fragte Agamemnon zornig. »Und dabei ist dir nicht aufgefallen, daß Hals und Kopf zu lang sind?« Sein Gesicht war rot vor Zorn.

Epeos schluckte. Dann hellte sich sein Gesicht auf. »Die ... die Räder!« sagte er. »Pallas Athene muß die Räder nicht berechnet haben. Und ich auch nicht. Woher sollte ich wissen, daß ...«

Er sprach nicht weiter — was wohl nicht zuletzt an Agamemnons geballter Faust lag, die plötzlich ganz dicht vor seinem Gesicht hing. Aber in diesem Moment erscholl draußen auch Priamos' wütende Stimme, und aller Aufmerksamkeit wandte sich wieder dem trojanischen König und seinen Männern zu.

Priamos' Zorn galt wohl allerdings weniger dem Pferd als vielmehr dem zerbrochenen Kristallauge vor seinen Füßen, denn spätestens jetzt mußte er wohl erkennen, daß der faustgroße Rubin, den er unter sein Gewand geschoben hatte — in einem Moment, in dem er glaubte, die anderen sähen es nicht — auch aus nichts anderem als gefärbtem Glas bestand.

»Laokoon hatte recht!« keifte er. »Die Geschenke der Danaer bringen nichts Gutes. Glas! Billigen Tand bieten sie mir an. Mir, dem König von ... von ...«

»Troja«, half Pallas Athene aus.

Priamos nickte wütend. »Von Troja, eben. Mir, einem König! Sie wagen es, mir wertloses *Glas* zum Geschenk zu machen! Wollen Sie Krieg?« Er stampfte wütend mit dem Fuß auf. »Ich hätte nicht übel Lust, nach Ithaka zu segeln und die Burg dieses Odysseus für zehn Jahre zu belagern!«

»Aber mein König!« Pallas Athene hob begütigend die Hand. »Ich bitte dich! Was sind zwei wertlose Glassteine gegen dieses prachtvolle Pferd. Bedenke doch, welchen Ruhm es dir und deiner Stadt in der ganzen Welt einbringen wird.« Sie lächelte zuckersüß. »Edle Steine und Schätze nennen viele Könige ihr eigen, aber wer kann schon sagen, er hätte ein Pferd von der Größe eines Hauses vor seinem Palast stehen?«

Ihre Worte schienen Priamos einzuleuchten, denn der Zorn auf seinen Zügen wich und machte einem glücklichen Lächeln Platz. Aber nur für einen Moment. Dann seufzte er, schüttelte traurig den Kopf und blickte lange und nachdenklich am Hals des Rosses empor, der sich unter dem Torsturz verkeilt hatte und ein wenig schräg stand.

»Du hast wohl recht, mein Freund«, seufzte er. »Aber wie sollen wir es in die Stadt bekommen? Du siehst selbst — es ist zu groß.«

»Wir könnten den Hals abschneiden«, schlug der kleine Ajax vor. Agamemnon im Inneren des Pferdes schluckte hörbar.

»Oder die Beine«, sagte ein anderer Troer. »Es gibt genug geschickte Schreiner in Troja, die sie wieder anbringen können.«

»Welche Schande!« empörte sich Pallas Athene. »Glaubt ihr, ein solches Vorgehen wäre eines Kunstwerks wie dieses würdig? Soll die ganze Welt später sagen, die Bewohner Trojas wären nichts als Banausen gewesen, die ein Kunstwerk einfach auseinandersägen und nach Belieben wieder zusammensetzen? Außerdem — was glaubt ihr, würden Agamemnon und Odysseus sagen, kämen sie zurück, um endgültig Frieden mit Troja zu schließen, und das Pferd läge zersägt auf der Seite?«

»Aber was sollen wir tun?« fragte Priamos unglücklich. »Du siehst selbst, mein Freund, es geht einfach nicht durch das Tor.«

»Verbrennt das Ding!« brüllte eine Stimme aus dem Hintergrund.

Pallas Athene warf einen zornigen Blick in die Menge, lächelte aber dann wieder und deutete nach oben. »Es ist nicht viel«, sagte sie. »Gebt Befehl, das Tor zu erweitern. Jetzt, wo der Krieg vorüber ist, braucht ihr ohnehin keine wehrhafte Mauer mehr.«

»Aber das dauert Wochen!« jammerte Priamos.

Pallas Athene schüttelte den Kopf. »Wenn das alles ist, was euch Sorgen macht«, sagte sie und stampfte mit dem Fuß auf.

Es wurde dunkel, und Thamis schätzte, daß es Mitternacht werden könnte, bis die Trojaner die Trümmer des zusammengestürzten Tores samt ihren Verwundeten beiseite geschafft und das Pferd wieder aufgerichtet haben würden.

Die Straßen der Stadt waren fast taghell erleuchtet; Hunderte von Fackeln und Freudenfeuern brannten, und als das mittlerweile schon arg lädierte Pferd durch die Hauptstraße auf den Tempelplatz gezerrt wurde, war es von einer lachenden, jubelnden und singenden Menge umringt. Es war das erste Mal seit beinahe zehn Jahren, daß Trojas Straßen vom Lachen und Lärmen eines Festes widerhallten, statt von Waffengeklirr. Überall in den Straßen und Häusern erscholl Musik und das Lachen und Singen ausgelassener Menschen; Thamis sah Männer, die auf der Straße tanzten, und Paare, die sich vor lauter Glück in aller Öffentlichkeit küßten.

Das Bild trieb ihm die Tränen in die Augen. Er beherrschte sich und gab nicht einen Laut von sich, aber er weinte, als er all diese ausgelassenen, glücklichen Menschen sah, Männer und Frauen, die nach zehn Jahren Krieg die Hoffnung auf ein normales Leben schon längst aufgegeben hatten und noch gar nicht richtig fassen konnten, was es hieß, *Frieden* zu haben. Sie jubelten dem Pferd zu, versinnbildlichte es doch das Ende all ihrer Leiden und Schrecken.

Und nicht einer war unter ihnen, der auch nur ahnte, daß sie den Tod im Triumphzug durch Trojas Straßen führten.

Sehr langsam näherten sie sich dem Tempelplatz, und mit jeder Umdrehung der gewaltigen Räder stieg die Spannung bei den Insassen des Pferdes. Ajax war wieder von Thamis abgerückt, sein Platz war von einem bärtigen, kleingewachsenen Hellenen eingenommen worden, den Thamis nicht kannte und der abwechselnd ihn und das Geschehen draußen auf den Straßen mit finsteren Blicken bedachte. Seine Hand spielte nervös am Schwert, das – wie alle Waffen, die die Hellenen trugen – sorgsam mit Stoffstreifen umwickelt worden war, damit es nicht klirren und das Geheimnis des Pferdes verraten konnte. Thamis fragte sich, was er beim Anblick all dieser tanzenden und lachenden Menschen empfinden mochte. Triumph? Oder einfach nur Angst? Er wußte es nicht.

Aber schließlich empfand auch er keinen Triumph beim Anblick des toten Griechen, den Odysseus und Epeos in den hinteren Teil des Pferdes geschleift hatten. Nur sein Zorn war gewachsen.

Als sie auf den Tempelplatz hinausrollten, bot sich ihnen ein phantastischer Anblick. Der Tempel der Pallas Athene war strahlend hell erleuchtet, und in allen Fenstern, die den Platz säumten, waren Lichter aufgestellt; das Zentrum Trojas funkelte und glänzte wie ein gewaltiger Edelstein. Weinkrüge kreisten, und selbst die Männer, die sich mit aller Kraft gegen die Seile stemmten, um das Pferd zu ziehen, vollbrachten diese Anstrengung lachend und voller Fröhlichkeit.

Plötzlich trat eine Gestalt zwischen den weißen Marmorsäulen des Tempels hervor, blieb auf der obersten Stufe stehen und hob in einer beschwörenden Geste die Arme. Ihr grau gewordenes, schulterlanges Haar und der schwarze Stoff ihres Umhanges bauschten sich, und das Licht der zahllosen Fackeln zeichnete ihre Umrisse mit flammenden Linien nach; ein Eindruck, der beabsichtigt und berechnet war und auch dieses Mal seine Wirkung nicht verfehlte. Das Lachen und Singen verebbte, und als Kassandra – denn um keine andere handelte es sich – die Arme senkte und einige Stufen die Treppe herunterkam, herrschte auf dem Platz ein fast unnatürliches Schweigen.

»Bürger Trojas!« rief sie mit weit schallender Stimme. »Hört mir zu! Dieses Pferd bringt Unglück!«

Thamis fuhr wie unter einem Peitschenhieb zusammen. Gelähmt vor Unglauben und Entsetzen starrte er auf die gebeugte, auf der gewaltigen marmornen Treppe winzig wirkende Gestalt der Seherin hinab. War Kassandra wahnsinnig geworden?

Er war nicht der einzige, den die Worte der Athene-Priesterin wie eine Ohrfeige trafen. Auch die letzten Geräusche verstummten; die Seile, die an Hals und Brust des Pferdes befestigt waren, erschlafften abrupt, als die Männer an ihren Enden ungläubig herumfuhren und zum Tempel hinaufstarrten. Nur eine einzige Gestalt in der ganzen Menge erstarrte nicht, sondern fuhr mit einem deutlich hörbaren Fluch herum und rannte hastig davon – der vermeintliche Hauptmann, in dessen Gestalt sich noch immer Pallas Athene verbarg.

»Männer und Frauen Trojas!« fuhr Kassandra mit schriller, sich fast überschlagender Stimme fort. »Glaubt mir, wenn ich sage, daß Laokoon die Wahrheit gesprochen hat! Dieses Danaergeschenk bringt den Tod für uns alle!«

»Was redest du, altes Weib?« brüllte eine Stimme aus der Menge. »Der Krieg ist vorüber! Die Hellenen sind fortgesegelt!«

»Nur zum Schein!« rief Kassandra zurück. »Ihr müßt mir

glauben. Ich sah die Zukunft Trojas im Traum vor mir, und ich sah zerstörte Straßen und brennende Häuser!«

»Du hast wahrscheinlich zu tief in den Becher gesehen, in dem dein Opferwein ist!« brüllte eine andere Stimme. Aus der Menge erhob sich ein beistimmendes Johlen und Lachen, aber wieder hob Kassandra in dieser eigentümlichen, befehlenden Geste die Arme, und abermals verstummte das tobende Volk.

»Ich sah die Straßen unserer Stadt mit Blut gefüllt!« rief die Seherin. »Und ich sah es aus dem Bauch dieses Pferdes quellen, das ihr mit Jauchzen durch ihre Tore zerrt!«

»Beweise es!« kreischte eine Frauenstimme.

Kassandra seufzte hörbar, und trotz der großen Entfernung war Thamis plötzlich sicher, ihren Blick zu spüren, ihn und das stumme Flehen um Vergebung, das darin geschrieben stand. Und plötzlich glaubte Thamis sie zu verstehen. Sie mußte genau wissen, wie sinnlos dieses letzte Aufbegehren war; und gefährlich dazu. Aber sie hatte einfach nicht schweigen können, sondern war es ihrer Stadt und sich selbst schuldig gewesen, es mindestens versucht zu haben.

»Ich kann es beweisen«, fuhr sie fort. »Dieses Pferd ist eine Falle, ersonnen von Odysseus und Kalchas, uns alle zu verderben!«

»Du lügst!« kreischte die Frauenstimme wieder. »Solange ich dich kenne, prophezeist du Unheil! Schweig endlich still, du alte Nebelkrähe!«

Kassandra hob verzweifelt die Arme — und um gleichen Moment sah Thamis den Schatten.

Es war kein Körper, eigentlich nicht einmal ein richtiger Schatten, sondern nur ein Huschen; etwas, das Thamis noch nie zuvor im Leben gesehen hatte, eine reine Bewegung ohne Substanz. Und trotzdem war er sicher, eine Frau zu erkennen: schlank, groß, von göttlichem Wuchs, einen Arm, der sich hob, Augen, in denen ein boshafter Triumph aufblitzte, eine Hand, die Kassandras Lippen beinahe sanft berührte. Und er war auch sehr sicher, daß er der einzige in ganz Troja war, der das Schemen sah — weil er es sehen *sollte*.

»Männer und Frauen Trojas!« fuhr Kassandra fast verzweifelt

fort. »Hört mir zu, ich flehe euch an. Ihr laufagelt ips gonewend per gnop schudendede!«

Schlagartig wurde es still. Die aufgebrachte Menge, die vor Augenblicken noch versucht hatte, Kassandra schlichtweg niederzubrüllen, verstummte wie auf einen geheimen Befehl hin und starrte die grauhaarige Seherin betroffen an.

Auch Kassandra war verstummt. Verwirrt sah sie nach rechts und links, legte den Kopf auf die Seite, berührte ihre Lippen und fragte in verwundertem Tonfall: »Mobruckl gnar kocks?«

»Was hast du gesagt?« rief jemand.

Kassandras Gesicht verzerrte sich zu einer Grimasse des Entsetzens. »Jopohoo gup gab!« sagte sie.

»Ganz genau!« brüllte der Mann.

Kassandra deutete anklagend mit der Hand auf den Sprecher, die Finger gespreizt, daß sie an eine Vogelklaue erinnerten: Eine Geste der Beschwörung, die normalerweise jeden vor Furcht hätte erstarren lassen. »Hamack!« sagte sie scharf. »Gieumeudeu kwacks!«

Irgendwo auf dem Platz begann eine Frau zu lachen; schrill und hysterisch und nicht sehr lange.

»Nabracks!« keuchte Kassandra verzweifelt.

»Da hört ihr es!« schrie eine Stimme aus der Menge. »Sie redet irre! Hört nicht auf sie!«

Kassandra riß in einer fast beschwörenden Geste die Hände in die Höhe, deutete auf sich und ihre Lippen, auf das Pferd und auf die fast haushohe Pallas-Athene-Statue am Fußende der Treppe und schrie: »Aufark! Nowobubbl item giaaaal!«

»Kassandra ist verrückt geworden!« brüllte jemand. Eine andere Stimme stimmte zu, und mit einem Male schlug ein dröhnendes Hohngelächter wie eine Woge über der Priesterin zusammen und verschluckte ihre Worte.

»Kassandra ist verrückt geworden!« gröhlte die Menge. »Kassandra ist verrückt geworden!« Immer und immer wieder, bis der Platz unter dem an- und abschwellenden Rhythmus der Worte zu vibrieren schien.

Und plötzlich merkte Thamis, daß es nicht allein der Chor der außer Rand und Band geratenen Troer war. In das Geschrei des gröhlenden Mobs hatte sich ein neuer, dumpfer Ton gemischt: Ein düsteres, tiefes Grollen, wie das Geräusch eines unendlich weit entfernten, aber unglaublich großen Wasserfalls, ein Laut, der mehr zu fühlen als wirklich zu hören war, der aber deutlicher wurde, an Stärke zunahm und schließlich selbst das Gebrüll aus Hunderten von Kehlen übertönte, das Geschrei der Tobenden erstickte, den Platz, das Pferd, den Tempel und die umliegenden Häuser erbeben ließ.

Aus dem Hohn- wurde Angstgeschrei. Kassandra krümmte sich, als der Tempel zu beben begann, riß die Arme in die Höhe und schrie mit beschwörender Stimme: »Rupfmupf!«, woraufhin sich ein Stein aus dem Dach des Tempels löste und sie am Kopf traf, daß sie bewußtlos auf die Stufen sank.

Und plötzlich begann die Erde zu bocken und zu beben. Eines der Häuser hinter dem Tempel wankte, bekam einen Riß und sank krachend und polternd in sich zusammen, seine Bewohner und Dutzende von Schaulustigen unter sich begrabend.

Auf dem Tempelvorplatz brach eine Panik aus. Die Männer und Frauen Trojas, gerade noch im Freudentaumel und trunken vor Erleichterung, verwandelten sich binnen Sekunden in eine kopflose, schreiende Meute, wild durcheinanderrufend und -rennend und sich gegenseitig niedertrampelnd.

Wie zur Antwort auf den Chor schreiender Stimmen erscholl das dumpfe Grollen ein zweites Mal, plötzlich gefolgt von einem gewaltigen Dröhnen und Bersten, als stürzten tief unter der Erde riesige Höhlen ein. Der Platz, die Häuser, ja, die ganze Stadt schienen zu schwanken. Menschen fielen aus Fenstern, aus denen sie sich gerade noch in freudiger Erregung herausgebeugt hatten, Mauern barsten und erbrachen Kalk und Steine auf die durcheinanderhastende Menge, Ziegel lösten sich und stürzten wie kleine tödliche Geschosse herab, und plötzlich schien selbst der mächtige Tempel der Pallas Athene wie unter einem Fausthieb zu erbeben.

Ein ungeheures Knirschen erklang, als die gewaltige Freitreppe der Länge nach riß. Eine der manndicken Marmorsäulen vor seinem Tor zersprang mit einem Knall in tausend Scherben, und dann neigte sich die riesige Marmorstatue der Pallas Athene wie in einer grotesken Verbeugung zur Seite, blieb einen Moment in schier unmöglicher Schräglage stehen – und stürzte direkt auf das hölzerne Pferd der Griechen!

Thamis hatte das Gefühl, das gewaltige Roß unter dem Aufprall der marmornen Gigantin in die Knie gehen zu spüren. Das Pferd erbebte wie unter einem Hammerschlag, Holz knirschte und zersprang knallend, und ein ungeheures Krachen und Splittern verschlang die angstvollen Schreie der Hellenen, als der fast mannsgroße steinerne Busen der Göttin den hölzernen Sattel mitsamt dem getarnten Eingang zerschlug und wie ein Korken in einem zu engen Flaschenhals steckenblieb.

Die Erschütterung warf die Hellenen wie Spielzeuge durch- und übereinander, daß das Pferd abermals von Schreck- und Schmerzensschreien widerhallte, und auch Thamis fühlte sich gepackt und gegen die Wand geschleudert, wo er halb besinnungslos liegenblieb.

Nur ein einziger Mann sprang sofort wieder auf die Füße, stieg – mit einem sonderbaren, an einen Freudenschrei erinnernden Laut – die vor ihm Stehenden beiseite und begann ungeschickt, aber erstaunlich schnell, an den Verstrebungen nach oben zu klettern.

Es war Kalchas, der kurzsichtige Seher der Griechen. »Meins!« brüllte er, den riesigen marmornen Busen mit beiden Armen umfassend. »Alles meins! Geht aus dem Weg! Er gehört *mir*!«

Thamis versuchte sich aufzurichten, aber es gelang ihm nicht. Sein Kopf dröhnte, und das Grollen des Erdbebens, das Schreien und Brüllen der in Panik geratenen Menge draußen auf dem Platz und das nicht enden wollende Lärmen und Tosen der zusammenbrechenden Häuser vermischten sich hinter seiner Stirn zu einer schrecklichen Symphonie. Wie durch einen blutgetränkten Nebel sah er, daß sich die Griechen rings um ihn herum einer nach dem anderen wieder in die Höhe stemmten, aber seine eigenen Glieder schienen von aller Kraft verlassen. Er schmeckte Blut.

Kalchas oben unter dem zertrümmerten Sattel schrie indessen weiter, was das Zeug hielt. Neoptolemos versuchte, ihn zurückzuzerren und zur Ruhe zu bringen, aber der Alte entwikkelte erstaunliche Kraft, stieß dem jungen Krieger den Fuß ins Gesicht und kreischte abermals: »Es ist meins! Alles gehört mir!«

»So beruhige dich doch, Kalchas!« rief Agamemnon verzweifelt. »Du irrst dich. Wir sind noch nicht im Haus der Cassyra!«

Kalchas blinzelte, bedachte den mannsgroßen Marmorbusen mit einem sehr langen, zweifelnden Blick und sah wieder zu Agamemnon herab. »Noch nicht?« vergewisserte er sich.

Agamemnon schüttelte den Kopf. »Wirklich nicht, Kalchas. Sei vernünftig und komm herunter. Ich verspreche dir, daß du als erster an die Reihe kommst. Du bist der älteste und hast natürlich das Recht, die erste Wahl zu treffen.«

Kalchas schien nicht vollkommen überzeugt, denn er zögerte noch endlose Sekunden. Aber schließlich ließ er doch – wenn auch mit einem sehr enttäuschten Seufzen – den Marmorbusen los und begann ungeschickt in die Tiefe zu klettern.

Thamis hatte sich endlich wieder erhoben und war zu seinem Sichtfenster gekrochen. Sein ganzer Körper schien ein einziger, pochender Schmerz zu sein, aber er biß die Zähne zusammen und unterdrückte jeden Laut. Er durfte jetzt nicht an sich denken.

Der Tempelplatz bot einen chaotischen Anblick. Die Erdstöße hörten allmählich auf, und als sich der Staub legte und die panische Menge sich nach und nach verlief, zeigte sich, daß die Panik wohl weitaus mehr Opfer gefordert hatte als das eigentliche Beben. Trotzdem war es schlimm genug: Zwei Häuser lagen vollkommen in Trümmern, der Pallas Athene-Palast stand schief wie ein Kartenhaus, das jeden Moment zusammenbrechen konnte, und quer durch das Pflaster des Platzes zog sich ein mannsbreiter, gezackter Riß, aus dem graue Dämpfe emporstiegen. Die Stadt hallte wider von Schreien und Weinen, und am Himmel ballten sich Wolken von sonderbarer, graubrauner Farbe, wie sie Thamis noch nie zuvor gesehen hatte.

»Was tun wir?« flüsterte eine Stimme hinter ihm.

Thamis wandte mühsam den Blick, ehe er bemerkte, daß die

Frage nicht ihm, sondern Agamemnon gegolten hatte, der an eines der anderen Sichtfenster gekrochen war und wie er gebannt auf den Platz hinausstarrte.

Der Völkerfürst antwortete nicht gleich, sondern setzte sich mit einem erschöpften Seufzer auf, blickte nach oben und musterte den gewaltigen Steinbusen, der den Ausgang blockierte, mit einem sehr langen, düsteren Blick. Neben dem gewaltigen Rund der Marmorbrust war zwar ein schmaler Spalt, der aber längst nicht ausreichte, hindurchzukriechen. Nicht einmal für den Kleinsten unter ihnen. »Ich weiß es nicht«, gestand er schließlich. »Wir sollten hier hinaus – aber so, wie es im Moment aussieht, geht das nicht.«

»Wir könnten ein Loch in den Boden hacken«, schlug Idomeneos vor. »Niemand würde es bemerken.«

Agamemnon dachte einen Moment über diesen Vorschlag nach, dann schüttelte er den Kopf. »Nein«, sagte er. »Zu gefährlich.« Er deutete nach oben. »Vielleicht ist das da ein Zeichen für uns, noch zu warten. Habt ihr Athenes Worte vergessen? Wenn die Sonne aufgeht. Nicht eher.«

»Und was machen wir bis dahin?« fragte Idomeneos.

Agamemnon zuckte die Schultern. »Nichts«, antwortete er. »Wir war ...« Der Rest seiner Antwort ging im Grollen eines neuerlichen Erdstoßes unter. Das Pferd wankte, drohte für einen Moment abermals umzukippen und ächzte in allen Fugen, als wolle es auseinanderbrechen. Thamis suchte mit wild rudernden Armen nach Halt, stürzte auf Hände und Knie und warf sich instinktiv zur Seite, als ein wahrer Hagel von Holz- und Marmortrümmern dort niederkrachte, wo er gerade noch gestanden hatte.

Plötzlich strömte Licht durch den zerborstenen Rücken des Pferdes. Irgendwo draußen auf dem Platz erscholl ein einzelner, gellender Schrei, und dann traf irgend etwas die riesige Götterstatue. Der gewaltige Steinbusen rutschte mit einem fürchterlichen Bersten und Krachen weiter in das Pferd hinein, quetschte Thamis dabei um ein Haar zu Tode – und war verschwunden!

Alles ging so schnell, daß Thamis kaum Zeit fand, die Situation wirklich zu erfassen oder gar eine überlegte Entscheidung zu treffen. Draußen neben dem Pferd zerbarst die Statue zu einem gewaltigen Scherbenhaufen; unter und neben ihm kugelten die Griechen zum wiederholten Male in den letzten Minuten durcheinander, und die Luft war plötzlich voller Staub und von einem scharfen, unangenehmen Geruch erfüllt – aber der Eingang war nicht länger blockiert!

Ohne auch nur wirklich nachzudenken, sprang Thamis auf, hangelte sich an der vor Spannung vibrierenden Querstrebe in die Höhe, zog sich mit einem kraftvollen Ruck aus dem Pferd und sprang ungeschickt in die Tiefe. Aus dem Bauch des Rosses erklang ein vielstimmiger, wütender Schrei, und irgend etwas Kleines, Silbernes flog hinter ihm her und zersplitterte dicht neben ihm auf dem geborstenen Pflaster, dann hatte er sich aufgerappelt und rannte, Haken schlagend und wie von Furien gehetzt, davon.

Im Inneren des Pferdes begann eine Stimme zu kreischen; schrill, hoch und sich fast überschlagend vor Wut. Thamis warf einen Blick über die Schulter zurück. Das Pferd stand schräg, wie ein bizarres Schiff, das an der weißen Marmorklippe der zerborstenen Treppe aufgelaufen war, und in seinem Rücken gähnte eine gewaltige Wunde.

»Bleib stehen, du Verräter!« schrie Odysseus. Augenblicke später tauchte sein behelmter Kopf aus dem zerrissenen Pferderücken auf; ein Speer blitzte im Feuerschein. Thamis warf sich mit einem verzweifelten Satz zur Seite, als das Wurfgeschoß in seine Richtung zischte. Der Speer verfehlte ihn um Haaresbreite, was Odysseus zu einem neuerlichen, schrillen Wutgebrüll veranlaßte.

Thamis rannte im Zickzack über den Platz, stürmte die Treppe des Athene-Tempels hinauf und sprang über die niedergebrochene Säule. Sein Blick suchte Kassandra, aber von der greisen Seherin war keine Spur mehr.

Wie von Sinnen rannte er in den Tempel, stürmte zwischen Opferschalen und halbzerstörten Büsten hindurch und quer durch das von Flammen und Rauch erfüllte Allerheiligste. Hinter ihm verklangen die Wutschreie von Odysseus und den anderen Griechen.

Die Erde bebte weiter.

ZEHNTES KAPITEL

Die Zerstörung hatte auch vor dem Palast des Priamos nicht haltgemacht. Das große Hauptportal lag samt der Wand, durch die es geführt hatte, in Trümmern, und aus dem Inneren des gewaltigen Burgbaues drangen Schreie und Rufe und das blutige Flackern von Bränden. Die Luft war voller Staub, und wohin Thamis auch blickte, hasteten Männer und Frauen durch die Trümmer, die meisten in wilder Panik, einige wenige auch bei dem ebenso verzweifelten wie vergeblichen Versuch, den Verwundeten und Eingeklemmten zu helfen und so etwas wie Ordnung in das Chaos zu bringen. Einmal glaubte er sogar Priamos selbst zu erkennen, war sich aber nicht sicher, und die Gestalt war verschwunden, ehe er ein zweites Mal hinschauen konnte.

Bei diesem Durcheinander mußte er sich nicht heimlich in den Palast schleichen. Niemand nahm Notiz von ihm, und wenn, so höchstens dergestalt, daß man ihn anbrüllte, zu verschwinden, ehe der Palast vollkommen zusammenbrach — denn die Erde erzitterte in immer kürzeren Abständen, und jedes Beben war eine Winzigkeit heftiger als das vorangegangene.

Thamis hatte Mühe, das Privatgemach von Äneas überhaupt zu finden. Er hatte den Palast noch niemals aus dieser Richtung betreten, und das gewaltige, beinahe fensterlose Gebäude stellte sich als ein wahres Labyrinth aus Gängen und Fluren heraus, in dem er mehr als einmal die Orientierung verlor. Zudem waren manche Korridore eingestürzt; blockiert von Steinen und zersplitterten Balken, manche Treppen zerborsten, so daß sie ins Nichts führten, und so manches Zimmer zu tödlichen Fallen ohne Boden geworden. Es dauerte fast eine halbe Stunde, ehe er einen Teil des Palastes erreichte, den er wiederzuerkennen glaubte, und dann noch einmal endlose Minuten, bis er Äneas' Kammer gefunden hatte.

Der trojanische Held war nicht da, aber die Kammer war auch nicht leer. Das Beben hatte seine Spuren hinterlassen — die Tür war wie von einem Hammerschlag getroffen und zerborsten nach innen gedrückt worden, und ein großer Teil der Decke war zwar noch nicht herabgestürzt, hing aber so schief, daß er es jeden Augenblick tun mußte. Um so erstaunlicher wirkte der Anblick, der sich Thamis bot, als er durch die Tür stürmte: Im Inneren der geräumigen Kammer herrschte ein unbeschreibliches Chaos, aber als wäre nichts geschehen, stand Lenardos inmitten des Tohuwabohu und pinselte an einem Bild herum.

Thamis war mit einem Satz neben ihm und zog ihn am Arm. »Wo ist Äneas?« keuchte er.

Der Schnellzeichner ließ mit deutlicher Verärgerung seinen Pinsel sinken, bedachte ihn mit einem Blick, als sehe er auf ein ekliges Insekt herab, das an seinem Bein emporzukriechen dachte, und zuckte mit den Schultern. »Weisch isch nischt«, antwortete er unwillig. Dann hellte sich sein Gesicht auf. »Aber schie doch, wasch isch entdeck habe«, fuhr er fort, heftig mit der freien Hand auf das Pergament deutend, an dem er bisher gearbeitet hatte.

»Das interessiert mich jetzt nicht«, antwortete Thamis gehetzt. »Ich muß Äneas finden. Bitte, Lenardos – wo kann er sein?«

Lenardos zog beleidigt eine Schnute. »Scho«, sagte er. »Dasch interreschiert disch alscho nischt, wasch?« murmelte er. »Alsch du wasch von mir gewollt hascht, interreschierte disch allesch. Aber wasch scholl isch schon von einem Kunschtbanauschen wie dir anderesch erwarten?«

Thamis seufzte, aber ihm war sehr wohl klar, daß der Alte ihm niemals antworten würde, wenn er nicht wenigstens so etwas wie Interesse heuchelte. Zitternd vor Ungeduld trat er um Lenardos herum, stellte sich auf die Zehenspitzen und warf einen hastigen Blick auf das Bild. Es zeigte eine noch relativ junge, nicht sehr schlanke Frau mit langem lockigem Haar und sehr sonderbarer Kleidung. Im Hintergrund eine Flußlandschaft, die sich in einem kunstvoll gemalten Himmel verlor. Thamis mußte zugeben, daß es nicht einmal schlecht war – wäre nicht rings um ihn herum gerade eine Stadt in Trümmern gesunken, hätte es vielleicht wirklich seine Bewunderung erweckt.

»Das ist wunderschön«, sagte er. »Hast du es gemalt?«

Lenardos schüttelte den Kopf. In seinen trübe gewordenen Augen blitzte es auf. »Leider nischt«, sagte er. »Jedenfallsch nisch gansch. Erinnerscht du disch an dasch Pergament, dasch du mir gebracht haschst?«

»Pallas Athenes Zeichnungen?« Thamis seufzte vor Ungeduld. »Natürlich.«

»Esch war unter dem Pferd«, erklärte Lenardos aufgeregt. »Ischt mir gleisch aufgefallen, dasch dasch Pergament schon einmal benutscht worden ischt. Isch habe esch abgemalt, scho gut isch konnte.« Er deutete heftig gestikulierend auf das Frauenporträt. »Jetscht male isch esch nur noch mit Farbe ausch. Mir gefällt esch.« Er runzelte die Stirn. »Wen man esch darstellen?«

Thamis verdrehte die Augen, tat dem Alten aber den Gefallen, das Bild noch einmal und etwas gründlicher zu betrachten. »Ich habe keine Ahnung«, gestand er schließlich. »Jedenfalls niemanden aus Troja.«

»Esch ischt eine schehr hübsche Frau.«

Thamis nickte. »Sicher. Aber sie hat ein ziemlich blödsinniges Lächeln, findest du nicht?«

Lenardos wackelte mit dem Kopf. »Isch werde schie meinem Cousin in Vinschi schicken«, sinnierte er. »Vielleischt kann er ihr den letschten Schliff geben.«

»Lenardos, *bitte*!« sagte Thamis, der Verzweiflung nahe. »Wo ist Äneas? Erinnere dich! Es ist ...«

Ein helles, aufgeregtes Bellen und ein gemurmelter Fluch unterbrachen ihn. Thamis drehte sich erschrocken herum, darauf gefaßt, Odysseus oder einen der anderen Griechen zu erblicken, die ihm gefolgt waren, um ihn für seinen vermeintlichen Verrat zur Rechenschaft zu ziehen. Aber es waren nur Romulus und Remus, Äneas' Zwillingssöhne, die an der zerborstenen Tür aufgetaucht waren, gefolgt von einem dunkelbraunen Dackel, der Thamis aufgeregt ankläffte und auf seinen krummen Beinen so schnell herangelaufen kam, daß er sich dabei selbst auf die Ohren trat.

Wütend kläffend schoß er auf ihn zu, blieb einen halben Schritt vor ihm stehen und zog mit eingeklemmtem Schwanz ab, als Thamis den Fuß hob, um nach ihm zu treten. Thamis trat mit drei, vier raschen Schritten auf die beiden Zwillinge zu; was den Dackel zu einem neuerlichen taktischen Rückzug bewog, allerdings nur, um zwischen Romulus' Beinen stehenzubleiben und ihn erneut aus Leibeskräften anzukläffen.

»Wo ist Äneas?« fragte Thamis die Zwillinge. Remus begann blöde zu grinsen und besabberte sich, während Romulus ihn nur anstarrte.

»Äneas!« wiederholte Thamis, der Verzweiflung nahe. »Bitte, wo ist er? Euer Vater!«

»Fafa?« fragte Remus stirnrunzelnd. Das Gesicht seines Bruders hingegen hellte sich schlagartig auf. »Mama«, sagte er leise. Mit einem glücklichen Lächeln ging er in die Knie, umschlang den Dackel mit beiden Armen — wobei er ihn fast erwürgte — und sagte noch einmal: »Mama.«

Thamis unterdrückte mit letzter Kraft die Tränen. »Bitte!« sagte er flehend. »Ich muß euren Vater finden! Wo ist er?«

»Ich bin hier, Thamis«, sagte eine Stimme vom Eingang her. Thamis blickte hoch, erkannte Äneas und trat mit einem erleichterten Seufzer an den Zwillingen vorbei — eine Chance, die der Dackel nutzte, ihn in die Wade zu beißen. Thamis merkte es nicht einmal.

»Alles ist verloren!« keuchte er. »Wir sind verloren, Äneas. Das Pferd ...«

Äneas brachte ihn mit einer Handbewegung zum Schweigen. »Nicht so rasch, mein junger Freund«, sagte er. »Ich weiß, was geschehen ist. Ich war am Tempelplatz.« Er seufzte. »Es ist schlimm, aber noch ist nicht alles aus. Wir haben noch eine Chance.«

»Isch werde schie Lischa nennen«, murmelte Lenardos. »Wasch hältsch du davon, Äneasch?«

»Aber das Pferd!« begehrte Thamis auf. »Die Griechen sind ...«

»Sind aus ihrem Versteck gekrochen und greifen alles an, was sich bewegt«, unterbrach ihn Äneas. Seine Stimme bebte vor

Zorn. Thamis sah, daß sich seine Hand um den Griff seines Schwertes spannte. Beides war voller Blut.

Und plötzlich sah er noch mehr: Nicht nur Schwert und Waffenhand des Troers waren blutig, sondern auch sein Gesicht. In seiner Stirn klaffte eine häßliche Schnittwunde, und die rechte Seite seines Hemdes hatte sich dunkel gefärbt.

»Du bist verwundet!« keuchte er. »Was ist geschehen?«

»Nichts anderes als das, was ich erwartet habe«, sagte Äneas düster. »Deine griechischen Freunde haben dich belogen, Thamis. Draußen am Hellespont sind Schiffe erschienen, und weitaus mehr als die drei, die dir gezeigt wurden.«

»Schiffe?« Thamis keuchte vor Unglauben. »Griechische ... Schiffe? Du ... willst sagen, daß ...«

»Das hellenische Heer ist auf dem Weg nach Troja«, sagte Äneas hart. »Genau das will ich sagen. Sie werden Troja vor Sonnenaufgang erreichen und sich mit Odysseus und den anderen vereinigen.«

»Aber das ... das kann nicht sein!« sagte Thamis entsetzt. »Sie ... sie haben versprochen, die Situation nicht auszunutzen. Ajax kann mich nicht belogen haben!«

»Anfangs sicher nicht«, sagte Äneas düster. »Ich glaube dir, daß sie zuerst nichts anderes vorhatten als das, was ihre Krieger seit Jahren tun.« Er atmete hörbar ein. Ein Schatten schien über sein Gesicht zu huschen, und wieder spannte sich seine Hand um das Schwert, so fest, daß Thamis seine Knöchel knacken hörte. »Athenes Verrat hat alles geändert«, fuhr er mit zornbebender Stimme fort. »Ich hätte nicht anders gehandelt, an Agamemnons Stelle, glaube mir. Und es ändert ja auch nichts.«

»Aber unser Plan!«

»Ist vielleicht noch nicht verloren«, sagte Äneas. Plötzlich klang seine Stimme wieder normal; der Zorn war daraus verschwunden. »Die Hellenen haben das Pferd verlassen und plündern die Stadt, und bald wird die Hauptmacht ihres Heeres hier sein. Aber wir können es schaffen. Kassandra hat vorausgesehen, was geschehen würde. Alles ist vorbereitet. Wenn wir das Pferd erreichen, ehe das danaische Heer in Troja ist, könnt ihr entkommen.«

»Kassandra.« Thamis spürte ein unbestimmtes Gefühl von Trauer. »Ist sie ...«

»Tot?« Äneas nickte. »Die Trümmer der Athene-Statue haben sie erschlagen«, sagte er leise.

»Warum hat sie es getan?« murmelte Thamis. »Sie ... sie muß gewußt haben, daß Pallas Athene sie vernichten wird.«

»Das hat sie«, bestätigte Äneas. »Aber sie war es sich einfach schuldig, es wenigstens zu versuchen.« Er schüttelte den Kopf, fuhr sich mit dem Handrücken durch das Gesicht. »Und nun komm«, sagte er. »Wir haben keine Zeit mehr zu verlieren.«

Rings um sie herum sank die Stadt in Trümmer, als Äneas und Thamis sich auf den Rückweg zum Tempel machten. Troja brannte, und das Schreien und Wimmern der Verletzten und Sterbenden hing wie ein furchtbarer Sterbegesang über der Stadt. Die Straßen waren verstopft von Männern und Frauen, die in kopfloser Panik umherliefen, nach ihren Anverwandten schrien oder in stummer Verzweiflung die Trümmer durchsuchten, dabei immer in Gefahr, selbst erschlagen zu werden, denn die Erdstöße hatten keineswegs aufgehört, sondern kamen jetzt heftiger und in fast regelmäßigen Abständen.

Thamis versuchte vergeblich, die Augen vor dem zu verschließen, was er sah. Äneas führte ihn auf dem kürzesten Weg zum Tempelplatz und dem kleinen Hinterhof, den sie als Treffpunkt ausgemacht hatten, und doch sah er innerhalb dieser wenigen Minuten mehr Leid und Sterben als in seinem ganzen Leben zuvor. Der eisige Klumpen, der sich in seinem Inneren gebildet hatte, wuchs unerbittlich.

Seine Gefühle mußten sich ziemlich deutlich auf seinem Gesicht widerspiegeln, denn trotz allem blieb Äneas plötzlich stehen und sah ihn mit einem sehr sonderbaren Blick an. »Was ist mit dir?« fragte er. Ein spürbarer Unterton von Sorge schwang in seiner Stimme.

»Nichts«, antwortete Thamis brüsk. Er wollte weitergehen, aber Äneas ergriff ihn so fest an der Schulter, daß es schmerzte, und zwang ihn, in sein Gesicht zu blicken.

»Ich kann mir denken, was du empfindest«, sagte er leise. »Aber du darfst jetzt nicht verzweifeln, Thamis. Nicht in diesem Moment. Alles hängt davon ab, daß du die Nerven behältst.«

Thamis nickte, aber er tat es nicht sehr überzeugend. »Es ist ... schon gut«, sagte er stockend. »Ich war nur ...«

»Zornig?« vermutete Äneas.

Thamis nickte abermals. Eine Frau hastete an ihnen vorüber, das Gesicht voller Blut, ihr rechter Arm gebrochen, und schrie weinend nach ihrem Kind. Und plötzlich fühlte auch Thamis die brennende Hitze von Tränen in den Augen.

»Und alles wegen einer ...« Er spie das Wort beinahe hervor. »Wegen einer *Göttin*, die sich beleidigt gefühlt hat.«

»Das stimmt«, sagte Äneas leise. »Und doch ist es falsch.«

Thamis starrte ihn an. »Wie meinst du das?«

»Was ich jetzt sage, ist sehr wichtig, Thamis«, antwortete Äneas mit großem Ernst. »Vergiß es niemals, hörst du? Wenn es dir gelingt, Troja zu verlassen, werdet ihr irgendwo eine andere Stadt gründen, eine andere Stadt mit vielleicht anderen Göttern. Und ganz gleich, wie gut oder schlecht, wie gnädig oder grausam sie sein mögen, vergiß niemals, daß es eure Götter sind.«

Thamis verstand nicht, was er meinte. »Unsere Götter?«

Äneas nickte. »Sie leben, sie sind real, und trotzdem sind sie unsere Geschöpfe. Wir sind es, die sie erschaffen haben, Thamis, niemand sonst. Und sie sind so, wie wir sie haben wollten. Ein jedes Volk bekommt die Götter, die es verdient.«

Er sprach nicht weiter, sondern drehte sich herum und lief mit schnellen Schritten voraus, Romulus und Remus an beiden Händen hinter sich herzerrend und einen kläffenden Dackel im Geleit. Thamis folgte ihm, verstört und bis auf den Grund seiner Seele erschüttert.

Von allem, was er von Äneas erwartet hatte, waren dies die unwahrscheinlichsten Worte. Und doch glaubte er zumindest zu ahnen, daß sie eine Wahrheit enthielten, die er erst viel viel später begreifen würde. Wenn überhaupt.

Er verscheuchte den Gedanken und beeilte sich, Äneas und

seinen beiden Söhnen zu folgen. Der kleine Hinterhof, der Thamis und seinen Freunden seit beinahe einem Jahrzehnt als Treffpunkt diente, war voller Schatten. Schon von weitem hörte er Stimmen, sehr aufgeregte, schreiende Stimmen, dazwischen das Greinen von Kleinkindern und das hysterische Keifen eines Mädchens, das schließlich in ein krampfhaftes Schluchzen überging ung dann schlagartig verstummte.

Und jetzt erst, in diesem Moment, wurde ihm klar, was er zu tun im Begriff stand.

Ein Schatten trat ihnen entgegen, blitzendes Eisen in der rechten Hand, und Thamis sah, wie Äneas erschrocken stehenblieb und zum Schwert griff, sich dann aber sichtlich entspannte. Mit einem Ruck fuhr er herum, winkte Thamis zu sich heran und deutete auf den vielleicht sechzehnjährigen Burschen, der ihm den Zutritt zum Hof verwehrt hatte. »Das ist Askanios«, erklärte er. »Mein ältester Sohn. Er wird euch zum Pferd begleiten. Du kannst ihm vertrauen.«

Thamis verstand nicht gleich. Erst als sich Äneas in die Hocke sinken ließ, die Zwillinge nacheinander an die Brust drückte und ihnen mit einer hastigen, aber unendlich zärtlichen Bewegung über die Köpfe strich, begriff er den Sinn von Äneas' Worten wirklich.

»Er wird uns begleiten?« wiederholte er mit einer Geste auf Askanios. »Und du?«

Äneas richtete sich mit einem Ruck auf. »Hast du den Handel vergessen, den wir mit dem Schicksal geschlossen haben?« fragte er. »Alle Kinder unter fünfzehn. Sonst niemand.« Er atmete hörbar ein. »Mein Platz ist hier, Thamis. Auch Askanios wird nicht mit euch kommen. Doch er bringt euch sicher zum Pferd.«

»Aber wir brauchen dich!« protestierte Thamis. »Ohne dich ...«

»Mein Platz ist hier!« sagte Äneas erneut; und diesmal in einer Art, die keinen weiteren Widerspruch mehr duldete. Einen Moment lang schwieg er, dann zog er sein Schwert aus dem Gürtel, betrachtete sekundenlang die blitzende Schneide und wandte sich mit einem Ruck um. Aber er verließ die Gasse noch nicht, sondern drehte sich noch einmal zu Thamis um und lächelte schmerzlich.

»Du vergißt nicht, was du mir versprochen hast, nein?« sagte er. »Du ... du kümmerst dich um Romulus und Remus?«

Thamis nickte stumm. Er wollte antworten, aber er konnte es nicht, denn in seinem Hals saß plötzlich ein harter, bitterer Kloß, der ihn am Sprechen und beinahe am Atmen hinderte. Noch einmal hob er die Hand zum Gruß, aber Äneas ging, ohne die Geste zu erwidern.

Für endlose Sekunden stand Thamis einfach da und starrte in die Schatten der Gasse hinein, die Äneas verschlungen hatten. Seine Augen brannten, aber er konnte jetzt nicht einmal mehr weinen.

Eine Hand berührte ihn an der Schulter. Thamis sah auf und blickte in Askanios' Gesicht. Es wirkte ernst, aber nicht unfreundlich, und als er sprach, rang er sich sogar zu einem beinahe echt wirkenden Lächeln durch. »Mach dir keine Sorgen um uns«, sagte er. »Äneas und ich kommen schon durch.« Er deutete mit dem Schwert hinter sich, auf den Hof hinaus. »Aber jetzt ist keine Zeit mehr zu verlieren.«

Thamis nickte, obgleich die Bewegung alle Kraft erforderte, die er noch aufbringen konnte. »Wie ... wie viele sind es?« fragte er stockend.

»Mehr als hundert«, antwortete Askanios.

»Hundert!« Thamis erschrak. »Das sind ... viele.« Er versuchte zu lächeln. »Es wird eng werden.«

Askanios zuckte mit den Schultern. »Wenn wir noch lange hier herumstehen, sicher nicht«, antwortete er. »Dann kommen wir nämlich nicht mehr aus der Stadt hinaus. Hat dir Äneas gesagt, daß hellenische Schiffe auf dem Meer gesichtet worden sind?«

»Das hat er.« Askanikos' Worte weckten den eisigen Zorn wieder, den Thamis bei Äneas' Worten verspürt hatte. In diesem Moment freute er sich beinahe darüber, denn Zorn war etwas, das leichter zu ertragen war als Schmerz und Hilflosigkeit.

Ohne ein weiteres Wort schob er sich an Askanios vorbei und

trat auf den überfüllten Hinterhof hinaus. Obwohl er wußte, wie viele Kinder hier versammelt waren, erschrak er, als er sie sah. Hundert — das war eine Zahl, die zu begreifen war, und trotzdem waren es viele, so *unendlich viele!*

Dann sah er, wieso die Zahl so groß war; fast das Doppelte dessen, womit er gerechnet hatte. Anders als mit Kassandra und Thamis abgesprochen, waren es nicht nur Jungen und Mädchen zwischen fünf und fünfzehn Jahren, die Askanios und Äneas hier zusammengeführt hatten. Viele Mädchen — und auch einige Knaben — trugen Säuglinge auf den Armen, und auch eine große Zahl der anderen war sichtlich jünger als fünf; Knaben und Mädchen in Romulus' und Remus' Alter oder darunter. Irgendwie erleichterte ihn der Anblick. Ihr Vorhaben wurde dadurch zehnmal schwerer, als es ohnehin war, und trotzdem wäre es ihm wie Verrat vorgekommen, irgendwo eine willkürliche Grenze zu ziehen und alle, die jünger als fünf waren, dem Tod zu überlassen.

»Thamis — da bist du endlich!« Ein Schatten drängte sich durch die Menge auf ihn zu und wurde zu Oris. »Zeus sei Dank — als ich sah, wie die Statue auf das Pferd fiel, dachte ich schon, alles wäre aus.«

Thamis schüttelte den Kopf. »Noch lebe ich«, antwortete er. »Und ich gedenke diesen Zustand noch eine Weile beizubehalten.«

»Wo ist deine Schwester?« fragte Oris. »Wartet sie im Pferd?«

Thamis antwortete nicht gleich, aber mit einem Mal hatte er nicht mehr die Kraft, Oris' Blick standzuhalten. Seit dem Morgen, seit sie in den Bauch des Pferdes gekrochen waren, hatte er mit aller Macht versucht, jeden Gedanken an Iris aus seinem Bewußtsein zu verdrängen. Jetzt ging es nicht mehr.

Vielleicht, dachte er bitter, war Äneas nicht der einzige, der einen hohen Preis für die Rettung der Kinder zahlen mußte. Einen zu hohen Preis.

»Sie ist ... nicht hier«, antwortete er stockend.

»Was soll das heißen?« Oris runzelte die Stirn. »Wartet sie am Strand?«

»Nein«, murmelte Thamis. »Sie ... sie ist auf Tenedos.«

»Tenedos?« Oris sog hörbar die Luft ein. »Aber das ... das ist die Insel, die die ...«

»Ich weiß, welche Insel es ist!« unterbrach ihn Thamis grob. »Wir werden sie abholen; später. Aber du kannst gern hierbleiben und warten, bis Agamemnon und Odysseus kommen. Vielleicht kannst du ihr dann ja Gesellschaft leisten.«

Oris senkte betroffen den Blick, als er sah, welchen Schmerz seine Frage Thamis bereitet hatte. »Verzeih«, murmelte er. »Das ... das wußte ich nicht.«

»Schon gut.« Thamis winkte ab. »Ist alles bereit? Dann kommt.«

Oris wandte sich um und hob den Arm, und in die Hundertschaft schäbig gekleideter Kinder kam eine erstaunlich disziplinierte Bewegung. Thamis begriff langsam, daß Äneas und Kassandra die vergangenen neun Tage keineswegs ungenutzt hatten verstreichen lassen. Obwohl auf dem kleinen Innenhof ein geradezu unbeschreibliches Gedränge herrschte, lief doch alles mit erstaunlicher Schnelligkeit und Präzision ab: Die Jungen und Mädchen formierten sich innerhalb von Augenblicken zu einer geraden, dreifach nebeneinander gestaffelten Reihe, Bündel mit Lebensmitteln und hastig zusammengerafften Kleidern wurden aufgenommen und weitergereicht, und auch die letzten Gespräche verstummten; abgesehen vom Weinen einiger kleinerer Kinder. Es waren Bewegungen, die so präzise und schnell waren, wie es nur ein hundertfach geübtes Tun sein konnte.

Thamis versuchte erst gar nicht, eine Erklärung dafür zu finden, wie es Äneas und der Seherin gelungen sein mochte, in aller Heimlichkeit mit mehr als einhundert Kindern tagelang zu üben. Vielleicht stand doch noch der eine oder andere Gott im Olymp *nicht* auf der Seite der Hellenen.

Angeführt von Askanios, der zwei Schritte voraus ging und einen sichernden Blick nach allen Seiten warf, ehe er ihnen mit Zeichen zu verstehen gab, ihm zu folgen, verließen sie die Gasse und traten auf den Tempelplatz hinaus. Thamis hatte Romulus und Remus an den Händen ergriffen, die sich heftig wehrten; der Dackel folgte ihm ohne sein Zutun, denn er hatte sich in den Saum seines Rocks verbissen und knurrte wie von Sinnen. Thamis versuchte ihn abzuschütteln, aber das häßliche kleine Tier entwickelte eine erstaunliche Kraft, und schließlich gab er es auf.

Der Tempelplatz bot einen furchtbaren Anblick. Nur ein kleiner Teil der Häuser, die ihn gesäumt hatten, stand noch unbeschädigt da; die meisten waren zum Teil oder auch ganz zusammengebrochen, in den Wänden der übrigen gähnten gewaltige Löcher, und aus mehr als einem Fenster schlugen Rauch und helle Flammenzungen.

Der Himmel über der Stadt glühte rot im Widerschein der Brände, die überall ausgebrochen waren, so daß es aussah, als wären die Bäuche der Wolken voller Blut. Staub hing wie beißender Nebel in der Luft, und vom Tempel der Pallas Athene war nur ein gewaltiger Trümmerhaufen geblieben, aus dem sich Rauch und Feuer erhoben. Überall lagen Tote und Sterbende.

Einzig das Pferd der Griechen schien das Toben der Elemente bisher halbwegs unbeschadet überstanden zu haben. Es stand noch so da, wie Thamis es verlassen hatte – ein wenig schräg, mit zerrissenem Rücken, aber ansonsten unbeschädigt.

Der Anblick gab ihm neuen Mut. Er gab Askanios ein Zeichen, schneller zu gehen, wandte sich im Laufen um und feuerte die hinter ihm Gehenden mit einem schrillen Ruf an. Für einen Moment kam ihm die Absurdität zu Bewußtsein, die ihr Anblick bilden mußte – eine Dreierreihe zerlumpter Kleider, Säuglinge und hastig geschnürte Bündel schleppend, die inmitten der sterbenden Stadt mit beinahe militärischer Präzision auf ein gewaltiges hölzernes Pferd zumarschieren. Aber es gab ja niemanden mehr, der ihnen zusehen konnte. Der Platz lag wie ausgestorben da. Wer jetzt in der Stadt noch lebte, war entweder auf der Flucht vor dem Beben oder den Griechen; das eine so aussichtslos wie das andere.

Askanios sprang mit einem kraftvollen Satz über den fast mannsbreiten Riß, der den Platz in zwei ungleiche Hälften gespalten hatte, stieß sein Schwert in die Scheide zurück und wandte sich um. Mit gespreizten Beinen suchte er festen Stand und streckte die Arme aus. Thamis hob die Hand, um die

Gruppe zum Halten zu bringen, und reichte Askanios vorsichtig erst Romulus, dann Remus über den klaffenden Spalt hinüber.

Hitze und beißender Schwefelgestank stiegen aus dem gezackten Riß empor, und der Dackel, der noch immer an seinem Rocksaum hing, begann plötzlich wie von Sinnen zu kläffen. Thamis fuhr herum, versetzte ihm einen Tritt, der ihn meterweit davonkugeln ließ, und bückte sich nach einem Stein, als er sich aufrappelte und unverzüglich wieder auf ihn zuschoß.

»Nicht!« rief Askanios erschrocken, als Thamis ausholte, um sich des Quälgeistes ein für allemal zu entledigen. Thamis zögerte tatsächlich, und der Dackel nutzte die Zeit, heranzurasen und ihn in die Wade zu beißen. Thamis schrie vor Schmerz und Zorn, bückte sich blitzschnell und riß das häßliche Tier an den Ohren in die Höhe.

»Mama!« kreischte Romulus entsetzt. Eine Sekunde später begann auch Remus zu lamentieren, und Thamis, der die Hand mit dem Stein schon zum Schlag erhoben hatte, ließ den Arm wieder sinken.

»Laß ihn leben«, sagte Askanios. »Sie brauchen ihn.«

Thamis starrte erst ihn, dann den kläffenden Dackel ungläubig an. »Sie ...?«

»Frag jetzt nicht!« unterbrach ihn Askanios ungeduldig. »Wirf ihn her, und dann hilf den anderen! Rasch!«

Thamis gehorchte. Askanios fing den Dackel geschickt auf (wobei er sich einen heftig blutenden Biß am Handgelenk einhandelte), setzte ihn mit einem Fluch zu Boden und hob die Arme, um ein weiteres Kind anzunehmen.

Sie brauchten lange, um den Riß zu überwinden, und die Erde bebte während der ganzen Zeit weiter. Eines der Mädchen, das alt genug war, den Sprung aus eigener Kraft zu wagen, stürzte um ein Haar ab, und aus ihrer bis dahin geordneten Formation wurde ein heilloses Chaos, bis auch Thamis als letzter mit einem Satz über die Bodenlose Schlucht hinweggesprungen war.

Aber sie hatten das Pferd auch beinahe erreicht. Zwischen

ihnen und dem riesigen hölzernen Roß lag nur noch ein gutes Dutzend Schritte.

Als Askanios auf das Pferd zutreten wollte, erhob sich eine Gestalt hinter den Trümmern der Athene-Statue und vertrat ihm den Weg. Die Gestalt eines Giganten, gut zwei Kopf größer als ein normal gewachsener Mann und breitschultrig wie ein Bär. In ihrer rechten Hand blitzte ein Schwert, das fast so groß wie der Sohn des Äneas selbst war.

Thamis schrie vor Schrecken und Enttäuschung auf, als er den Riesen erkannte.

»*Odysseus!*«

Askanios erstarrte, als er den Namen des danaischen Königs hörte. Für die Dauer eines Atemzuges stand er in fast grotesker, mitten in der Bewegung gefrorener Haltung da, dann schrie er auf, schwang seine Waffe und drang mit einem verzweifelten Satz auf Odysseus ein.

Der König von Ithaka machte sich nicht einmal die Mühe, seinen Hieb abzufangen. Mit einer fast gemächlich wirkenden Bewegung trat er zur Seite, duckte sich unter Askanios' herabzischender Klinge hindurch und trat ihm so wuchtig gegen das Knie, daß Askanios mit einem Schmerzensschrei zu Boden fiel und sich krümmte. Das Schwert entglitt seinen Fingern und flog klirrend in die Dunkelheit davon.

»Ganz recht, du widerlicher kleiner Verräter«, sagte Odysseus. »Odysseus. Vielleicht sollte ich mich geehrt fühlen, daß du meinen Namen noch nicht vergessen hast.« Er lächelte böse, hob sein Schwert ein wenig und trat einen Schritt auf Thamis zu. Ein gefährliches Funkeln entstand in seinem Blick. »Denn ansonsten scheint es ja mit deinem Gedächtnis nicht zum besten zu stehen, nicht wahr?« fuhr er lauernd fort. »Jedenfalls scheint mir, daß du die zahllosen Schwüre, die ich in den letzten Wochen aus deinem verlogenen Mund gehört habe, ausnahmslos vergessen hast.« Er kam einen weiteren Schritt näher, legte den Kopf auf die Seite und bedachte erst Thamis, dann die sich hinter ihm drängenden Kinder mit einem sehr langen, nachdenklichen Blick.

»Oder war es von Anfang an so geplant?« fragte er. »Du hast

niemals vorgehabt, dein Versprechen zu halten, nicht wahr? Du wolltest uns vom ersten Augenblick an verraten. Wer weiß — vielleicht bist du nur aus diesem Grunde in unser Lager gekommen. Was hattest du vor?«

»Ihr ... Ihr versteht die Situation falsch, Herr«, stammelte Thamis. »Das hier hat nichts mit Euch zu tun. Ich ...«

»Hat es nicht?« unterbrach ihn Odysseus mit einem leisen, sehr bösen Lachen. »Oh, ich glaube dir sogar ausnahmsweise. Du konntest nicht wissen, daß sich die Erde auftun und eure halbe Stadt verschlingen würde, nicht wahr? Was hättet ihr getan, wäre das Beben nicht gekommen? Wolltet ihr uns aus dem Bauch des Pferdes zerren und im Triumphzug durch die Straßen Trojas schleifen?«

»Bitte, Herr!« stöhnte Thamis. »Ihr ... Ihr seht doch, daß dies nur Kinder sind. Ihr ...«

»Trojanische Kinder«, unterbrach ihn Odysseus. Erneut kam er einen Schritt näher, und wieder hob er sein Schwert um eine Winzigkeit.

»Ich kann das erklären!« sagte Thamis verzweifelt.

»Daran zweifle ich nicht«, antwortete Odysseus grimmig. »Darin bist du ja gut — in *Erklärungen*. Aber ich will sie nicht hören, deine Erklärungen. Ich werde jetzt das tun, was sofort hätte geschehen sollen, als du das erste Mal deinen Fuß in unser Lager gesetzt hast.«

Und damit hob er sein Schwert, packte es mit beiden Händen und holte zu einem Hieb aus, der Thamis glattweg in zwei Hälften gespaltet hätte, hätte er getroffen.

Aber er traf nicht, denn Odysseus führte die Bewegung nie zu Ende. Hinter ihm war plötzlich eine rasche, huschende Bewegung, etwas surrte durch die Luft, und mit einem Male wurden die Augen des Hellenen rund. Seine Finger hatten plötzlich nicht mehr die Kraft, das Schwert zu halten. Er wankte, stieß ein tiefes, fast wehmütig klingendes Stöhnen aus — und sank unmittelbar neben Thamis in die Knie.

Ein Schatten wuchs hinter Odysseus in die Höhe, und aus der angstvoll zusammengedrängten Kinderschar hinter Thamis erhob sich ein hundertstimmiger, entsetzter Aufschrei.

Ajax ließ seine Klinge ein zweites Mal und mit aller Kraft auf Odysseus' Schädel niedersausen. Erst im letzten Moment drehte er die Waffe, so daß sie nicht mit der Schneide, sondern der Breitseite auf Odysseus' Helm niederkrachte. Aber auch so war der Hieb wuchtig genug, den Hellenen vollends das Bewußtsein verlieren und haltlos nach vorne kippen zu lassen.

Für drei, vier endlose Herzschläge stand Thamis einfach da, blickte abwechselnd auf Odysseus und Ajax, der schwer atmend über dem Gestürzten stand und das Schwert zu einem weiteren Hieb bereit hielt, und versuchte vergeblich zu begreifen, was er gerade gesehen hatte.

»Was ... was hast ... du getan?« krächzte er schließlich.

Ajax sah auf. Ein verbissener Zug lag um seinen Mund, und an seinem Hals war eine häßliche, stark blutende Wunde. Thamis sah, daß sein Schwert rot war. »Etwas, was ich vermutlich bald sehr bereuen werde«, antwortete er gepreßt.

»Du ... du hast Odysseus niedergeschlagen!« murmelte Thamis fassungslos.

Ajax tat so, als hätte er seine Worte gar nicht gehört. Mit einer abgehackt wirkenden Bewegung richtete er sich vollends auf, hob sein Schwert und deutete auf die wie versteinert dastehende Kinderschar hinter Thamis. »Das war es also«, sagte er.

Thamis nickte. »Ich mußte es versuchen, Ajax«, sagte er leise. »Ich habe dich belogen. Aber ich ... ich mußte versuchen, wenigstens ein paar zu retten.«

»Retten?« Ajax runzelte die Stirn. »Wie, Thamis? Ihr kommt nicht aus der Stadt hinaus. Hast du Pallas Athenes Worte vergessen? Keines lebenden Wesens Fuß, egal ob Mensch oder Tier, wird jemals wieder Trojas Tore durchschreiten. Und selbst wenn es euch gelingen sollte – unsere Krieger sind auf dem Weg hierher. Sie werden euch töten.«

»Ich weiß«, murmelte Thamis.

»Du weißt.« Ajax lachte leise. Es klang nicht sehr amüsiert. »Und das ist alles? Wie wolltet ihr aus der Stadt entkommen?«

Thamis zögerte, aber dann dachte er an das, was Ajax gerade getan hatte, und schob seine letzten Bedenken zur Seite.

»Damit«, sagte er und deutete auf das Pferd.

»Da ...« Ajax' Unterkiefer fiel herab. Seine Augen wurden rund. »Du willst sie mit dem Pferd der *Pallas Athene* aus der Stadt bringen?« keuchte er.

»Es ist schon lange nicht mehr Pallas Athenes Pferd«, sagte Thamis leise. »Eigentlich war es das nie.«

Ajax starrte ihn weiter fassungslos an. Und plötzlich begann er zu lachen; laut, schallend und so ausdauernd, daß Thamis schon befürchtete, er würde gar nicht mehr aufhören. »Mit Pallas Athenes Pferd!« keuchte er, immer und immer wieder. »Ausgerechnet damit. Das ... das ist eine Idee, wie sie wohl nur dir kommen konnte.«

»Läßt du uns gehen?« fragte Thamis leise.

Ajax' Lachen verstummte wie abgeschaltet, und plötzlich wurde sein Blick sehr ernst. »Du hast das von Anfang an vorgehabt«, vermutete er.

Thamis nickte.

»Das also war der Verrat, dessen dich Pallas Athene bezichtigt hat«, murmelte Ajax. »Oh, diese Bestie. Nicht einmal die Kinder wollte sie verschonen.« Er schüttelte den Kopf. »Ich bin froh, mich nicht in dir getäuscht zu haben, Thamis.«

»Ich habe dich belogen.«

»Ich dich auch«, sagte Ajax mit gespieltem Gleichmut. »Wir sind quitt.«

»Nicht ... ganz«, sagte Thamis. Er deutete auf Odysseus. »Pallas Athene wird erfahren, was du getan hast«, sagte er ernst. »Und er auch. Du wirst ... dafür bezahlen müssen.« Er stockte, starrte den jungen Hellenen einen endlosen Augenblick lang an und sagte: »Komm mit uns, Ajax. Fliehe mit uns aus der Stadt. Hier erwartet dich der Tod.«

»Unsinn«, behauptete Ajax, aber Thamis sprach rasch und mit erhobener Stimme weiter: »Die Stadt wird untergehen, und alle, die in ihren Mauern sind, mit ihr! Und selbst wenn nicht, wird sich Odysseus für das rächen, was du ihm angetan hast.« Aber er wußte im gleichen Augenblick, in dem er die Worte aussprach, daß Ajax sie nicht begleiten würde. Vielleicht war es wirklich so, wie Äneas gesagt hatte — ihr Platz, seiner, aber auch der des Ajax und aller anderen, die an diesem sinnlosen und viel zu langen Krieg beteiligt waren, war hier. Ganz gleich, wie es enden würde.

»Ich kann dich nicht begleiten, Junge«, sagte Ajax ganz leise.

»Aber du läßt uns gehen?«

Ajax lächelte. »Ihr solltet euch beeilen«, sagte er. »Die Sonne geht bald auf.« Mit einer übertrieben wuchtigen Bewegung schob er sein Schwert in den Gürtel zurück, wandte sich um, blieb aber dann noch einmal stehen und kniete neben Odysseus nieder.

»Er wird nicht lange ohne Besinnung bleiben«, sagte er, nachdem er ihn flüchtig untersucht hatte. »Ihr müßt verschwinden, ehe er aufwacht.«

»Du auch«, sagte Thamis leise.

Ajax tat so, als hätte er die Worte gar nicht gehört. Fast übertrieben hastig drehte er sich herum, blickte eine Sekunde zu dem leicht schräg dastehenden Pferd hinüber und musterte dann die Kindergruppe, sehr lange und eingehend. Was er sah, schien ihm nicht zu gefallen, denn sein Gesichtsausdruck verdüsterte sich weiter. Aber er sagte noch immer nichts, sondern deutete nur mit einer Kopfbewegung auf das Pferd und wartete, bis Thamis und seine Begleiter sich in Bewegung gesetzt hatten.

Selbst mit seiner und Askanios' Hilfe wurde das Besteigen des Pferdes zu einem Problem, an dem ihr ganzes Unterfangen um ein Haar gescheitert wäre. Einige der kleineren Kinder begannen vor Angst zu schreien und sich mit aller Macht zu wehren, als sie in die finstere Höhle des Pferdeleibes hineingetragen wurden, und auch auf den Gesichtern der größeren machte sich mehr und mehr die Angst breit. Wie den Griechen und Thamis zuvor schien es jetzt auch ihnen zu gehen — die meisten mochten wohl erst in diesem Moment begreifen, daß das alles andere als ein Spiel oder nur ein Abenteuer war, sondern tödlicher Ernst. Es dauerte sehr lange, bis die Mädchen und die kleineren Kinder ihren Platz im Pferd eingenommen hatten.

Währenddessen versuchten Thamis, Ajax, Askanios und die zwanzig kräftigsten Jungen aus ihrer Gruppe, das Pferd herumzudrehen; ein Vorhaben, das leicht erschien, aber fast unmöglich war. Mit aller Kraft stemmten sie sich in die Ketten und Seile, die an Hals und Rumpf des Rosses angebracht worden waren, aber das gewaltige Gebilde rührte sich kaum. Die riesigen Holzräder waren von Steinen und Trümmern blockiert, und selbst als sie diese Hindernisse endlich mit vereinten Kräften beiseite geräumt hatten, bewegte sich das Roß nur stockend und widerwillig.

Thamis' Blick suchte immer wieder die reglose Gestalt des Odysseus. Ein paarmal glaubte er, ihn sich bewegen zu sehen, war sich aber nicht sicher. Trotzdem spornte ihn allein der Gedanke daran immer wieder zu neuer Kraftanstrengung an. Langsam, Handbreite um Handbreite, zogen sie das riesige Holzpferd über den Platz und auf die sanft abfallende Straße zum Tor hin.

Es mußte eine halbe Stunde vergangen sein, bis sie es geschafft hatten: Die mannsgroßen Holzräder bewegten sich mit einem Mal leichter, und plötzlich begann das Pferd zu zittern, daß es fast so aussah, als bäume es sich auf. Ein vielstimmiger, erschrockener Schrei drang aus seinem Inneren, und Thamis spürte, wie der bisher schier unüberwindliche Widerstand, der sich den Seilen entgegengestemmt hatte, erlosch. Hastig ließ er das Tau los, rannte auf das Pferd zu und stemmte sich gegen eines der riesigen Räder. Genausogut hätte er versuchen können, einen Berg mit bloßen Händen aufzuhalten. Das Roß rollte – sehr langsam, aber unaufhaltsam – weiter, und Thamis und die anderen mußten beiseite springen, um nicht einfach niedergewalzt zu werden.

»Springt auf!« schrie Ajax. »Schnell!«

Thamis versuchte es, aber seine Arme hatten keine Kraft mehr. Seine Finger glitten von den polierten Blechen ab, die den Leib des Pferdes bedeckten, und um ein Haar wäre er unter eines der Räder geraten, hätte ihn Ajax nicht im letzten Moment zurückgezerrt.

Thamis begriff plötzlich, wie genial Lenardos Konstruktion war – trotz seines unglaublichen Gewichtes und seiner gewaltigen Größe begann das Pferd immer schneller und schneller zu rollen. Nicht einmal die Trümmer, die die sanft zum Meer hin abfallende Straße bedeckten, vermochten es aufzuhalten oder sichtlich zu verlangsamen.

Wie von Sinnen stürmte er los. Das Pferd schaukelte vor ihm wie ein Schiff im Sturm die Straße hinab und wurde dabei immer schneller, verfolgt von einem Dutzend kleiner, rennender Gestalten, die sich verzweifelt an seine Beine oder die hinter ihm herschleifenden Ketten und Seile zu klammern versuchten.

Auch Askanios und Ajax hatten jeweils eines der Seile ergriffen. Aber es war sinnlos – wie alle anderen wurden sie einfach mitgezerrt. Und das Pferd wurde schneller. Die Erde bebte und bockte, Trümmer regneten auf das dahinrasende Roß herab, prallten gegen seinen Rumpf oder rollten gegen die riesigen hölzernen Räder, aber nichts von alledem vermochte seine rasende Fahrt aufzuhalten.

Schon hatte es die Hälfte der Straße überwunden, und das zusammengebrochene Tor begann aus Staub und Dunkelheit aufzutauchen – und dahinter, wie ein Bild aus einem Wahrheit gewordenen Alptraum, die Helme und Speere einer schier unüberschaubaren Anzahl von Kriegern.

Das hellenische Heer, das herangekommen war, um Agamemnon und den anderen zu Hilfe zu eilen!

Thamis schrie vor Wut und Enttäuschung auf, rannte noch schneller und bekam schließlich eines der nachschleifenden Seile zu fassen. Mit aller Kraft klammerte er sich daran fest, hangelte sich Hand über Hand näher an das Pferd heran und versuchte, an seinem Hals in die Höhe zu steigen. Aber in seinen Armen war keine Kraft mehr; die Anstrengung, das Pferd quer über den Tempelplatz zu zerren, war zuviel gewesen. Es gelang ihm, sich festzuklammern und die Füße vom Boden zu lösen, aber sein Körper schien Tonnen zu wiegen. Und er spürte, wie seine Finger ganz langsam von ihrem Halt abzurutschen begannen.

Plötzlich war ein Schatten neben ihm. Eine Hand ergriff ihn am Arm, zerrte ihn in die Höhe und zog ihn wie eine leblose Last auf den Pferderücken hinauf. Instinktiv griff er um sich, bekam die zerborstene Kante des Einstiegs zu fassen und klammerte sich fest. Sein Herz raste. Ihm wurde übel vor Anstrengung. Wie durch einen blutgetränkten Nebel erkannte er Ajax' bärtiges Gesicht, dann hörte er Askanios' Stimme, der wie der Danaer auf den Rücken des Rosses hinaufgestiegen war und den anderen dabei half, das dahinrasende Pferd zu ersteigen.

Thamis stöhnte, fuhr sich mit der Hand über die Augen und versuchte aufzustehen, verlor aber auf dem bockenden, hin und her rüttelnden Untergrund sofort wieder den Halt und wäre kopfüber in die Tiefe gestürzt, hätte ihn Ajax nicht ein zweites Mal festgehalten und mit einem unsanften Stoß zum Einstieg befördert.

Plötzlich griffen zahllose Hände nach ihm, zerrten ihn in den Bauch des Pferdes hinab und hielten ihn fest. Noch einmal sah er Ajax' Gesicht über sich auftauchen, seine Hand, die zu einem letzten, hastigen Gruß erhoben war, und seine Lippen, die Worte formten, die im Lärm des dahinpreschenden Pferdes und dem Dröhnen und Bersten der sterbenden Stadt untergingen.

Dann war der Danaer verschwunden. Und Thamis wußte im gleichen Moment, daß er ihn niemals wiedersehen würde.

Jemand zerrte an seiner Schulter, und als er sich herumdrehte, erkannte er Oris' verschwitztes Gesicht im Halbdunkel des Pferdes. In seinen Augen flackerte die Angst. »Du warst der letzte«, keuchte er. »Was tun wir jetzt?«

Thamis schüttelte den Kopf. »Nichts«, sagte er. »Wir können nur noch beten.« Er wandte sich um, griff nach der Querstrebe des Pferdes und hangelte sich nach oben.

Ihr bizarres Gefährt hatte das Tor erreicht, als er sich aus der klaffenden Wunde in seinem Rücken stemmte. Zehnmal schneller, als es ein wirkliches Pferd gekonnt hätte, schoß es zwischen den zerborstenen Mauerresten hindurch und auf das Heer der Danaer zu!

Die Krieger spritzten in heller Panik auseinander, als das gigantische Pferd wie ein Dämon aus der brennenden Stadt auf sie zusprang. Thamis duckte sich instinktiv, auf einen Hagel von Speeren und Pfeilen gefaßt, aber die Griechen waren viel zu überrascht, um auch nur zu begreifen, was da wirklich auf sie zukam. Für die Dauer von fünf, zehn endlosen Herzschlägen pflügte das Pferd wie ein gewaltiges Schiff durch das griechische Heer, wie ein zum Leben erwachter Berg alles niederwalzend, was nicht schnell genug beiseite sprang, dann waren sie hindurch und rasten, immer noch schneller werdend, der Küste entgegen.

Thamis schloß die Augen, klammerte sich mit aller Kraft am Rand der Luke fest und schickte ein Stoßgebet zu allen Göttern, die er kannte. »Jetzt wird sich zeigen, ob dein Werk so gut ist, wie du behauptet hast, Lenardos«, murmelte er.

Die Küste raste heran. Wie in einer bizarren Vision sah Thamis die rotweißen Segel der drei troischen Schiffe vorüberjagen, den aufgewühlten Spiegel des Meeres, das verwüstete Lager der Griechen — und dann waren sie unten.

Das Pferd bäumte sich auf wie unter einem Hieb, als unter seinen Rädern plötzlich kein hartgebackener Boden, sondern weicher Sand war. Thamis glaubte den Hieb bis in die letzte Faser seines Körpers zu spüren. Die mannsgroßen Räder wühlten sich mit einem furchtbaren Laut in den Sand, versanken bis über die Naben und brachen krachend ab. Ein ungeheures, fast wie ein Schmerzlaut klingendes Knirschen und Bersten lief durch den hölzernen Pferdeleib.

Dann brachen die Beine ab.

Die Erschütterung schleuderte Thamis zurück ins Innere des Pferdes, und für Augenblicke schien die Welt nur noch aus durcheinanderwirbelnden Körpern und Schreien zu bestehen. Das Pferd kippte nach vorn, prallte mit einem ungeheuren Krachen auf den Strand, schoß in die Brandung hinaus und sprang wie ein flach geworfener Stein in die Höhe, um zehn, fünfzehn Manneslängen weiter erneut auf das Wasser herabzustürzen.

Das letzte, was Thamis sah, war ein handbreiter, gezackter Riß, der den Rücken des Pferdes wie ein Blitz spaltete. Dann stürzten Trümmer und schäumendes Wasser auf ihn herab und raubten ihm das Bewußtsein.

EPILOG

Die ersten Strahlen der Sonne berührten sein Gesicht wie eine warme, streichelnde Hand. Das Meer lag still da, nach dem Toben und Schäumen der Nacht beinahe unnatürlich still, und selbst das Geräusch der Wellen, die sich an den Flanken des ruhig dahintreibenden Schiffes brachen, klang gedämpft, wie ein Laut, der von sehr weit her kam und eigentlich gar nicht real war.

Thamis' Blick suchte die Küste.

Es war noch nicht vollends Tag geworden; über dem Land lagen die letzten Schatten der Nacht, und mit den ersten Sonnenstrahlen war ein leichter, warm riechender Nebel vom Wasser aufgestiegen, der die harten Linien der Felsenküste weich werden und Troja zu einem Schemen verblassen ließ.

Die Stadt brannte noch immer, und obwohl Thamis sehr gut wußte, daß es vollkommen unmöglich war, glaubte er doch das Klirren von Stahl, das Krachen und Poltern zusammenbrechender Häuser und die gellenden Schreie der Sterbenden und Verletzten zu hören, die wie ein schrecklicher Todesgesang aus der Stadt herüberwehten.

Jemand trat neben ihn. Thamis wandte den Blick und erkannte Oris. Der junge Trojaner lächelte verkrampft, aber in seinen Augen stand noch immer der gleiche, fassungslose Ausdruck von Angst. »Haben wir ... es geschafft?« fragte er stokkend.

Statt einer Antwort drehte sich Thamis von der Reling weg und blickte auf das überfüllte Deck des Schiffes zu seinen Füßen herab. *Geschafft?* dachte er.

Er wußte es nicht. Geschafft in der Weise, in der Oris seine Frage gemeint hatte − Lenardos Konstruktion hatte besser funktioniert, als sich der greise Maler und Baumeister wohl selbst hätte träumen lassen: Das Pferd war wie ein Pfeil an den griechischen Schiffen vorbeigeschossen, so schnell, daß die wenigen darauf verbliebenen Krieger nicht einmal Zeit gefunden hatten, es wirklich zu erkennen, geschweige denn zu einer Verfolgung anzusetzen.

Thamis selbst war ohne Bewußtsein gewesen, aber Äneas und Kassandra hatten gute Arbeit geleistet – Oris und eine Handvoll der anderen hatten die verborgenen Verschlüsse gefunden und den oberen Teil des Pferdes abgeworfen. Aus den riesigen, inneren Verstrebungen, über deren Sinn sich Epeos und seine Baumeister wohl bis zum letzten Moment nicht hatten einigen können, waren Mast und Kiel geworden, und die dreißig kräftigsten Jungen saßen bereit, auf Thamis' Kommando hin zu den Rudern zu greifen, um das Pferd vollends in ein Schiff zu verwandeln und die offene See zu erreichen.

Ja, dachte er noch einmal. Geschafft hatten sie es sicher. An Bord des Schiffes herrschte drückende Enge, sie hatten kaum Wasser und gerade genug Lebensmittel, einen Tag zu überstehen, und die Probleme, die sich mit den kleineren Kindern ergeben würden, wagte er noch gar nicht zu überdenken. Aber sie lebten, und sie hatten alle Chancen, irgendwo Land zu erreichen und von vorn zu beginnen.

Aber was würde die Zukunft bringen?

Er verscheuchte den Gedanken, drehte sich wieder herum und suchte den hellroten Feuerschein Trojas.

Irgend etwas geschah.

Thamis konnte nicht sagen, was es war, weder jetzt noch zu einem späteren Zeitpunkt. Es war wie ein Aufstöhnen, ein tiefes, schmerzerfülltes Seufzen der Natur, ein Laut, der unhörbar war und ihn trotzdem bis ins Innerste erzittern ließ, dann hatte er das Gefühl, als ob tief unter dem Schiff, tief, unendlich tief unter dem Meer, irgend etwas zerbrach.

Der Ozean hob sich.

Es war keine Welle, wie er – oder irgendein lebender Mensch zuvor – sie jemals gesehen hätte, sondern ein mächtiges, beinahe sanftes Wogen von ungeheuerlicher Kraft, als ergriffe eine Titanenhand das Meer wie einen Bottich und kippte es zur Seite. Die Bewegung war so sanft, daß Thamis sie im ersten Moment nicht einmal wahrnahm, sondern erst erschrak, als sich das überfüllte Schiff plötzlich in die Höhe bewegte, einen

Moment lang wie ein Kreisel auf der Stelle drehte und seinen Pferdekopfbug — war es wirklich Zufall? — direkt auf die Küste und Troja ausrichtete, ehe es auf der anderen Seite der Welle wieder herabglitt, langsam und so sicher, als würde es von einer unsichtbaren Hand gehalten.

Ein ungeheures, lauter und lauter werdendes Dröhnen stieg aus der Tiefe der Erde empor, als die Riesenwoge die Küste erreichte. Aber sie zerbarst nicht daran; die Explosion aus Schaum und Wasser und zerfetztem Erd- und Pflanzenreich blieb aus, und die Bewegung setzte sich fort; so weit Thamis sehen konnte, hob sich die gesamte Küste, wogte in einer unglaublichen, wellenförmigen Bewegung, als wären Felsen und Sand mit einem Mal flüssig geworden, und senkte sich wieder, fast ohne Schaden genommen zu haben. Selbst die drei griechischen Schiffe, deren Segel wie winzige rotweiße Punkte vor der Küste leuchteten, waren noch da.

Thamis wandte sich um und schloß die Augen, eine Sekunde ehe die Woge Troje erreichte. Zehn endlose Herzschlägelang stand er mit angehaltenem Atem da, lauschte und wartete, daß *irgend etwas* geschah. Aber alles, was er hörte, war ein tiefes, furchtbares Schweigen.

Als er schließlich die Augen wieder öffnete, blickte er in einhundert schreckensbleiche Gesichter. Selbst die Kleinkinder, die bisher geweint und gezetert hatten, waren verstummt, als hätten auch sie begriffen, was geschehen war. Er hatte damit gerechnet, daß eine Panik ausbrechen würde, daß sie schreien und weinen und manche vielleicht versuchen würden, zurückzukehren, aber nichts von alledem trat ein. Vielleicht war das Entsetzen, das nach den Herzen der anderen gegriffen hatte, einfach zu groß.

Schließlich, nach einer Ewigkeit, berührte ihn Oris beinahe sanft an der Schulter und deutete nach Norden. »Gib Befehl zu rudern, Thamis«, sagte er. Seine Stimme war ganz leise. Sie zitterte. In seinen Augen glitzerten Tränen. »Und dann sag uns, wohin wir fahren.«

»Wohin?« Thamis atmete hörbar ein. Woher sollte er wissen, wohin sie sich wenden sollten? Sie waren die letzten von Troja, alles, was von der stolzen Stadt am Hellespont geblieben war, einhundert Kinder, allein und verloren in einem winzigen Schiff. Plötzlich, und vollkommen ohne Vorwarnung, spürte er die ungeheure Last, die Äneas und Kassandra auf seine Schultern geladen hatten. Es war mehr als die Verantwortung für hundert Kinder. In seinen Händen lag das Schicksal eines ganzen Volkes.

»Setzt das Segel«, sagte er. »Wir fahren nach Tenedos und holen meine Schwester.«

»Und dann?« fragte Oris.

»Dann?« Thamis schwieg einen Moment, wandte sich schließlich um und deutete auf die graue Ebene des Meeres hinaus. »Nach Westen«, sagte er leise. »Irgendwohin.« Plötzlich lächelte er, und trotz allen Schmerzes, trotz aller Verzweiflung wußte er, daß sie es schaffen würden, noch bevor er die Worte ausgesprochen hatte. »Laßt uns eine neue Stadt gründen. Ein neues Reich, zehnmal größer und mächtiger als Troja.«

Oris nickte ernst, und Remus, der gemeinsam mit seinem Zwillingsbruder im Bug des Schiffes saß und zum dritten Mal vergeblich versuchte, den Pferdehals zu erklimmen, sagte ganz deutlich:

»Rom.«

ENDE

Ein Gespräch mit
Wolfgang Hohlbein

Herr Hohlbein, vor zehn Jahren waren Sie noch Industriekaufmann. Heute sind Sie ein vielbeachteter und vielgelesener Autor, rund hundert Bücher in nur zehn Jahren, wie schafft man eigentlich den Sprung in eine neue Karriere?

Konkret habe ich es in dem Moment gemacht, wo ich vor der Wahl stand. Ich habe also nebenbei angefangen zu schreiben, habe dann relativ schnell relativ viel gemacht, und es kam eigentlich nach einem halben Jahr schon der Punkt, wo es nicht mehr ging, wo ich also tagsüber meinen Bürojob erledigt habe, dann auch immer schlechter, weil mir nämlich die Stunden fehlten an Schlaf und abends bis in die Nacht hinein geschrieben, und dann stand ich vor der Entscheidung, eines von beiden bleiben zu lassen und habe mich dann dazu entschieden meinen Beruf an den Nagel zu hängen, den ich sowieso nicht so sehr geliebt habe.

Die Liebe zur Schriftstellerei — wie hat das bei Ihnen angefangen? Wann haben Sie eigentlich Ihr Talent entdeckt?

Geschrieben habe ich eigentlich als Kind und Jugendlicher schon, kleine Geschichten gedichtet etc. Das Zeug ist Gott sei Dank alles verschollen. Aber so die Idee, Schriftsteller zu werden, das war für mich dmals was ganz Tolles, irgendwelche Leute, die ständig in den Wolken schwebten und alle ganz berühmt und ganz reich sind, die habe ich eigentlich nie so ganz ernsthaft gehabt, das war mehr ein Zufall, daß es dann sich so ergeben hat.

Sie sprechen vom Zufall. War es denn auch ein Zufall, daß Sie vor zehn Jahren an einem Autorenwettbewerb des Ueberreuter Verlages teilnah-

men und auf Anhieb den Wettbewerb gewannen und auch dann gleichzeitig auch noch einen Bestseller landeten?

Es ist eine ganz witzige Geschichte zustande gekommen. Meine ersten Gehversuche auf schriftstellerischem Gebiet waren ja beim Bastei-Lübbe-Verlag. Ich habe also Heftromane geschrieben und für Zeitschriften einiges gemacht, und ich habe mich dann immer bei meiner Frau beschwert, daß sie meine Werke nicht liest. Das waren Western, Gruselgeschichten, alles, was sie nicht so interessierte, und kriegte irgendwann zur Antwort: »Ja, dann schreib' doch mal was, was ich lesen möchte, mich interessieren deine Gespenstergeschichten nicht.« Sie nannte mir dann diesen Titel ›Märchenmond‹ und so eine Idee, die dann später mit dem Roman gar nichts zu tun hat, und dann war es ein Zufall, daß ich eigentlich wenige Tage später in einer Zeitschrift von diesem Wettbewerb des Ueberreuter Verlages las. Sie suchten konkret einen neuen Autor für phantastische Stoffe. Da fiel mir dieser Titel wieder ein. Ich habe mit meiner Frau mal kurz darüber gesprochen und dann eigentlich in gut drei Wochen dieses Buch geschrieben und damit, wie gesagt, den Durchbruch geschafft. Und dann ging eben alles sehr schnell.

Einhundert Bücher in nur zehn Jahren. Heißt das eigentlich nicht, daß man dann Tag und Nacht arbeiten muß?

Das Schreiben ist nach wie vor mein Hobby geblieben, und wenn ich eine neue Geschichte anfange, weiß ich in den allermeisten Fällen gar nicht, wie sie ausgeht. Ich bin sozusagen selbst neugierig, wie es weitergeht, und dann macht es mir einfach einen solchen Spaß, daß ich dann wirklich manchmal zehn, zwölf oder auch sechzehn Stunden am Computer sitze, oder ich diktier' mittlerweile auch viel, weil es einfach bequemer ist. Es gibt natürlich dazwischen immer wieder Tage, manchmal auch Wochen, wo ich gar nichts tue und schöpferische Pausen einlege.

Die, die Sie persönlich kennen, sagen ja, Ihre Ideen sprudeln nur so aus Ihnen heraus. Die Gedanken kommen schneller, als Sie sie eigentlich aufschreiben können. Stimmt das, und denken Sie vielleicht sogar schneller als Ihr Computer, auf dem Sie ja arbeiten?

Also schneller als ein Computer müßte ich nicht sein. Woran es eben hapert, das ist die rein mechanische Arbeit. Also mich jetzt hinzusetzen und sieben oder acht Stunden Schreibmaschine zu schreiben, das ist einfach eine relativ anstrengende Arbeit. Deswegen bin ich jetzt dazu übergegangen, in letzter Zeit viel zu diktieren oder auch mit der Hand zu schreiben, das geht zwar langsamer, aber es ist irgendwie ..., mir fällt es leichter, es ist nicht so anstrengend. Ich habe auch schon so ein bißchen rumexperimentiert mit diesen Spracheingabesystemen, die es heute gibt, aber da ist die Technik noch nicht so weit.

Gibt es bereits in Ihrer Jugendzeit Autoren und Schriftsteller, die Sie geprägt haben?

Ich habe konkret mit zwei großen Stoffen sozusagen angefangen richtig zu lesen. Das eine war Karl May, da habe ich die ganzen siebzig oder zweiundsiebzig Bände in zwei Jahren verschlungen, nachdem ich den ersten entdeckt habe. Dann habe ich die Perry-Rhodan-Serie irgendwann mal entdeckt, mit dreizehn, vierzehn Jahren und habe auch da Hunderte von Heften hintereinander verschlungen. Das waren also diese beiden großen Blöcke sozusagen, da kommt wahrscheinlich meine Begeisterung für die Phantastik her. Also mich interessiert alles, was irgendwie phantastisch ist, ob das jetzt eine Gruselgeschichte ist oder ein Märchen oder eine ..., ja eigentlich alles, was so ein bißchen abgehoben ist.

Ihr Themenspektrum ist ja riesengroß. Fantasy, Science Fiction, Krimi, historischer Roman, Jugendbuch. Geht dieses phantastische Schreiben in irgendeiner Form eigentlich auch auf das alltägliche Leben über?

Eigentlich überhaupt nicht. Also ich glaube, daß ich ein ziemlicher Realist bin im Grunde. Vielleicht ist das gerade der Grund, daß ich, wenn ich dann aus dieser Welt ausbreche, in Extreme gerate. Also mich interessiert eben alles Phantastische, jetzt nicht nur in Büchern, nicht nur meine eigenen Geschichten, ich sehe auch sehr gern phantastische Filme. Ich habe ein Faible für etwas exotische Landschaften und so weiter. Auf mein Privatleben hat das überhaupt keinen Einfluß.

Wenn Sie Ihre Bücher schreiben, schreiben Sie dann auch für Ihre Familie, denn Sie haben ja immerhin auch sechs Kinder, sozusagen der erste private Lesekreis bei Ihnen zu Hause?

Die älteren Kinder lesen sie durchaus, und es sind auch schon so einige Episoden in meinen Büchern mit eingeflossen, die konkret von meinen beiden älteren Töchtern stammen. Also ein Kapitel in einem meiner Bücher ist von meiner Tochter, die damals zwölf war. Die hat mir einfach eine Geschichte erzählt, und die fand ich so niedlich, daß ich sie so lange umgedreht und verbogen habe, bis sie da rein paßte.

Ihre Frau ist ja nicht nur Inspiratorin für viele Ihrer Geschichten, sondern manchmal ja auch Ko-Autorin. Wie funktioniert dieses Teamwork?

Bei uns ist es konkret so, daß wir Ideen durchsprechen, daß oft Ideen von ihr kommen. Vielleicht einfach nur so ein dahingeworfener Satz, über den man dann weiterredet, oder auch ein Titel. Und dann reden wir eben, während ich die Geschichte schreibe, konkret weiter. Das heißt, ich setze mich eben hin, schreibe ein Kapitel und zeige es ihr, und sie gibt dann ihren Kommentar dazu ab. Und das entsteht dann wirklich so als Teamwork, und die Bücher sind auch anders als die, die ich alleine schreiben würde, weil von ihr mehr das Kindliche, das Märchenhafte reinfließt, während meine Stärke vermutlich doch so die abenteuerlichen Geschichten sind.

Phantastische Geschichten und Fantasy haben ja inzwischen Millionen Leser. Liegt das vielleicht daran, daß unser wirkliches Leben heute viel zu wenig Zeit für Träume läßt?

Das liegt zum Teil wahrscheinlich an der Umwelt, also an unserem täglichen Leben, das ja auch immer technischer wird, immer kälter und auch immer härter. Und es kann eigentlich kein Zufall sein, daß gerade in solchen Zeiten die phantastische Literatur immer schon einen Boom erlebt hat. Und es ist auch so ein bißchen Fluchtliteratur, wobei ich das sehr positiv finde. Das ist völlig in Ordnung, wenn man für ein paar Stunden wegläuft und in eine andere Welt flüchtet, so lange man den Rückweg wiederfindet.

Im Moment arbeiten Sie ja für zwei große Verlage, einmal Ueberreuter und dann Bastei-Lübbe. Wie bringt man das eigentlich unter einen Hut?

Das hat sich ergeben. Das liegt also auch an der Struktur der Verlage, weil Bastei-Lübbe eben mehr so für die fast-erwachsenen und erwachsenen Leser da ist, während der Ueberreuter Verlag zumindest mit meinen Büchern sich rein an jugendliche Leser wendet, so ab zehn aufwärts. Da gibt es überhaupt keine Konkurrenz, ganz im Gegenteil, und ich denke, ich werde das auch weiter so machen.

Nach zehn Jahren als professioneller Autor — wie erklären Sie sich eigentlich selbst Ihren Erfolg?

Also meinen Erfolg, ich habe natürlich einen, gerade in den letzten Jahren verstärkt, einen ziemlichen Erfolg auch beim Publikum. Ich hoffe, daß es so weitergeht, ich bin selbst immer noch ein bißchen erstaunt darüber und stehe eigentlich vor diesem Erfolg wie so ein Kind mit großen Augen vor dem Weihnachtsbaum und begreife das gar nicht ganz. Ich kann nur hoffen, daß es so weitergeht.

Science Fiction · Fantasy
Jubiläums-Edition

Nr. 21201/DM 10,00

Nr. 21207/DM 5,00

Nr. 21202/DM 12,00

Nr. 21208/DM 15,00

Nr. 21203/DM 10,00

Nr. 21209/DM 8,00

Nr. 21204/DM 5,00

Nr. 21205/DM 10,00

Nr. 21206/DM 10,00

Nr. 21210/DM 10,00

Nr. 21211/DM 8,00

Nr. 21212/DM 10,00

Band 20 222
**Wolfgang Hohlbein &
Bernhard Hennen**
Das Schwarze Auge
Deutsche
Erstveröffentlichung

Das Schwarze Auge ist seit über zehn Jahren das bei weitem erfolgreichste deutsche Fantasy-Spiel. Die Handlung spielt in *Aventurien*, einem phantastischen Kontinent, in dem nichts unmöglich scheint. Zauberer, Zwerge, Raubritter, Wegelagerer und viele andere ungewöhnliche Figuren sind hier in die unglaublichsten Abenteuer verstrickt.

Die gefährlichen Orks haben Greifenburg, die größte Stadt von Aventurien, besetzt. Da zettelt der Inquisitor Marcian einen Aufstand an, um die Stadt für seinen Prinzen Brin zu befreien. Doch statt der erwarteten kaiserlichen Armee, die eigentlich zu Hilfe eilen sollte, stehen plötzlich weitere Orks vor den Mauern von Greifenburg. Mit wenigen Soldaten und Freiwilligen nimmt Marcian dennoch den Kampf auf – als sich ihm ein neuer Feind entgegenstellt: Ein Erzvampir beginnt in der Stadt sein Unwesen zu treiben.

**Sie erhalten diesen Band
im Buchhandel, bei Ihrem
Zeitschriftenhändler sowie
im Bahnhofsbuchhandel.**

Band 23 147
Wolfgang Hohlbein
mit Johan Kerk

Sankt Petersburg Zwei
Spacelord
Deutsche Erstveröffentlichung

Cedric Cyper, der zu Unrecht verurteilte Sträfling, ist mit ein paar Getreuen der Hölle von Hadrians Mond entkommen. Auf dem Handelsplaneten Sankt Petersburg Zwei erfährt er, daß die Kristalle, die er in der Strafkolonie abbauen mußte, dazu dienen, eine galaktische Verschwörung zu finanzieren. Mit aller Macht sucht er nach den Verschwörern, denn er weiß, er muß an die Hintermänner kommen, will er sein eigenes Leben retten.

WOLFGANG HOHLBEIN hat mit seiner rasanten Serie über die Weltraumheldin *Charity* Maßstäbe gesetzt. Nun zeigt er, daß der Weltraum noch immer voller unbegrenzter Möglichkeiten ist. Seine Spacelords räumen kräftig auf und stürmen von einer Welt zur nächsten.

Sie erhalten diesen Band im Buchhandel, bei Ihrem Zeitschriftenhändler sowie im Bahnhofsbuchhandel.

Die ganze Welt der Fantasy

Die mythische Dimension der Fantasy

David Gemmell, Englands erfolgreichster Fantasy-Autor, erzählt die faszinierende Geschichte des genialen Feldherrn Parmenion. Der größte Krieger Spartas hält mit seinen Künsten nicht nur die gesamte antike Welt in Atem, er ist auch dazu auserkoren, den Mächten der Finsternis zu trotzen. Parmenion gerät in eine geheimnisvolle Sphäre der Magie, wo der Gott des Chaos regiert und die Kräfte des Lichts zu unterliegen drohen.

Nr. 28212 / DM 24,80 (Bd. 1)

Nr. 28213 / DM 24,90 (Bd. 2)